Das Wohlt[emperirte Clav]ier.

Praeludia, und

Fugen durch alle Tone und Semitonia,

so wohl tertiam majorem oder Ut Re Mi anlan[gend],

als auch tertiam minorem oder Re

Mi Fa betreffend. Zum

Nutzen und Gebrauch der Lehr-begirigen

Musicalischen Jugend, als auch derer in diesem Studio

schon habil seyenden besonderen

Zeitvertreib auffgesetzet

und verfertiget von

Johann Sebastian Bach.

p. t. Hochfürstlich

Anhalt-Cöthenischen Capel-

meistern und Di-

rectore derer

Cammer Mu-

siquen.

Anno

1722.

T0270412

Dieciséis notas

RISTO MEJIDE

Dieciséis notas

La pasión oculta de Johann Sebastian Bach

Grijalbo

Papel certificado por el Forest Stewardship Council®

MIXTO
Papel procedente de
fuentes responsables
FSC® C117695

Penguin
Random House
Grupo Editorial

Primera edición: marzo de 2023

© 2023, Risto Mejide
© 2023, Penguin Random House Grupo Editorial, S. A. U.
Travessera de Gràcia, 47-49. 08021 Barcelona
Imágenes de guardas: Johann Sebastian Bach, Public domain, via Wikimedia Commons.
The Picture Art Collection / Alamy / ACI y Johann Sebastian Bach, Album

Printed in Spain – Impreso en España

ISBN: 978-84-253-6462-4
Depósito legal: B-863-2023

Compuesto en La Nueva Edimac, S. L.

Impreso en Rotoprint By Domingo, S. L.
Castellar del Vallès (Barcelona)

GR 6 4 6 2 4

Para todas las Annas,
para todos los Sebas

Agradecimientos

Gracias a Andreas Reize, organista, director de orquesta y décimo octavo Thomaskantor en sucesión de Johann Sebastian Bach, por su amabilidad y su paciencia conmigo. Tras nuestro encuentro comprendí que, como todo genio, Bach es una pregunta eterna que nunca nadie podrá contestar.

Gracias al *professor* Dr. Peter Wollny, musicólogo y director del Bach Archive de Leipzig, por abrirme sus puertas, por su inmensa sabiduría y por ser la persona que me ayudó a acabar de perfilar la fina línea entre lo veraz y lo verosímil.

Gracias a Christian Ratzel, historiador al frente del Museo de Köthen, por mostrarme las dependencias e interioridades del palacio del príncipe Leopold, por su pasión y su conocimiento de los mejores años de Bach. En este libro también está él.

Gracias a Lina Tur Bonet, sin duda una de las mejores violinistas del mundo, y una de las más amables, por iniciarme en la magia de Bach y por contagiarme de su pasión.

Gracias a José Manuel García-Margallo, eurodiputado y exministro de Asuntos Exteriores, por abrirme las primeras puertas en el proceso de documentación de este libro.

Gracias a Isabel Rubiales, a Alejandro Abellán y a todos los profesionales de la Embajada Española en Berlín y de la Embajada Alemana en Madrid, por su inestimable ayuda.

Gracias a Ana Rosa Semprún, por inspirarme, por ser la primera chispa que prendió este viaje, como siempre, con una cuestión.

Gracias a Nathalie García por llevarme siempre más allá. Contigo todo es a lo grande.

Gracias a mi editora, Carmen Romero, por creer en mí y en el proyecto desde el principio.

Gracias a Máximo Huerta y a Juan Gómez-Jurado, por estar siempre ahí, por leer, comentar y hasta corregir mi primer manuscrito. También esta vez.

Gracias, James Rhodes. Tu magia al piano es sólo comparable con tu valentía ante la vida. Eres toda una inspiración. Y un verdadero amigo.

Gracias, Albert Uría, el pato al que más he incordiado en todo momento, tanto que hasta se vino conmigo a Sajonia y Turingia, tu entusiasmo y tu sensibilidad fueron la tinta de muchos pasajes.

Gracias también al resto de los patos, Iván de Cristóbal, Gonzalo Abadía, Aritz Iriarte y mi tercer hombro, Marc Solanas, sin duda parte importante de mi vida y, por lo tanto, de este libro también.

Por último, gracias a todos los que, pese a no haber sido nombrados, os habéis buscado en esta página, porque eso significa que de alguna forma os lo merecíais y yo seguramente lo he pasado por alto, vayan por delante mis disculpas y mi más sincero agradecimiento.

El Catálogo de las obras de Bach (Bach Werke Verzeichnis, BWV) fue numerado y categorizado en 1950 por el musicólogo alemán Wolfgang Schmieder en su obra *Thematisch-systematisches Verzeichnis der musikalischen Werke von Johann Sebastian Bach*. Este catálogo sustituyó a los de la Bachgesellschaft (Sociedad Bach), y a los de la Neue Bachgesellschaft (Nueva Sociedad Bach), y desde entonces es el catálogo oficial de referencia para cada una de sus composiciones, que por primera vez no aparecen ordenadas cronológicamente, sino por tipo de pieza.

Ésta es una historia inspirada en hechos reales, también reordenados. El BWV de cada capítulo es su banda sonora.

PRIMERA

{preludio}

Cuando me fui aproximando más y más a la vida de Bach, que supuestamente había transcurrido por raíles tranquilos, ordenados y discretos, me impresionaron profundamente las grandes tempestades de su biografía, y muy pronto hube de constatar que el imponente monumento que había sido construido por tantas manos consistía mayormente en *papier mâché*, mezclado con yeso para que se sostuviera mejor, pero que en el vacío que deja en su interior se encuentra algo más interesante que todas las alabanzas: la verdadera vida de Johann Sebastian Bach.

KLAUS EIDAM,
La verdadera vida de Johann Sebastian Bach

Bach es un dios benevolente al que los músicos deberían ofrecer una plegaria antes de empezar a trabajar, para que los preservase de la mediocridad.

CLAUDE DEBUSSY

BWV 1041

L ouis, te lo ruego, *mon amour*, volvamos a palacio. Me muero de frío.

Las palabras de Marie-Angélique se desvanecían en la noche sajona, interrumpida sólo por las herraduras de los caballos contra el firme irregular de la Wigardstrasse. Pese a ostentar la capitalidad del electorado de Sajonia, el Dresde de 1720 era como cualquier alcohólico: venido a menos durante el día y suficientemente peligroso durante la noche.

Tras las ventanas de los edificios se abrían miles de rendijas como puñaladas sobre un cartón, todas entornadas para poder espiar a la misteriosa comitiva, tratando de averiguar quién se desplazaría a esas horas dentro de la lujosa berlina con suspensión de correas de cuero mientras el carruaje segaba implacable la densa bruma que arropaba ya el río Elba.

Las calles, mal empedradas y sin atisbo de reconstrucción desde la guerra de los Treinta Años, se cernían oscuras e inhóspitas. Sin duda no eran lugar para un vehículo tan lujoso. Fuera quien fuese a bordo, se exponía a que lo asaltaran para robarle, en el mejor de los casos, cuando no a perder la vida.

—Como mínimo podrías decirme adónde nos dirigimos… O qué es lo que vamos a hacer.

Marie empezaba a abandonar su tono habitualmente conciliador. La jornada había sido larga, intensa, extenuante. Y ahora sólo le faltaba eso.

Louis, mientras tanto, callaba y fruncía el ceño. Como si algo le preocupase mucho más que el frío, o el peligro o, tan sólo, poder descansar.

—No te entiendo, *mon cher*. Hemos pasado el día entero en la corte. Debes de estar agotado. Yo estoy agotada. Necesito quitarme este corsé, me está asfixiando hasta las ideas. Además, el propio rey te acaba de condecorar. Me ha encantado cómo pronunciaba tu nombre: «Louis MaRRRchand, sin duda sois el mejor organista del mundo». MaRRRchand... ¿Te has fijado en sus caras? Sí, ya sé que me dirás que los sajones no son tan exigentes como los parisinos. Pero ¿has visto cómo te admiraban? Es increíble lo que haces con esos dedos. Y ahora, en vez de estar celebrándolo los dos, me llevas no sé adónde, tan tarde y con este frío. Con lo bien que estaríamos bajo las sábanas... Yo también tengo derecho a poner a prueba esos dedos...

La última frase la había acompañado Marie con una breve incursión manual en la zona de los genitales de Louis. Y todo lo que obtuvo a cambio fue una mirada fuera de contexto. Como diciendo «¿Qué haces?». Como diciendo «¡Quita de aquí!».

—Ya hemos llegado —fue todo lo que salió de su boca.

El coche se detuvo al final de la Münzgasse. Louis bajó de un salto. A Marie le costó un poco más. Tuvo que esperar la ayuda del cochero. Gajes de llevar esos vestidos tan ampulosos. «¿Para cuándo un *culotte* femenino?», pensó. Pero la idea le pareció tan absurda que enseguida la desestimó. Además, toda su atención quedó inmediatamente secuestrada por la imponente y majestuosa edificación que tenían ante sí.

—La Frauenkirche —dijo Marie-Angélique.

—En efecto, frau Marchand. La mayor iglesia protestante de Europa construida hasta la fecha. ¿A que impresiona? Permitidme.

El hombre que le tendía la mano para ayudarla a bajar era Jean-Baptiste Volumier, director musical de la corte de Dresde, con el cual habían compartido audición real ese día.

—¿Monsieur Volumier?

—El mismo, madame —contestó quien, en realidad, prefería que lo llamaran Woulmyer, su apellido traducido al alemán, la lengua de la corte.

—Igual vos me podéis aclarar qué hacemos aquí —inquirió Marie, impaciente.

—¿Él no os lo ha contado?

—No. De hecho, no me ha dicho casi nada en todo el trayecto.

Volumier miró a Louis, que ya se alejaba en dirección a la iglesia.

—Pues supongo que os lo tendré que explicar yo. Vuestro marido ha lanzado hoy un reto al rey.

—¡No me digáis que se va a batir en duelo con el soberano!

—¡¡¡No, no!!! —exclamó Volumier mientras aplacaba una carcajada—. Nada más lejos. No es un duelo de armas, y en cualquier caso tampoco sería contra el rey.

—¿Entonces...?

Volumier le ofreció el brazo para acompañarla.

—Vuestro marido, tras las palabras de nuestro *sire*, y cuando se encontraban bebiendo a solas en su cámara, le ha lanzado un reto... interesante. Le ha dicho que, si Su Majestad gustaba, estaba dispuesto a batirse en duelo organístico contra el mejor músico alemán que pudieran encontrar.

—¿Un duelo organístico? *Mais qu'est ce que ça?*

—Un reto musical: un organista muestra a otro la partitura más difícil que sea capaz de hallar y este último debe interpretarla a primera vista sin dilación. Y después el otro hace lo propio. Sería lo más parecido a un combate, si bien en este caso no se juegan la vida, sino el prestigio, en realidad.

—Pero ¡si mi marido es el mejor del mundo! ¡Si acaba de reconocerlo el mismísimo rey!

—Verá, madame, Su Majestad me ha encargado buscar al rival de vuestro esposo, y eso he hecho.

—¿Y se van a enfrentar ahora?

—No, no, el duelo será mañana por la tarde en la residencia del general Joachim Friedrich, conde de Flemming y ministro del electorado sajón.

Se detuvieron a las puertas de la iglesia.

—Entonces ¿qué hacemos aquí?

—Bueno, digamos que vuestro marido me ha solicitado poder escuchar a su contrincante en secreto antes del duelo.

—Y el contrincante está…

—Ahí dentro, madame.

Ambos se quedaron un segundo en silencio.

—El órgano que suena…

—Es él.

—Y no sabe que estamos aquí.

—Nadie lo sabe…

Volumier se llevó el índice a los labios antes de pronunciar la siguiente frase:

—… ni lo debe saber.

Los portones de la Frauenkirche crujieron como si no quisieran ser cómplices de ningún intruso. Marie-Angélique y Volumier se deslizaron por el pavimento de piedra sin levantar los pies, tratando de no añadir más ruido a su pequeño escándalo.

Casi todos los cirios seguían prendidos, seguramente a causa de los oficios dominicales previos, lo cual dotaba a la estancia de una apariencia semilitúrgica. Daba la sensación de que estaba pasando algo que valía la pena iluminar lo justo y necesario. Como cuando se habla con cualquier dios. Pero en susurros. Marie-Angélique no había llegado a ser una gran intérprete. Por mucho que su padre, fabricante de instrumentos, se empeñó en instruirla, lo que realmente la extasiaba era consumir música, no producirla. Igual que el mundo se divide hoy entre grandes chefs y grandes comensales, en ese momento quien era un gran consumidor de música tampoco podía disfrutarla en muchas ocasiones, pues no existía la forma de coleccionarla ni de oírla a placer, cuando a uno le viniese en gana. Ese privilegio sólo estaba reservado a los reyes y a los príncipes. Uno siempre dependía de los oficios religiosos, de las fechas señaladas y, sobre todo, de los intérpretes. Y los intérpretes dependían de acceder a un instrumento en condiciones. Y los instrumentos en condiciones, de ser situados y convenientemente mantenidos en un espacio acorde con su sonoridad. En definitiva, escuchar lo que escuchaban esa noche en la Frauenkirche era poco menos que un milagro. Y Marie-Angélique, como apasionada melómana que era, esposa del presunto mejor organista del mundo y ser humano de piel permeable, sabía que aquello no era ni de lejos algo habitual.

Era una música que nunca antes había oído. Ni ella ni nadie. Parecía una fuga en do menor, pero iba mucho más allá. Cada enunciado, cada propuesta, cada pregunta que hacía la melodía parecía ser contestada no por una voz sino por miles de voces al unísono que iban desplegándose poco a poco hasta llenar todo el espectro cromático sonoro posible. De pronto habían aplicado un caleidoscopio al haz de luz de la más bella frase musical jamás compuesta. La única posible. La más blanca y luminosa de todas. A continuación, los colores, los matices, los planos de ejecución iban superponiéndose, creando así una escalera de caracol en ambos sentidos que confluían irremediablemente en la siguiente forma de vida. Esa vida superior que se expandía al final de cada nota, que se convertía en otras notas como de los árboles surgen ramas que darán lugar a otras ramas. Todas en constante evolución. En continuo balance. En incesante equilibrio. Ante ella se levantaron todos los andamios posibles de la armonía y el contrapunto. Unos andamios sobre los que se podrían construir todas las melodías futuras. La plantilla de todas las plantillas. La masa madre de cualquier manjar musical.

Marie-Angélique cerró los ojos. Se quedó allí, inmóvil, incapaz de identificar lo que le recorría la piel. Había escuchado durante miles de horas a su marido. Había llegado a comprender la dificultad técnica de ciertos pasajes. Pero lo que le entraba ahora por los poros no era sólo eso. Era distinto.

Cuando al fin pudo abrir los ojos, reparó en lo que ocurría a escasos metros de ella. Su marido, el gran Louis Marchand, organista entre los organistas, el mejor de todos los tiempos, o al menos eso se decía él mismo todos los días, se encontraba de hinojos en medio del pasillo central de la basílica. No era un arrodillarse para rezar. Tampoco era el arrodillarse del penitente. Era un hacerse pequeño ante tanta inmensidad. Era un verse superado. Era un «¿por qué a mí?».

Louis se levantó de aquel castigo y, enjugándose las lágrimas con la palma de su mano, se dirigió a Volumier.

—¿Quién es? ¿Lo conozco?

—Lo dudo, herr Marchand, es bastante conocido aquí, en Sajonia, pero me temo que su fama aún no ha trascendido hasta París. Casi no viaja, si no es para examinar órganos, y prácticamente no ofrece recitales públicos, como monsieur Haendel.

—¿Y para quién trabaja?

—Ahora es *konzertmeister* en Weimar.

Louis Marchand cerró los ojos un instante. Y preguntó:

—¿Cómo se llama?

—Johann...

—... Sebastian Bach.

La creatividad es más que ser simplemente diferente. Cualquiera puede hacer extravagancias, eso es fácil. Lo difícil es ser tan simple como Bach.

Charles Mingus

BWV 1007

En Leipzig llovió durante más de doscientos días a lo largo del año 1894. Algunos de ellos fueron de auténticos aguaceros. Tres días seguidos diluviando significaba tres días sumergidos en lodo. Tres días a pico y pala agujereando el terreno. Con dos breves pausas para comer o descansar. Franz y Ferdinand no se reconocían ya más que por sus voces. El resto era todo barro y agua. Deberían haber acabado durante el fin de semana, pero ya era lunes y ahí seguían.

Según registros de sacristía, buscaban un ataúd de roble enterrado a unos seis metros de la puerta sur de la iglesia de San Juan, cerca del muro, el 31 de julio de 1750, es decir, ciento cuarenta y cuatro años atrás. Había que encontrarlo ya, pues la semana siguiente los operarios tenían permiso para iniciar las labores de ampliación de una de las iglesias más importantes de Leipzig. Y en principio no debía de ser muy difícil, pues de los cerca de mil cuatrocientos difuntos enterrados allí ese año tan sólo doce se habían inhumado utilizando ese tipo de madera.

El petricor hacía tiempo que había dado paso al hedor de las hojas podridas por la humedad. Si no fuera por el campanario de la iglesia, que marcaba las horas por varios sentidos a la vez, cualquiera habría pensado que saltaban de las cinco de la mañana a las diez de la noche, como si el sol no se atreviese a firmar las horas centrales del día.

Ferdinand se sentó sobre un montículo de arena. Empezar un hoyo no es lo mismo que agrandar o profundizar uno ya hecho. La tierra, como la piel, se resiste siempre a que algo o alguien la penetre de buenas a primeras. Sin embargo, una vez dentro, todo son vísceras, sangre y fragilidad. Aunque también es cierto que la resistencia a ser herida baja considerablemente cuando está mojada. En eso también coinciden tierra y piel.

De cualquier modo, el bueno de Ferdinand solía esperar a que su compañero, más joven y enérgico, iniciase los nuevos hoyos. Que rompiese Franz la primera capa. Y después, a remolque de sus paladas iniciales, ya se apuntaría él para ayudar. Era parte de un pacto no escrito que respetaban desde hacía ya algo más de setenta horas.

Había otra gran diferencia entre ambos, aparte de la edad. Mientras Ferdinand contaba sólo las horas en monedas, las gotas de sudor en salario y los días en distancia hasta la jubilación, a Franz lo movía un objetivo muy superior: la oportunidad de realizar un auténtico hallazgo. La llamada de la historia. Aparecer en los libros de texto. Poder ser alguien en la vida. Aunque sólo fuera por haber desenterrado los huesos de Bach. Poder tocarlos y mostrárselos a la humanidad. Convertirse en el Howard Carter centroeuropeo. Aparecer en las noticias de todo el mundo. Hacerse fotos para los rotativos del planeta entero. Hacerse un nombre por lo que algún día fue capaz de mostrar. Lo más parecido a un *influencer*, pero de finales del siglo XIX.

Quizás por ello cavaba con mayor ahínco. Quizás por ello no notó nada cuando la tierra, de pronto, crujió. Ni cuando volvió a crujir por segunda vez bajo su pala.

Fue sólo cuando Ferdinand silbó muy fuerte, con un silbido de esos realizados con dos dedos en la boca, de los que no hace falta volver a oír para saber que se trata una advertencia.

Ahí, bajo sus pies, húmeda y sucia, tenía la respuesta a todas sus preguntas: una astilla de madera de roble.

Lo que Franz había encontrado no podía ser el ataúd de un adulto. Hubo que escarbar con sumo cuidado para poder identificarlo, y todo para certificar que, definitivamente, era demasiado pequeño. La madera, firme pero ajada, podía ceder con cualquier golpe mal dado. Una vez extraído, lo que parecía el histórico hallazgo del féretro de Bach acabó siendo la vulgar exhumación de una sepultura infantil. Los peritos forenses, recién llegados tras el aviso del juez y dirigidos por el anatomista y profesor Wilhelm His, hacían sus primeras valoraciones a vuelapluma. Se trataría probablemente de una niña de unos cinco o seis años. Así lo harían constar en sendos informes.

Ferdinand consolaba a Franz: seguro que su descubrimiento acababa siendo importante también. No iba a sacarlo de pobre, ahí no había acudido ni un triste reportero local. Aun así, debía de ser una noticia relevante para alguien.

La comitiva judicial estuvo pendiente hasta que se levantó acta, y poco más, pues se acercaba la hora de cenar y el aguacero no daba tregua.

—Bueno... Parece que aquí ya estamos —dijo el juez acompañándolo de un suspiro.

—Sí, señoría, eso parece —respondió el subteniente al cargo de la policía forense.

—Háganme llegar sus informes cuando los hayan terminado —indicó.

—Por supuesto.

—Hablamos, subteniente.

—Adiós, señoría.

El juez se dirigió a su carruaje acompañado de su fiel secretario, que le sostenía el paraguas. A medida que se alejaba, la lluvia parecía empeñarse en borrar sus figuras. De pronto, cuando estaba a punto de poner el pie en el estribo, se oyeron un silbido y un grito. Eran el brío de Ferdinand y la voz de Franz.

—¡Hay otro!

El juez no estaba seguro de haberlo oído bien.

—¿Qué dice? —preguntó al secretario.

—Creo que ha dicho que hay otro.

El juez chistó a la vez que daba media vuelta.

—¿Otro... qué?

—Hay otro, señoría —dijo entre jadeos el subteniente, que se le había acercado a la carrera.

—Ya, pero ¿otro... qué?

—Otro ataúd, de adulto. Y puede que incluso otro más.

La apertura de éstos fue aún más rápida que la del primero, pues la comitiva ya se encontraba ahí y no hizo falta ser tan protocolarios. Hay que ver lo rápido que trabaja la gente cuando todo el mundo cree que ya se debería haber acabado.

El segundo ataúd contenía los huesos de un hombre de mediana edad, de un metro setenta aproximadamente. Nada reseñable a simple vista.

El tercero, otro tanto: los restos de otro hombre de mediana edad y casi de la misma estatura. Sin embargo, había una diferencia notable en el estado físico y la causa posible de la defunción.

Este último, al contrario de los dos anteriores, tenía algo que lo cambiaba todo. Algo que, de pronto, dotaba de sentido la presencia del juez y de la policía. Algo que nadie se habría esperado encontrar un atardecer como aquél.

Tenía el cráneo destrozado.

Bach es la razón principal por la que me convertí en músico. En un sentido, el amor a su música ha impregnado todos mis intereses musicales.

GLENN GOULD

BWV 847

Junio de 1955 fue de los meses más calurosos que se recuerdan en Manhattan. La sala de juntas se encontraba en el trigésimo quinto piso de un edificio *art déco*, en plena calle Treinta. Justo treinta y cinco pisos por encima de la realidad. Y treinta y seis por encima del estudio de grabación. Mientras esperaba a que el ascensor hiciera aquello para lo que se había inventado, Glenn se preguntó si esa distancia sería también mental. Si alguien que trabajaba tan lejos del suelo también pensaría tan lejos del suelo.

Estaba a punto de comprobarlo.

Las puertas se abrieron y dieron paso a otro mostrador de control. Parecía que a la gente que trabajaba ahí no sólo le preocupaba marcar distancias en vertical. Glenn tuvo que seguir el mismo protocolo que había seguido treinta y cinco plantas más abajo:

—Buenos días. ¿Nombre?

—Gould. Glenn Herbert Gould.

—¿Puedo ver su documento de identidad?

—Claro, aquí lo tiene.

Glenn puso su identificación sobre el mostrador con la rapidez justa para evitar cualquier contacto físico con aquella mujer. Ella se dio cuenta del gesto, arqueó las cejas y dejó escapar un suspiro y un leve movimiento de cabeza que denotaba cierto hartazgo. «Me pagan poco para aguantar estas cosas», pensó.

—¿Y a quién viene a ver?

—Al... al señor...

La pausa fue la peor de las tarjetas de presentación en el peor momento posible. Glenn había olvidado por completo el nombre del directivo que lo había llamado hacía cosa de un mes, tras su extraordinario debut. El mismo con el que al día siguiente había firmado un contrato discográfico. El mismo que lo había traído hasta Nueva York. Un señor bajito y calvo, pero claro, no le iba a dar esas señas a la mujer.

En Canadá todo era distinto, porque en Canadá todo estaba bajo control. Su madre, su vida, su piano, su todo. Ni siquiera el pequeño sello para el que había grabado en exclusiva hasta entonces ocupaba la trigésima planta de un rascacielos en Nueva York, sino una humilde casita a las afueras de Toronto en la que, más que discos, parecía que se grababan nomeolvides.

—Ah, sí, al señor Oppenheim, ya lo veo.

—Eso, sí, David Oppenheim, exacto.

—¿Le guardo algo? —dijo la recepcionista señalando la mano derecha de Glenn.

Glenn se miró la mano y de pronto recobró la paz. Allí estaba, impertérrita a los cambios, bien asida por sus dedos, su silla. La silla de siempre. La que su padre había recortado ocho centímetros para que pudiese tocar sobre ella con tan sólo diez años. La misma, a treinta y cinco centímetros del suelo, sobre la que su madre le había enseñado todo lo que sabía. La misma silla que crujía casi tanto como su espalda. La misma silla sobre la que sabía mantenerse erguido, concentrado, controlado y a salvo.

—No, gracias.

—Y... ¿abrigo o bufanda?

El verano achicharrante en Manhattan se había adelantado. Puede que hiciera unos ochenta grados en la calle.

—Tampoco, gracias.

En la mirada de la recepcionista de pronto se mezclaron miedo, compasión y un «en mi casa no se lo van a creer cuando lo cuente».

Por un largo pasillo llegaron a una puerta corredera traslúcida pasada la cual caminaron hacia una luz con forma de sala.

—Espérese aquí. El señor Oppenheim vendrá enseguida. ¿Desea tomar algo?

—Nada, de verdad. Gracias.

Cuando logró acostumbrarse a semejante intensidad lumínica, Glenn pudo al fin ver dónde se encontraba. La sala de juntas era una inmensa pecera blanca en la que los turistas y los mirones eran los rascacielos contiguos de Manhattan. Dio una vuelta completa a la mesa, de dieciocho sillas, todas de piel blanca, todas perfectamente colocadas, custodiando aquel mueble con un tablero de cristal impoluto sobre el que nadie se podría imaginar la de sangre que se derramaba todos los días, y, como no se atrevió a tocar nada de todo eso, optó por sentarse en una esquina de la sala en su cómoda y querida silla.

Entre los dos componían una mancha grisácea en medio de tanta blancura. Un punto y aparte en medio de tanta asepsia.

A treinta y cinco pisos de altura, ¿cuánto tardaría su cuerpo en estrellarse contra el suelo? Ésa era la única pregunta que en ese instante preocupaba a Glenn. Veamos, contando unos tres metros por piso, eso daría una altura inicial de ciento cinco metros sobre el suelo. Multiplicado por dos y partido por nueve coma ocho metros por segundo al cuadrado, y una vez realizada la correspondiente raíz cuadrada, eso daría un total aproximado de unos cuatro coma seis segundos. En cuatro coma seis segundos un cuerpo como el suyo podía verse estrellado contra el pavimento de la calle Treinta. En ésas estaba, en dilucidar qué pensamientos podían durar cuatro coma seis segundos, cuando se abrió la blanca puerta de la sala blanca.

—Perdona por haberte hecho esperar, Glenn.

El hombrecillo se dirigió a él con una velocidad preocupante para Glenn. Era de esas velocidades que acaban con un apretón de manos o, peor aún, con un abrazo.

—Señor Oppenheim, no se preocupe. Estoy muy cómodo —respondió llevando sus hombros hacia el lado opuesto del presunto agresor.

David Oppenheim se dio cuenta entonces de dónde estaba sentado Glenn y de que no iba a levantarse para estrechar su mano tendida, así que redujo su velocidad de aproximación y guardó su sudorosa diestra en el bolsillo más cercano.

—Llámame Dave, por favor. Y perdóname, no me acordaba de lo del contacto. Cero contacto, sí, lo tenemos hasta por escrito en tu contrato. ¿No quieres... no prefieres pasar a la mesa?

—Estoy bien aquí.

—Bien, como gustes.

Dave acercó una enorme silla blanca de ruedas a la diminuta silla de Glenn, dejó los papeles en el suelo y entrecruzó los dedos con cierto nerviosismo, un gesto que realizó demasiado cerca de la cara de Glenn.

—Mil gracias por venir. ¿Tu mánager no está?

—¿Walt? No, llega mañana.

—Ah, pues con más razón, gracias. Sabemos que estás ensayando muy duro para la grabación del viernes.

—Sí, mucho.

—Tenemos muchísimas ganas, creemos que la industria discográfica y, sobre todo, la música clásica necesitan un revulsivo como tú.

—Ajá.

—No sé si te lo había dicho ya, pero lo plancharemos en un vinilo de ciento ochenta gramos, y en principio está prevista una tirada de cinco mil ejemplares, que es una barbaridad. ¿Está todo a tu gusto? ¿Hay algo que pueda hacer por ti?

—Frío.

—¿Frío?

—Mucho frío.

—¿En pleno junio?

—¿Podrían apagar el aire acondicionado?

—¿Aquí?

—No, durante los ensayos.

—Cla... claro. Sí, tomo nota.

Dave lo apuntó en una de sus carpetas.

—Hay una cosa que tú también podrías hacer por mí.

Glenn lo miró extrañado.

—La elección de la obra.

—¿La elección...?

—Sí, la que has elegido para el disco.

—¿Qué le pasa?

—No le pasa nada. Es increíble. Las *Variaciones Goldberg* son... son increíbles.

—Son más que eso. Es una obra infinita: sin principio ni final.

—Pero... ¿al piano? Siempre se han grabado con clave...

—Pues precisamente por eso. Es que no hay grabaciones para piano de las *Variaciones*.

—Igual habría que preguntarse por qué...

Glenn sonrió con tristeza antes de contestar:

—No las hay porque nadie se ha atrevido, y nadie se ha atrevido porque en el clave suena todo siempre al mismo volumen. En cambio, en el pianoforte hay que tomar decisiones. Dónde poner énfasis. Dónde suavizar la expresión. Dónde gritar, donde simplemente decir las cosas y dónde susurrar. Y la gente, por muy virtuosa que sea, tiene miedo a jugársela. Y es que cuando decides te expones a equivocarte. Cuanto más virtuoso, más miedo. Cuanto más prestigio, más abismo. Cuanto más pedestal, más vértigo. Y a mí todo eso me da igual.

El directivo entornó los ojos y lo vio por fin.

—Será la primera vez —añadió Glenn—. En la historia. Y quien hace algo por primera vez lo hace para siempre.

—Claro, claro —dijo Dave. Pero llevó a cabo un último esfuerzo por argumentar—: Sin embargo…, de todo el repertorio de Bach, no hay nada… *a ver*, ¿no hay nada de todo lo demás que te apetezca grabar? Ojo, o fuera de Bach. Tenemos también los nocturnos de Chopin, que gozan siempre de mucha aceptación entre la gente, o los de Schumann. ¿O por qué no la *Patética* de Beethoven…? No sé, busquemos algo más romántico, más comercial, con más *punch*…

Glenn volvió a dedicarle una mirada extrañada, aún más que la anterior.

—Verás… —dijo Dave ya a la desesperada, añadiendo a sus palabras una dosis extra de súplica y complicidad—. Arriba están preocupados. Y no los culpo. Los de marketing les han contado que Bach compuso la obra para que un caballero cogiese sueño. Glenn, por favor, intenta entenderlo… Si queremos hacer de ti una estrella internacional, alguien de quien hable todo el planeta, ¿realmente te parece que la mejor forma de presentarte al mundo es a través de un somnífero musical?

¿Cómo sentir que estamos dirigidos por Dios? Mirando con atención hacia dentro y viviendo tranquilamente en el interior de nuestra morada, de modo que el hombre se pruebe a sí mismo en su corazón y renuncie a esa incesante persecución de las cosas exteriores.

ESTHER MEYNELL,
La pequeña crónica de Ana Magdalena Bach

BWV 1042

Yo era una niña. Algunos dirán que sigo siéndolo, que sigo representando lo que para ellos sería una criatura caprichosa, consentida y malcriada. Y puede que hasta tengan razón. Pero lo que está claro es que, por aquel entonces, y te hablo del año 1706 o 1707, yo era todavía más cría.

Mi padre, Johann Caspar Wilcken, fue un gran músico en la corte de Zeitz antes de trasladarse, y trasladarnos a todos, a Weissenfels, una pequeña localidad cercana a Halle y Leipzig, rodeada de colinas y a orillas del río Saale. Mi madre, Margaretha Elisabeth Liebe, también llevaba la música en la sangre —era hija de organista—, pero posiblemente porque jamás desarrolló su talento siempre fue mucho más dócil, menos rebelde, menos avanzada y, sin duda, menos liberal que mi padre.

Quizás por eso fue él quien me enseñó a valerme por mí misma desde muy pequeña. A no depender de nadie. Solía decir que quien se entregaba moría en vida en cierto modo. Que las mujeres teníamos los mismos derechos a desarrollarnos que cualquier hombre. Que no entendía por qué, habiendo tanto talento, no se nos daban las mismas oportunidades que a ellos. Mi padre se adelantó a su tiempo, que es otra forma de decir que sufrió mucho.

Seguramente sus palabras fuesen objeto de todo tipo de chanzas y burlas por parte de los demás. Jamás me lo contó. Pero lo noté. Lo noté en muchas ocasiones. Cada vez que comíamos o cenábamos en casa de familiares y nos dedicaban esas preguntas o miradas condescendientes. Cada vez que me llevaba a la corte a cantar ante el duque, la gente me miraba a mí con asombro y a él con preocupación, casi con lástima. Como si pensaran: «Pobrecillo, el talento se lo ha dado a una mujer, a la que tendrá que casar para tener hijos y olvidarse así de toda la inversión en tiempo y táleros que está haciendo».

Porque hay que decirlo así. Para aquella gente, nobles y aristócratas de la época, invertir en mujeres era tirar el dinero. Sigue siéndolo, para muchos.

Pero para mi padre no. Para mi padre, enseñarme música y desarrollar mi voz de soprano era algo así como comprar mi libertad.

Lo cierto es que durante mi estancia en Weissenfels, en la escuela religiosa luterana sólo para señoritas las diferencias entre mis compañeras y yo se hicieron cada vez más grandes. Mientras ellas parecían muy preocupadas por la intendencia del hogar, aprender a remendar la ropa para dejarla como nueva, los secretos de la cocina para el paladar masculino o las diferencias entre la papilla de verduras y la de carne para un bebé, a mí sólo me interesaba cantar, conocer mundo y explorar. Salir. Cantar. Descubrir.

Y todo sola, si pudiera ser.

Un día, al término de las clase, cuando me había despedido ya de mis compañeras e iba de camino a casa, me encontré con una pintada en medio de la calle más concurrida de la ciudad, justo enfrente del instituto:

A Anna Magdalena:
jamás te casarás porque no vales la pena.

Apenas tendría yo trece años. Recuerdo llegar llorando a casa. Destrozada. Imposible disimular semejante vejación pública. Llegué, y me fui directa a mi cama, a taparme con la almohada y con lo primero que encontré.

Mi padre, que en ese momento estaba ensayando con su trompeta junto con otros músicos, les dio un descanso para ir a verme.

—Eh, ¿qué pasa, bollito?

Así me llamaba siempre, desde que nací, porque decía que era comestible como un bollo recién hecho. Entre sollozos, le conté lo que había pasado, la humillación pública que acababa de sufrir. Recuerdo que mi padre no hizo ni una mueca.

—Cariño, la gente siempre rechaza al diferente. Ésa es la cruda realidad, y cuanto antes la aprendas, mejor. Nos pasamos la vida uniformando vidas, aplacando sueños, rebajando expectativas, y cuando te das cuenta has renunciado a todo aquello que querías a cambio de todo aquello que jamás te hizo ilusión. Y es entonces cuando te piden, te exigen, te retan para que seas tú misma, cuando ya te han despojado de todo aquello que te hacía especial, cuando te han limado asperezas, cuando te han quitado tu propio ser y te han convertido a la imagen y semejanza de cualquier otro. Pero ¿sabes qué? Que eso a ti no te va a pasar.

Se fue a la habitación de al lado y volvió con un pincel y un pequeño frasco de tinta roja.

—Piénsate qué vas a poner mañana. Te levantarás antes que nadie, antes incluso de que amanezca, y responderás debajo de esa frase con otra. Tienes toda la noche para construirla.

Y ahí me dejó. Sola. Construyendo.

A la mañana siguiente, las niñas se arremolinaban alrededor de la pared frente a la escuela luterana de Weissenfels. Todas las alumnas reían y algunas señalaban hacia la pared con cierto rubor. Bajo la vieja inscripción, una nueva lucía con tinta roja:

A Anna Magdalena:
jamás te casarás porque no vales la pena.

A quien lo haya escrito:
a mí tu opinión me importa un pito.

Bach es un artista extraordinario en el órgano y clavicémbalo, y no he dado con ningún músico que haya
podido rivalizar con él.

JOHANN ADOLF SCHEIBE

BWV 999

Un duelo de organistas de primerísimo nivel no era algo que fuera a ocurrir todos los días del siglo XVIII. Estamos hablando de la Superbowl de las artes que, además, se sabía casi con toda seguridad que no volvería a celebrarse. Decir que había expectación sería quedarse muy corto. Aquí no se vendían entradas, sino que se rifaban sólo entre algunos escogidos. Y encima éstas no podían pagarse con dinero, sino con privilegios e influencias. Además, resultaba ser la ocasión soñada por cualquier aristócrata o monarca europeo para hacer valer su poderío.

Cuando no había guerra, el arte y la música eran las armas más adecuadas para ostentar la capacidad de apabullar al prójimo. Si no podías invadirlo, conquistarlo o saquearlo, la mejor manera de someterlo era bajo el yugo del talento que fueses capaz de reunir, no ya detrás de un ejército, sino de un puñado de pinceles... o de instrumentos.

Era la primera vez que Sebastian pisaba el castillo de Hermsdorf, residencia del conde de Flemming, que se encontraba rodeado de unos jardines que parecían haberlo acorralado en una hermosa emboscada. En su interior, bajo la cúpula, la sala del clave brillaba como nunca antes lo había hecho. Entre la luz crepuscular que entraba por las ventanas, la cantidad de velas ya encendidas y la cantidad y calidad de las joyas que lucían las damas presentes, todo parecía augurar una velada histórica.

La ocasión era tan solemne que hasta Su Alteza Real el príncipe Ernesto Federico I de Sajonia-Hildburghausen aguardaba en pie pese a la dificultad con la que se mantenía erguido desde que resultase herido en la pierna derecha en Höchstädt, durante la guerra de Sucesión española. Su esposa, Sofía, había intentado sin éxito varias veces que tomase asiento en el trono que los anfitriones habían improvisado para él.

Quinientos táleros. Más del doble de lo que ganaba Sebastian trabajando a destajo durante todo un año en Weimar. Ése era el generoso botín que Su Majestad había puesto para amenizar el duelo organístico y que, así, los asistentes pudieran sentir la presión que ese dinero produciría sobre los contendientes.

Al lado de Su Majestad se encontraban el anfitrión, general Joachim Friedrich, conde de Flemming y ministro del electorado sajón, su esposa y varios nobles de la región, desde el mismísimo embajador de Rusia en Sajonia, Heinrich Karl Graf von Keyserlingk, un influyente diplomático que había solicitado específicamente ser presentado a los contendientes (lo que vendría a ser un *meet and greet* de hoy), hasta algún que otro clérigo luterano que no había querido perderse tan magna cita. Todos expectantes, todos atentos a lo que podría ocurrir esa tarde en casa del general.

—Con el permiso de vuestra majestad, me he tomado la libertad de pedir a mi primo Lazskó que me hiciese llegar este vino de sus plantaciones de Tokaj para abrirlo justo hoy.

—Está delicioso, general. ¿De dónde decís que viene? —preguntó el monarca.

—De la región de Tokaj-Eperjes, majestad, concretamente de Kopasz, una estrecha franja que cubre la ladera sur de la cordillera de Zemplén. En apenas siete mil hectáreas cultivan esta variedad de uva única en su especie porque está afectada por un hongo parásito, el *Botrytis cinerea*, que causa la podredumbre noble.

—¿Un vino podrido? ¿Eso es lo que servís a vuestro rey? Ni que fuéramos franceses…

Las risas de compromiso que se oyeron en la sala colocaron al anfitrión en una delicada controversia de la que debía salirse de inmediato.

—Al contrario, *sire*. Primero es necesario conseguir una selección de las mejores uvas de la variedad aszú, que da lugar a racimos muy exclusivos y delicados. Se trata de uvas acariciadas durante meses por la suave climatología de las laderas soleadas, protegidas de los fuertes vientos del norte, manteniendo así la temperatura alta e impidiendo la congelación de los abundantes ríos y flora autóctona.

—Bien, hasta ahí entiendo lo de «nobles»: delicados, exclusivos y bien cuidados. Me gusta. Pero ¿dónde ponemos lo de «podridos», general?

Más risas.

—Es la historia de un descuido, majestad. Por culpa de las constantes guerras contra los otomanos, un año fue necesario posponer la recolección de las uvas. De esta forma, casi por error, descubrieron que recolectarlas más tarde producía una concentración de azúcar más elevada de lo habitual, provocada justo por esa podredumbre. Una concentración que hoy se mesura en *puttonyos*, es decir, en masas de uvas aszú añadidas en un barril de ciento treinta y seis litros. Y es precisamente esa concentración tan atípica como deliciosa la que dota al vino de ese sabor tan especial. En la actualidad se sabe que cuando la concentración de azúcar alcanza los siete *puttonyos*, es decir, los setecientos gramos por litro, se trata de lo que en Tokaj denominan «el néctar», la excelencia. Y eso, majestad, es lo que acabáis de disfrutar en vuestros labios.

—En resumen, cuanto más podridos, más exclusivos. Y todo, como siempre, por error. Cuánta razón tiene vuestro primo... Es el espirituoso más adecuado para la nobleza. ¡Por vuestro primo!

Todos los asistentes levantaron su copa y secundaron el brindis real. Todos menos uno.

—*Konzertmeister* Bach, ¿acaso no os convence el vino podrido del general? ¿O es que igual no os creéis nada de su apasionante historia? —preguntó el príncipe.

—Majestad, sólo sé que está delicioso.

—¡Qué buen paladar para el alcohol tenéis siempre los músicos! Por cierto, imagino que habréis oído hablar del pianoforte de Silbermann.

—Silbermann es un buen amigo, majestad.

—Qué raro, desconocía que ese tipo de carácter pudiera tener amigos. ¿Y qué os parece? El pianoforte, no Silbermann. ¿Lo habéis probado?

—Aún no. Pero por lo que cuentan, creo que se tratará de un artilugio... prometedor.

—Vamos, que no os convence.

—Bueno, dicen que permite...

La explicación de Sebastian se vio bruscamente interrumpida por la entrada de varios lacayos. Entraban como no se supone que debían entrar en una estancia ocupada por nobles, y menos aún por Su Alteza Real. Uno de ellos, el más anciano, se acercó al príncipe y le susurró algo al oído.

—Caballeros, parece que no podremos disfrutar del duelo que tanta ilusión nos hacía. Por lo visto, nuestro invitado se ha sentido indispuesto esta misma mañana y ha abandonado la ciudad rumbo a París en una posta especial. ¿Sabíais algo, Woulmyer?

Jean-Baptiste Volumier, director musical de la corte de Dresde, contestó tras un breve carraspeo:

—No tenía ni idea, *sire*.

—¿Y de verdad no os ha dado ninguna explicación para dejarnos plantados?

—Ninguna.

—En fin… Lo malo es que hemos hecho venir a herr Bach desde Weimar para nada. Por favor, *konzertmeister*, trasladad mis más sinceras disculpas al duque Wilhelm Ernst por haberos sustraído de Weimar durante estos días. Lo bueno es que los quinientos táleros vuelven a las arcas reales.

Tras una carcajada exagerada para la calidad del chiste, volvieron todos a beber. Todos menos Sebastian. Su cuenta corriente sólo había hecho que empeorar con un viaje que había tenido un final de lo más absurdo. Jamás se pudo decir que Marchand perdiese un duelo con Sebastian. Aunque, para ser precisos, tampoco se pudo decir que Sebastian lo hubiese ganado. Así que, aunque le fastidiase, era justamente injusta la decisión de Su Alteza Real. Como todas las que dependen de un solo hombre.

A pocos kilómetros de allí, Marie-Angélique despertaría sobre un enorme colchón de plumas, bajo un enorme dosel dorado, absolutamente sola.

—*Chéri… Chéri…*

A tientas lograría llegar hasta las ventanas y cuando descorriese las cortinas descubriría la realidad. La ciudad de Dresde, como la vida, seguía sin ella. Los baúles de Louis no estaban. Sobre la cama, en el lado de él, una nota:

Ma chérie:

Lo siento mucho, me he equivocado y no volverá a ocurrir. Sí, es posible que el organista germano me hiciese abrir los ojos anoche. Dicen que el talento es la capacidad de provocar algo en los demás. Y puede que el talento de ese hombre me haya provocado esto. *Je ne sais pas.* Lo que sí sé es que yo he estado viviendo en una mentira y tú has vivido con un impostor. Me debo a mí mismo volver a saber quién soy. Y después de todo lo vivido juntos, he de ser totalmente sincero contigo, te lo debo. *Désolé.* Te deseo toda la suerte del mundo y que encuentres el amor que mereces. No pienses que me voy ahora. En una relación, cuando uno toma la decisión de irse es que hace tiempo que ya se ha ido. Debo asumir mi lugar en el mundo, y eso empieza por ser franco con mi propio corazón. No me busques. Si me va bien, sabrás de mí. Y si no, conociendo a tus padres, también.

Suerte,

LOUIS

Lo que el órgano de la Frauenkirche
contó a Sebastian

El clave estaba bien, pero a Sebastian le gustaba ensayar siempre sobre el órgano, no tanto para practicar las piezas, que ya se las conocía más que de memoria, sino para ver qué le decía cada uno, qué le explicaba. Acariciar sus teclas era preguntarle: «¿Cómo estáis?». Tirar de cada uno de sus registros era interesarse por su pasado. Y es que cada órgano era como cada uno de nosotros. Todos andamos por ahí deseando contar nuestra historia a quien esté dispuesto a escucharla. Y por eso no hay dos individuos iguales. Es imposible. Básicamente porque, como ocurría entonces con cada órgano, todo dependía de mil factores que poco o nada tenían que ver con la interpretación de cada cual.

Para empezar, toda la música se hacía para un lugar. Era el sitio el que determinaba la música, no al revés. Las iglesias no eran más que cajas de resonancia y, por eso, para el organista era fundamental conocer y anticipar cómo sonaría cualquier pieza en esa planta y con ese alzado. Años más tarde, invitarían a Sebastian al nuevo teatro de la Ópera en Berlín y sabría colocar, sin haber hecho ninguna comprobación previa, a dos personas en paredes opuestas que, susurrando contra la pared, pudieran oírse perfectamente entre ellas y sólo entre ellas.

La planta de la Frauenkirche de Dresde, barroca y de base cuadrangular, se había construido a partir de los planos de George Bähr, arquitecto oficial de la ciudad, sobre una iglesia medieval. Eso significaba dos cosas: la primera, que el lugar era una adaptación, de manera que no se había creado para incorporar un órgano, lo que implicaría limitaciones acústicas; y la segunda, que, conociéndolo, Bähr habría incluido las florituras justas para no interferir en la resonancia del órgano. Porque al final todas las notas rebotaban en los muros. Y si en éstos había demasiada ornamentación interior, el rebote de una nota celestial podía llegar a convertirse en un verdadero infierno.

Un órgano situado en un lugar que no estaba ni pensado ni preparado para él. Ahí Sebastian no pudo más que empatizar. Era como se había sentido toda su vida. Desde la muerte de sus padres, cuando él apenas contaba diez años, hasta ese preciso momento. Desde que tuvo que buscarse la vida de aquí para allá, siempre se sintió en el lugar incorrecto. Si alguien había sobrado siempre, era él.

A continuación, el emplazamiento del órgano era fundamental. Determinar dónde se colocaba dentro de la iglesia era una resolución mística más que arquitectónica. Se trataba de decidir desde dónde Dios iba a hablarte. Porque la música del órgano era la propia voz del Altísimo. Y no era lo mismo que estuviese frente a los feligreses que detrás de ellos. No era lo mismo notar el aliento del Creador detrás de ti que frente a ti, saliendo por detrás del oficiante y barrándote el paso. Lo primero era vigilancia. Lo segundo, impedimento. Lo primero, un Dios que te aconseja. Lo segundo, un Dios que te prohíbe. Lo primero, un Dios que te empuja, que te anima, que te da aliento. Lo segundo, un Dios que te entorpece, que te juzga, que te vigila.

Sebastian reparó en que el órgano estaba detrás del altar, delante del público. Vaya, le habría gustado más que se encontrara detrás de los feligreses; ese gesto de acompañamiento era, al fin y al cabo, la decisión más humilde. Le gustaba que su Dios todopoderoso fuese, después de todo, tan humilde, cercano y mundano como para no pretender intimidar. Como un compañero. Como un buen amigo. Alguien que sabes que siempre está, pero no se impone. El poder, el verdadero poder, no necesita demostrar que lo es.

Después estaba la altura a la que se ubicara el órgano. Cuanto más arriba se colocase, más imponente sonaría, pero, a la vez, cuanto más alejado del hombre estuviera, más se perdería la conexión con lo terrenal, con la gente que, a fin de cuentas, era la que había acudido a notar la presencia del Gran Jefe. En este caso era el primer piso, nada demasiado alejado, también porque el tamaño de la iglesia no daba para más.

Para terminar, la música, aparte de para un lugar, se hacía para un momento determinado. No era lo mismo interpretar la Pasión según cualquier apóstol en Cuaresma, un momento de dolor y recogimiento, que hacerlo en Navidad, cuando todo tenía que sonar exultante, brillante, optimista. Y también aquí había unos órganos más adecuados que otros para ciertos momentos. Igual que hay personas más adecuadas para contar un chiste y otras para hacernos llorar, hay gente que nos pone de los nervios y luego hay otra que nos transmite calma y paz.

Con los órganos ocurría lo mismo: pretender que un órgano interpretara lo que no era podría llevarte irremediablemente al fracaso. El órgano de la Frauenkirche de Dresde era bastante viejo, bastante antiguo. Necesitaba una renovación con urgencia, pensó Sebastian. Habría que llamar a Silbermann para que le echase un ojo. ¿Cómo lo sabía?, os preguntaréis, pues por dos factores que, de nuevo, afectan del mismo modo a cada uno de nosotros. El primero, que había perdido los graves. Cuando te parece que ya nada tiene tanta gravedad, eso es que te estás haciendo viejo. Y el segundo, que resultaba bastante anodino, ignorable por el resto del público. Al igual que ocurre con los ancianos, cada vez se le hacía menos caso.

SEGUNDA

{Sarabanda}

Todo ocurre en Bach.

ANTON WEBERN

Los médicos trabajan para conservarnos la salud y los cocineros para destruirla, pero estos últimos están más seguros de lograr su intento.

DENIS DIDEROT

BWV 201

Estamos en Norwich, Inglaterra. Son las cinco de la mañana, recién empieza a clarear. Llaman a la puerta de una casa o, más bien, la aporrean. Parece que van a tumbar la puerta de una casa cualquiera situada entre la modesta catedral y el río Wensum. Aquí, al este del país, los inviernos son muy ventosos, así que en un principio nadie abre si oye golpes en una puerta, pues lo más seguro es que se trate de un golpe de aire.

Sin embargo, la insistencia y sobre todo la virulencia de ciertos golpes hacen que, al final, una sirvienta salga de su cama y de la casa para ver qué ocurre.

A la mujer no le da tiempo a preguntar nada. En cuanto corre los goznes de la cerradura, una turba de gente entra en tromba gritando y agitando las antorchas.

—¡¡¡A por el matasanos!!!

—¡¡¡A por él!!! ¡¡¡Curandero!!!

—¿¿¿Dónde está ese maldito brujo???

La multitud no tarda en hallar el dormitorio principal de la casa, del que sacan en camisón a su dueño. El hombre a duras penas logra agarrarse al libro que tenía en la mesilla de noche.

Sin demasiado esfuerzo, pues apenas opone resistencia, se

lo llevan en volandas hasta la calle, donde más vecinos gritan exaltados y furiosos proclamas contra él.

Otro grupo de jóvenes carga con un sillón, sobre el que se sienta el obispo del pueblo, tan obeso como furioso, que además tiene los ojos vendados.

—¿¿¿Lo tenéis??? ¿¿¿Ya??? ¡Ah! ¡¡¡Ahí estás!!! ¡¡¡Túúú!!! ¡Eres tú quien me ha cegado! ¡Esbirro de Satanás! ¡¡¡Al río con él!!!

—¡¡¡Al río!!! ¡¡¡Al río con él!!!

—¡Síí! ¡¡¡Al río!!!

Un par de vecinos lanzan sus antorchas contra la casa, que prende con suma facilidad, tanto que en pocos minutos quedará reducida a cenizas. El resto de la multitud ya ha emprendido el camino hacia el río. Zarandeado por la gente que lo lleva en volandas sobre sus cabezas, el hombre se abraza a su libro y cierra los ojos.

El obispo, todavía cargado por algunos jóvenes, les va a la zaga, cada vez más distanciado de los vecinos que llevan al ya exdueño de la casa. El peso y el ritmo del pelotón de cabeza hacen imposible a los demás seguirles a la misma velocidad.

De pronto, en un tramo del camino con muchos árboles, el obispo se golpea la cabeza con una rama gruesa y cae al suelo, rodando como un mazapán. Los jóvenes que cargaban con él no se dan ni cuenta —o eso hacen ver— y siguen gritando y corriendo mientras portan el sillón sospechosamente más ligero.

—¡¡¡Eh!!! ¡Hijos de puta! ¡No me dejéis aquí! ¡¡¡Que estoy aquí!!! ¡¡¡Pero ¿adónde vais?!!!

El obispo grita abandonado en la soledad del camino rural. Se pone en pie y comienza a tantear a su alrededor.

La turba llega a un pequeño acantilado y, sin mediar palabra, lanza al agredido al vacío. El médico cae al río y, aunque sin mucha habilidad, logra alcanzar la orilla.

Deja sobre una roca el libro al que había estado aferrado todo ese tiempo. Sobre la cubierta, empapada y medio quemada por las antorchas, todavía puede leerse:

The Life and Extraordinary History
of the Chevalier John Taylor, Ophthalmiater Pontificial,
Imperial, Royal

La *Chacona* es, en mi opinión, una de las más maravillosas y misteriosas obras de la historia de la música. Adaptando la técnica a un pequeño instrumento, un hombre describe un completo mundo con los pensamientos más profundos y los sentimientos más poderosos. Si yo pudiese imaginarme a mí mismo escribiendo, o incluso concibiendo tal obra, estoy seguro de que la excitación extrema y la tensión emocional me volverían loco.

JOHANNES BRAHMS

BWV 1004

Aquella tarde noche de 1720, tras el duelo frustrado con Louis Marchand, la cabeza de Sebastian era un canon a tres voces. Veintitantas horas de trayecto entre Dresde y Weimar en carruaje daban para demasiado reproche a uno mismo. Cuando tus pensamientos pasan una y otra vez por tu análisis y tu atención, cuando se repiten una y otra vez las mismas preguntas, si bien con alguna variante, generando así nuevas armonías, dibujando nuevos colores, descubriendo un matiz inédito con cada respuesta y valorando nuevas posibilidades, es entonces cuando tu cabeza está dando vueltas como un canon. Y no hay otra: hay que rendirse, hay que dejarlo fluir.

Sebastian no podía dejar de pensar en los quinientos táleros que se le habían escapado, y todo por la incomparecencia de su rival. Lo que es peor, que el príncipe no se los hubiese adjudicado precisamente por ello, esa tremenda injusticia, le hacía aún más consciente de lo poco que pintaban los músicos para aquella y cualquier otra corte. Cada nuevo traqueteo era una frase que tendría que haber dicho al príncipe. Cada bache que pasaban era una respuesta ingeniosa para conseguir que le diesen su merecido botín.

Marchand no habría sido contrincante para él. Eso lo sabía.

Pero lo que peor llevaba era no haber podido demostrarlo. El talento no es talento si no se ejecuta. Las ideas no valen nada, lo que vale es su aplicación. Concretar es existir. Todo lo demás es humo.

El paisaje crepuscular que veía discurrir por la ventanilla del carruaje entre Sajonia y Turingia, llano y monótono, sin una montaña a la vista, sin un solo accidente, tan sólo millas y más millas de campos, cultivos y pastos, parecía recordar a Sebastian que su derrota por no haber vencido volvería a condenarlo a una vida gris, rutinaria y previsible. Una vida bien plana en la que sólo se le pedía que compusiese cancioncillas de cumpleaños para el duque de Weimar, que probase de vez en cuando algún órgano aquí o allá y que no dejase de dar clases a los chavales del lugar. Todo lo demás, si es que quería que pasara algo más, tendría que aportarlo él. Con el tiempo que le quedase libre, eso sí. La excepción era un esfuerzo creativo y una temeridad social. Como cantaría siglos después Damien Rice, de poco sirve que te den millas y millas de monte, cuando tú estás pidiendo el mar.

A lo lejos, Sebastian se fijó en un grupo de chiquillos que acompañaban a sus padres campesinos recogiendo los útiles de labranza. Qué poco se imaginaban aquellos pequeños seres humanos la condena que les esperaba. En una época en la que los ascensores sociales no habían sido ni siquiera imaginados, uno fallecía en la misma cuna en la que había nacido. Ésa era la única certeza. Que tal como hubieras venido al mundo te marcharías de él. Si nacías pobre, morías pobre. Si nacías anónimo, te morías anónimo. Y por supuesto, si nacías enfermo, te morías enfermo. Y punto. La única suerte que podía tocarte era postergar ese momento lo suficiente para que te diera tiempo a procrear, que era tu única misión realmente importante en la vida. Para que, en algún momento, tu prole pudiera trabajar y darte de comer. Para tratar de alargar un rato más tu pobreza y tu vida gris, y así podérsela ofrecer a los que vinieran detrás.

Sin embargo, Sebastian ni podía ni debía quejarse. Llevaba desde la adolescencia teniendo la suerte de trabajar al servicio de varios insignes nobles turingios. Eso significaba que llevaba desde la adolescencia comiendo a diario y durmiendo caliente. ¿Cuántos de sus antiguos compañeros de la escuela latina podían decir lo mismo?

Eso sí, empezaba a estar muy harto del duque Wilhelm Ernst. Su propietario, por así llamarlo, era un déspota y un derrochador. De hecho, el duque de Sajonia-Weimar-Eisenach era conocido ya en toda la provincia por arruinar su ducado a marchas forzadas. Su política de encarcelar a los ricos de la región para que le sufragasen todas sus deudas había topado con la relativa garantía judicial que empezaba a darse a lo largo y ancho del Sacro Imperio Germánico. Y el déspota de Wilhelm estaba perdiendo todos los juicios que le planteaban.

Además, el duque andaba últimamente más preocupado por mantener su desproporcionado ejército que por mantener a sus músicos con salarios dignos. Había que sacar el dinero de algún sitio. En palabras del propio duque, la guerra era más cara que la música, menos prescindible y muchísimo más urgente.

Sebastian, por su parte, tenía que pensar en una familia de seis. Y las cuentas no salían. Los niños crecían en número y en tamaño, y cada vez gastaban más. La carga de trabajo era la misma que la de los músicos que había conocido en Dresde. Sin embargo, él ganaba diez veces menos. Tenía que poner fin a esa situación. Su emergente prestigio no estaba acorde con sus ingresos. O, mejor dicho, sus ingresos iban como mínimo un año por detrás de sus logros.

Tras pasar la noche en una modesta posada de Getsenberg,

a media mañana por fin llegaron a la residencia de los Bach en Weimar.

Mientras descendía del carruaje, Sebastian recordó lo que siempre le decía su mejor amigo de la infancia, Georg Erdmann, cada vez que lo veía apesadumbrado:

—Sebas, cuando tus preocupaciones no son problemas, tú los conviertes en problemas. Y no es hasta que te llegan los problemas de verdad, los que de veras te sacuden la vida, cuando te das cuenta de que los que tenías antes no llegaban a la altura de ser ni siquiera problemas. Dicho de otro modo, un problema se identifica inmediatamente, porque mata todo aquello que no lo es. Eso en lo que respecta a los problemas. Pero es que una desgracia, además de matarlo todo, impide que nazca nada bueno alrededor.

Ahora tenía un problema de verdad. O al menos así lo creería durante unos minutos más. Una vez entrado en casa, Sebastian percibió enseguida que pasaba algo. La vorágine de su hogar parecía detenida artificialmente en un bodegón de esos que sólo había visto en las paredes de los nobles. Como si alguien hubiera pausado la frenética actividad que de ordinario se vivía en ella.

De pronto, algunos pasos en cascada. Eran sus hijos, que por lo general galopaban escalera abajo cuando llegaba de cualquier viaje. Esa vez ni siquiera trotaban. Bajaban sin querer bajar. Todos seguidos por Friedelena, hermana de María Bárbara y, por lo tanto, cuñada para siempre de Sebastian.

Ahí estaban Wilhelm Friedemann, de diez años; Carl Philipp Emanuel, de apenas seis; Johann Gottfried Bernhard, de cinco; y la mayor, Catharina Dorothea, de doce.

—Kathy, cariño, ¿qué pasa? ¿Dónde está tu madre?

Si Catharina Dorothea odiaba ser la primogénita era por situaciones como ésa. Ella sólo quería llorar, no tener que explicar nada a nadie, especialmente a su padre y en ese momento. Quería llorar y ya está. ¿Por qué le preguntaba a ella? ¿Acaso no había más hermanos ahí con capacidad de habla? ¿Acaso no sabían explicarse los demás? Si algo le había enseñado la prematura muerte de tres de sus hermanos era que tener más consciencia no te reduce el dolor. Era al revés, de hecho. Lo único que pudo articular fueron dos sílabas acompañadas de un sollozo.

—Mamá…

La cara de Sebastian se ensombreció tan rápido como los nubarrones de una tormenta de verano. No hicieron falta más palabras. Los tres chiquillos y su tía miraban una y otra vez de abajo arriba buscando recoger por el camino las mismas palabras que le habían faltado a Catharina.

—Sebastian —acertó a arrancarse Friedelena, su cuñada—, fue hace dos días, recién te marchaste. Fue todo tan rápido…, pasó de estar bien a… Los médicos no pudieron hacer nada.

—¿Por qué no me avisasteis?

—Lo hicimos. El correo debió de llegar cuando ya estabas de vuelta.

Sebastian dirigió la mirada a sus hijos, uno por uno. Todos ellos náufragos buscando un madero al que asirse en la mirada de su papá. Todos ellos sin rumbo en la vida, más allá del que él pudiese proporcionarles a partir de ese instante. Acababan de perder a un referente, y lo miraban como si ahora valiese el doble, justo cuando sentía que le habían extirpado la mitad.

No pudo llorar. Se negó a hacerlo. Se lo debía a María Bárbara; a ella no le habría gustado que llorase delante de los niños. Carraspeó un poco. Bloqueó inconscientemente la presa de sus lagrimales. Y al fin pudo seguir hablando.

—¿Dónde está, Friedelena?

—En el cementerio sur. Donde nuestros padres. Lo siento, Sebastian.

«Lo siento, Sebastian…». Pese a que había oído esas palabras por primera vez hacía ya más de veinte años, aún seguían vivas en su memoria y ahora volvían a él con más fuerza.

—Lo siento, Sebastian… Tu papá ha ido a reunirse con tu mamá, y ahora están juntos en el cielo.

El primo mayor de Sebastian siempre había hablado como un patriarca para él. Era de aquellas personas que cualquier cosa que dijera, fuera lo que fuese, parecía importante. En ese caso, además, lo que le diría a continuación resultaría crucial para su vida.

—¿Y ahora qué? —fue lo único que logró articular un pequeño Johann Sebastian que por primera vez en su vida no sabía si podía permitirse sollozar.

—La familia ha decidido que tú y tu hermano Jacob os trasladéis a vivir con Cristoph.

—¿A Ohrdruf?

—Sí, a Ohrdruf.

—Pero eso… está muy lejos.

—Tampoco tanto. Apenas ciento cincuenta kilómetros de aquí —toda mentira lleva siempre incrustada alguna verdad que la endulce—. Podremos seguir viéndonos una vez al año, en nuestra reunión familiar —dos mentiras—. Pero eso ahora da igual. Allí tu hermano Christoph es el organista principal de la Michaeliskirche y podrá seguir enseñándoos y educándoos a los dos. Aquí no queda sitio para todos.

De pronto, con esa frase, se le fue toda la infancia como por un sumidero. Se habían ido sus padres y también se habían llevado el sitio para él en la vida. Sólo le restaba que un hermano al que apenas conocía lo acogiera y esperar a ver si volvía a tener un sitio en alguna parte.

Y así fue.

De sus años en Ohrdruf sólo recordaría dos cosas. La primera, lo mal que se llevó con su hermano Johann Cristoph, un organista más o menos famoso en su localidad, sí, pero vago como pocos conoció en su vida, nada interesado en mejorar como compositor y organista, además de mujeriego y alcohólico; vamos, un pieza y todo un ejemplo para un chaval de apenas diez años. La segunda, lo difícil que era copiar partituras a la luz de la luna. Su hermano, celoso del incipiente talento de Sebastian, había cerrado a cal y canto las únicas partituras que había en la casa. Piezas para teclado de Frogberger, Kerll y Pachelbel. Ventanas a un mundo nuevo de armonía, melodía y contrapunto. El acceso a un paraíso sonoro que estaba reservado en exclusiva para el mayor de los Bach.

La celosía del mueble, sin embargo, permitía que unos dedos ágiles, delgados, largos y flexibles como los de Sebastian las sacaran por los pequeños agujeros, después de enrollarlas. Y eso era exactamente lo que hacía Sebastian. Esperaba a la noche, a que su hermano Johann Christoph finalizase la juerga —que a veces incluía sexo frente a los niños— y cayese a dormir la mona. Era entonces cuando se acercaba sigilosamente al mueble y, sin necesidad de abrirlo, enrollaba una a una las partituras, las extraía una a una por los orificios ornamentales del armario y se acercaba a la ventana, donde las transcribía nota por nota en un papel en blanco. Sin encender ninguna vela, no fuese a despertar al borracho de su hermano. Forzando la vista hasta niveles insalubres. Haciendo el menor ruido posible con el único susurro de fondo de la pluma de ganso sobre el papel. Una vez finalizada la fotocopia manuscrita, devolvía el original a su encierro con el mismo sigilo y guardaba su recién estrenada copia debajo de su colchón. A la mañana siguiente, en cuanto su hermano acudía al trabajo en la Michaeliskirche, llegaba el momento de disfrutar del pequeño gran botín.

Y así pasaron los meses y los años, hasta que un día Christoph lo pilló con las manos en la masa, y lo que siguió fue un tremendo castigo y unas tremendas ganas por parte de Sebastian de largarse de allí, cosa que logró en menos de un año. Pero eso ya es otra historia.

El caso es que todo ese capítulo se le había venido con suma viveza a la mente de Sebastian cuando se tuvo que enfrentar a la mirada perdida de sus propios hijos. Eran hijos sin lugar en el mundo. Eran exiliados de la realidad. Los parias del futuro. Como si ya nadie contara con ellos para nada más.

Pero él no haría lo mismo, pensó. Porque él no era igual que los demás. La familia es el conjunto de errores que nos empujan a intentar acertar. Así que él intentaría no equivocarse.

Esa vez no.

A la hora a la que Sebastian llegó al cementerio, con un ramo en una mano y un maletín en la otra, apenas quedaban visitantes ya, mala hora para forzar tanto su vista. Siempre acudía mucha gente a ese lugar, ya fuera para honrar a sus seres queridos, ya fuera simplemente para deambular entre tanto silencio y tranquilidad. Pero a esa hora ya tenía pinta de que fuesen a cerrar, además de que tronaba fuerte a lo lejos y empezaba a chispear.

Un camposanto no es más que un depósito, para nada se trata del lugar de paso que siempre le habían contado a Sebastian. Los verdaderos andenes de la vida se encuentran en los hospitales, en los conventos, en las casas de beneficencia y en las maternidades. «Ahí es adonde realmente las almas llegan y se van», pensó mientras recorría con la mirada las lápidas a veinte centímetros de su nariz, en busca de algún garabato que lograse identificar.

La pena profunda que sentía no le permitía pensar en nada más. Se le había ido su compañera, su confidente, su razón de ser. La persona con la que había tenido siete hijos, la amiga con la que había llorado la muerte de tres. Alegrías y penas, ésas son las cosas que en verdad te unen en la vida. Cuantas más tengas y más intensas sean, mayor será tu vínculo con esa persona.

Y ahora todo lo que quedaba de ella estaba bajo una de esas frías lápidas con dos fechas separadas por un guion. Sebastian tuvo que acercarse mucho para conseguir leerla bien. Un breve guion con forma de signo de restar que, en realidad, escondía todo aquello que ella había aportado a la vida, que era mucho. Y ahora se veía todo reducido a eso, a una raya horizontal que mentía por modesta, por incompleta, por falaz.

De pronto, una señal. Se acercó un poco más y, efectivamente, ahí estaba:

María Bárbara Bach
1684-1720

Sebastian se arrodilló y depositó sobre la lápida un ramo con catorce rosas.

Justo en ese momento empezó a llover.

Nunca había hablado a los muertos. Ni siquiera en los funerales para los que había compuesto. Siempre componía para los vivos y para gloria de Dios, *Soli Deo gloria*. Y ahora, de pronto, se encontraba rodeado de muertos con la única que siempre seguiría viva para él.

Si hubiera sabido expresarlo con palabras, le habría dicho

algo así como: «¿Y ahora qué, amor mío?». Si hubiera podido articularlo en sujeto, verbo y predicado, le habría dicho: «¿Y ahora qué hago yo aquí sin ti? Que no me has dejado ni siquiera despedirme. No me ha dado tiempo ni a hacerme a la idea. De hecho, no creo que me acostumbre nunca a esto. Ni cuando lo asimile, si es que algún día llego a asimilarlo. Pero ¡si teníamos casi la misma edad! Si siempre hacíamos bromas, me decías que yo me moriría antes que tú... No sé, no sé por qué has tenido que irte tan pronto. ¿Los chicos...? Tú y yo sabemos que saldrán adelante. Ahora están tristes, están perdidos, pero ellos fueron concebidos para enterrarnos a los dos. Sin embargo, yo... yo jamás estuve preparado para amar tanto a alguien que ya no está. Como me leíste una vez, creo que era de Lutero ante la tumba de su hija: "¡Qué feliz eres ahora! ¡Te levantarás de nuevo y brillarás como una estrella, como el propio sol! ¡Qué extraño es, sin embargo, saberte feliz y estar triste!". Hay tristezas que se lo llevan todo por delante, mi amor. Como la de ver morir a tres hijos; hasta tres veces tuvimos que enterrarnos en vida para después poder seguir adelante. Nosotros, que estuvimos a punto de todo. Nosotros, que ya no existimos más. Se me cae la vida por un agujero grande y negro, Bárbara. Se me va la vida por un abismo. Lo llego a saber y no te amo tanto... —Sonrió—. Como si hubiera podido escogerlo. Te odio, Bárbara. Te odio por haberte amado tanto. Ahora sé que tú exististe, que Dios te prefiere a su lado y que nada ni nadie volverá a interesarme jamás. ¿Cómo querer a otra persona sabiendo que un día exististe tú? ¿Cómo sonreír a otro ser humano sin pensar en las sonrisas que me arrancaste tú? ¿Cómo pasear, cómo comer, cómo... cómo respirar este aire, sabiendo que un día lo respiraste tú? Me dejas solo, y lo peor, me dejas cada vez más ciego y cada día más enamorado de ti. Porque lo estoy, y no dejaré de estarlo por el hecho de que tú no estés. Sigo enamorado de alguien que ya no está. Una nada que ahora ya jamás podré negar. Si no fuera por esas cuatro criaturas que me miraban hoy con ojos de auxilio, te juro que me reunía ahora mismo contigo. Te odio, Bárbara. Te odio tanto, cariño…».

Todo eso era lo que sentía Sebastian, pero era incapaz de expresarlo tal cual. Así que se dispuso a decírselo a su manera. De su pequeño maletín de mano sacó su ajado violín. Y ahí mismo, sin abrir los ojos y bajo la incesante lluvia, comenzó a improvisar una fuga a tres voces para violín solo.

Allemanda, corrente, sarabanda, giga y *ciaconna*. Justo cuando parecía que iba terminando, empezaba otra vez. Y otra. Y otra. Como si se le hubiera quedado siempre la misma cosa en el tintero. Que era la única. Que era la más especial. Que siempre lo sería. Y que jamás la iba a olvidar. Todas esas palabras que quien ha amado de veras ha tenido que pronunciar alguna vez. Porque al final uno se acaba convirtiendo en todo aquello con lo que ha roto.

Mientras interpretaba las notas, sus gemidos, las acompañaba con palabras o, mejor dicho, con números. «Tres, dos, cuatro, dos, tres…». Gemidos en el crepúsculo de la vida y de la jornada que se diluían en el lamento de un violín en medio del camposanto.

Lo que Newton fue como científico Bach lo fue como
músico.

CHRISTIAN FRIEDRICH DANIEL SCHUBART

BWV 926

Tres cadáveres. Dos de adulto, uno de ellos con el cráneo destrozado. Bonito panorama para comenzar la jornada. El laboratorio universitario de Leipzig era austero y frío, pero justo por eso se había convertido en el lugar favorito para trabajar del *professor* anatómico forense Wilhelm His, quien estaba convencido de que el calor era el enemigo de la ciencia. Aislarse para pasar frío y así poder concentrarse, ésa era la base frecuente del éxito de todo estudio medianamente serio, pensaba.

Frente a él, esos tres cuerpos. Tres restos que analizar. Tres vidas que interpretar. Una de ellas podría tratarse de la del mayor músico de todos los tiempos. Las otras dos igual le daban una pista sobre por qué fueron enterrados junto a él.

La única referencia para identificar al genio: un retrato de hacía más de un siglo y medio del pintor sajón Elias Gottlob Haussmann. De hecho, lo que Wilhelm His tenía frente a él no era el primer original, sino un segundo que pintó en 1748 que el archivo histórico del ayuntamiento había cedido temporalmente para las tareas de identificación. Ésa era su mejor guía, su mayor aliado para llegar lo antes posible a una conclusión.

Las indicaciones del *professor* acababan apuntadas fidedignamente en el cuaderno de su ayudante, Mathias.

—Descartados los restos infantiles, y partiendo del análisis de la pronunciada mandíbula inferior, se puede inferir la semejanza de uno de los otros dos con el cuadro de Haussmann. El cráneo que no presenta ningún impacto, que ha llegado intacto y completo, parece coincidir perfectamente con la mandíbula inferior plasmada en el retrato.

Mathias no daba abasto.

—Además, se identifica blefarocarasis.

—Blefaro...

—... carasis, hundimiento y asimetría de las cuencas oculares, la cual habría producido distensión o relajamiento de las bolsas de los párpados superiores, algo que de nuevo coincide con el retrato, al menos en lo que respecta a su ojo derecho.

Las prisas eran lógicas. His disponía sólo de unas horas para dar carpetazo al expediente antes de que el consistorio diese a los restos del genio nueva sepultura en un lujoso sarcófago de piedra que habían encargado para colocarlo debajo de la cripta de Santo Tomás y así poder continuar con las obras de ampliación de la basílica de San Juan.

La siguiente tarea consistiría en colocar todos los huesos en un tablón para fotografiarlos, técnica moderna y revolucionaria en cuanto a la fiabilidad y precisión de las pruebas científicas. Con eso y las pistas del cuadro de Haussmann, podría dar por concluida la exploración preliminar en apenas unas horas.

Más tarde, como el consistorio pretendía erigir un monumento, se estaba esperando la llegada del escultor Carl Ludwig Seffner para que hiciese un molde en arcilla y bronce del cráneo; con él se podrían explorar los tejidos blandos de su cabeza. La reconstrucción anatómica sería un dato más para la identificación definitiva de los restos, pero de nuevo, y como ya le había advertido el artista, el busto tardaría días, si no semanas.

—Cuando la economía empuja, la política aprieta. Cuando el dinero se resfría, algún político es el que estornuda —dijo pensando en voz alta.

El ayudante, Mathias, dejó de apuntar, pues no le pareció ni riguroso ni científico el comentario. Fue en ese momento cuando sonó el timbre de la puerta del laboratorio. Mathias acudió a la puerta de la calle, a través del cristal de la cual se intuía la figura de dos hombres.

—¿Sí?

—Buenos días. Mi nombre es Andreas Moser, soy *concertmaster* en el Mannheim Nationaltheater y vengo acompañado de mi amigo y colega el ilustre herr Edvard Grieg. Nos gustaría ser recibidos por el *professor* Wilhelm His.

—Ahora no puede, está trabajando.

—Lo sabemos, y precisamente por eso necesitamos hablar ahora con él, para ayudarle.

—Lo siento, pidan una cita para otro día.

Mathias intentó cerrar la puerta, pero la mano de Moser se lo impidió.

—Escuche —dijo el *concertmaster* en un tono algo menos amigable—, sé que no nos conocemos, pero aquí mi colega viene de Noruega, se ha cruzado media Europa sólo para mantener esta reunión y le aseguro que si nos da cinco minutos con el *professor* His no se arrepentirán ni usted ni él, pues puede que descubra interesantes datos para su investigación.

Mathias volvió a mirarlos de arriba abajo.

—¿Y si no?

—Si no hablamos con él, es posible que nunca sepa la verdad.

—¿La verdad? ¿Y cuál es esa verdad?

—Que igual no está analizando los restos de Johann Sebastian Bach.

En la sala contigua a su laboratorio, el *professor* anatómico forense Wilhelm His observaba a aquellos dos hombres —Andreas Moser y Edvard Grieg— como quien mira un fenómeno atmosférico. Con fijación casi resignada, esperando en cualquier momento que estallasen de algún modo o, como mínimo, le diesen una buena razón para volver a ponerse a cubierto.

Entre ellos tres, sus correspondientes cafés sobre una mesita hacían las veces de improvisadas y civilizadas barricadas. No habría sido ni correcto, ni adecuado ni de buena educación impedir el acceso a un músico tan reconocido como Edvard Grieg, pero a la vez a His le intrigaba sobremanera la razón de la visita. Así que se decidió a preguntar:

—Y bien, caballeros, ¿a qué debo este inesperado...?

—¿... contratiempo? —finalizó la frase Moser con una media sonrisa.

—¿... honor?

—*Professor* His, a mi colega el señor Grieg, que acaba de ser condecorado en el ayuntamiento de Leipzig, y a mí nos gustaría poder ayudarle en sus pesquisas.

Wilhelm His se percató entonces de que Grieg portaba un rollo debajo del brazo, como si fuera un diploma, pero no de papel, sino de tela.

—¿Mis pesquisas? Estoy en una simple y rutinaria fase de instrucción forense, identificando restos por encargo del ayuntamiento.

Grieg y Moser se miraron. Moser continuó hablando:

—Yo no calificaría precisamente de «investigación rutinaria» la identificación del cráneo y los huesos del mayor músico de todos los tiempos.

—Para empezar, no se trata de un solo cráneo, sino de tres.

—Lo sabemos.

—¿Lo saben?

—Sí, nos informaron amablemente los dos funcionarios del cementerio previo pago de una generosa propina y de una fotografía. No sabe usted lo dúctiles y maleables que pueden llegar a ser ciertos funcionarios anónimos y megalómanos con ganas de pasar a la historia. Pero es que además los tres féretros de roble de su patio trasero no dejan lugar a dudas. Se trata de tres cadáveres, dos adultos y uno infantil.

—Bueno, da igual —dijo Wilhelm His mientras maldecía por dentro a su ayudante por haber cometido la imprudencia de dejar féretros a la intemperie—. Y aunque así fuera, mi única tarea consiste en ratificar que el hallazgo se corresponde con el registro de la sacristía de la iglesia de San Juan.

—Corresponden, ya se lo digo yo.

—Ah, ¿ustedes también son forenses?

—No, somos músicos.

—¿Y entonces...?

Moser miró a Grieg, quien asintió dándole permiso para continuar.

—*Professor*, ¿cómo está usted identificando los restos? ¿Con ayuda de qué?

—No entiendo la pregunta... ¡Pues con ayuda de la medicina!

—No, no me refiero a eso, quiero decir que... ¿de qué referencia histórica dispone para saber si el cráneo corresponde al de Johann Sebastian Bach?

—No les puedo dar más datos, caballeros, me temo que eso es confidenc...

El professor His se puso de pie dispuesto a mostrarles el camino hacia la puerta. Pero Moser no se dio por vencido:

—El cuadro de Haussmann.

—¿Perdone?

—Sí, el cuadro que Haussmann pintó, el que figuraba en el consistorio y ya no está allí.

His suspiró armándose de diez segundos más de paciencia.

—Vale, sí, es posible. Pero no entiendo qué tiene que ver eso con...

—¿Sabe usted quién encargó ese cuadro?

—Pues me imagino que el propio Bach, sería él...

—Así es. Pero la pregunta es: ¿por qué?

—No sé, supongo que le haría ilusión.

—*Professor* His, me decepciona usted. Alguien como Bach, que lleva más de sesenta años en el mundo sin un retrato, encarga uno al pintor más caro y reputado de la época, ¿y usted no se pregunta por qué?

—...

—Yo se lo digo: porque quería dejar constancia de la fecha de su muerte.

—¿Qué?

—Lo que oye, *professor.* Johann Sebastian Bach sabía perfectamente cuándo iba a morir.

—Nadie sabe cuándo va a morir.

Edvard Grieg se levantó entonces de la silla sobre la que había permanecido en silencio hasta ese momento y dijo:

—Salvo los que saben que van a ser asesinados.

—A ver si le he entendido bien —dijo Wilhelm His quitándose los anteojos típicos de un forense de finales del XIX—; ¿me está usted diciendo que Bach en realidad fue asesinado?

—Le estoy diciendo mucho más —contestó Andreas Moser—, le estoy diciendo que ese cuadro lo único que demuestra es que Johann Sebastian Bach sabía cuándo lo iban a asesinar.

—¿Cómo?

—*Professor* His, ¿está usted familiarizado con los preceptos de la gematría?

—¡Por el amor de Dios, yo soy médico, no musicólogo!

—Bueno, es que no le estoy hablando de música, le estoy hablando de matemática y ciencia, *professor*. Y es que para los griegos, y antes para los asirios y los babilonios, la música, como la ciencia, no era más que el lenguaje de la naturaleza, por el que los dioses nos hablaban en forma de números y ecuaciones. Mire, es muy sencillo. Basta con otorgar un valor numérico a cada letra del abecedario: la A es 1, la B es 2, etcétera. Igualmente, si se fija, en la notación musical alemana, cada nota también tiene su correspondiente grafía: el do es C, el re es D, el mi es E, el fa es F, el sol es G, el la es A y el si bemol es B. Ah, por cierto, el si natural es H.

—Muy bien, ¿y por qué me explica todo esto?

—Porque Bach también nos hablaba a través de ese cuadro. Usó la gematría para enviar su mensaje. ¿Recuerda cuál es la partitura que nos muestra en su mano?

—No lo sé. Ni me he fijado.

—Vuelve usted a decepcionarme. El *Canon tríplex a seis voces*.

—¿Y...?

—Si usted suma las letras que corresponden a B-A-C-H, le da un número, ¿cuál?

—Eeeh..., catorce —respondió el forense con vocecilla de alumno harto.

—Impresionante, *professor*. Catorce es también el número que suman las cinco primeras notas de la *Ciaccona*, el *tumbeau* para violín que dedicó a su primera esposa, María Bárbara, en el que sería el gran epitafio de su muerte. Catorce es, en definitiva, su identidad, su sello, su firma musical. Pues cogemos la mitad de catorce, siete, porque en este caso el canon consta de un compás cuaternario pasado a binario. ¿Y si le digo que las notas de los primeros siete compases de esa partitura suman dos, ocho, siete, uno, siete, cinco y cero?

—Le diré que enhorabuena por sumar tan bien.

—Veintiocho del siete de mil setecientos cincuenta.

His se quedó congelado.

—La fecha de defunción de Bach...

—Exacto.

La pausa del *professor* estuvo teñida tanto de perplejidad como de hartazgo.

—Bueno, mire, me da igual, en cualquier caso, a mí lo que me interesa es identificar cuáles son los restos del caballero que aparece en el cuadro.

—Es que el que aparece en el cuadro tampoco es Bach.

La cara de impaciencia de Wilhelm His se hizo más patente aún.

—En serio, *professor*, el cuadro es de Haussmann, ¿no lo ve? ¡Un judío que ponía su propia cara cuando no tenía al modelo presente! ¡Pintó el cuadro sin tener a Bach delante, no podía tenerlo porque ya estaba muerto! Y fíjese bien en el título de la obra: *Canon tríplex a SEIS voces*. Seis voces, doctor. ¿Cuántas líneas de pentagrama ve usted ahí?

—Tres...

—Pues ahí lo tiene. ¡El cuadro es una falsificación! Jamás fue aprobado por Bach, pues él sabría perfectamente cómo plasmar un canon a seis voces. ¡Es un error de principiante!

—Hasta aquí, señores. Les he dedicado toda la mañana y tengo muy poco tiempo para perderlo en teorías cabalísticas y esotéricas más propias de un folletín que de una investigación científica.

—Sólo contésteme a una cosa, *professor* His: el otro cráneo, el que presuntamente no es de Bach, ¿estaba intacto o aparecía destrozado por una agresión?

Ahí His hizo otra pausa.

—¿Cómo sabe usted...?

—Por lo que le digo. Investíguelo, por favor. El cráneo destrozado es, en realidad, el de Bach.

Al oír la música de Bach tengo la sensación de que la eterna armonía habla consigo misma como debe haber sucedido en el seno de Dios poco antes de la creación del mundo.

JOHANN WOLFGANG VON GOETHE

BWV 988

Constaban trece personas contratadas para el verano de 1955 en la lujosa tienda de pianos Steinway de la calle Cincuenta y siete de Nueva York. Se trataba, sin duda, de los trece empleados más atentos, considerados, eficientes y, sobre todo, virtuosos que había en el mundo. Cada uno de ellos podría haber dado un recital en el Madison Square Garden, el Carnegie Hall o en el mismísimo Met y sin leer partitura alguna.

Esos trece elegidos formaban parte de una familia más amplia de artesanos que completaban una plantilla de hasta trescientas personas que trabajaban cada día de su vida para lograr el piano perfecto. Todos ellos enamorados de la música, obsesionados con una ejecución perfecta y conscientes de que lo que fabricaban no eran meros pianos, sino la voz de cada pianista.

Quizás por todo ello, la visita de Glenn Gould esa misma tarde les hacía especial ilusión. Se vivía un ambiente de calma tensa. Como cuando vienen invitados importantes a casa y de pronto todo tiene que ser más perfecto de lo que es. La discográfica había avisado con dos días de antelación, pero no había concretado la hora, así que cada campanilla que sonaba provocaba un ligero e imperceptible calambre en la espina dorsal de todos y cada uno de los trece dependientes.

A ellos se sumaba hoy William Hupfer, de sesenta y seis años, originario de Carolina del Norte, pero instalado desde hacía cuarenta años en Brooklyn. Hacía tiempo que no iba por la tienda, pues en teoría estaba ya jubilado después de cuatro décadas dándolo todo para la firma, pero el encargado, Herbert Stein, un joven judío, remilgado y ambicioso, un *bohemian bourgeois* del *uptown* cualquiera, le había pedido como favor personal que atendiera al señor Gould.

Will y sus compañeros llevaban toda la mañana afinando los Grand Piano del sótano, la *crème de la crème* de los instrumentos, lo que sería Breguet para los relojes, pero en versión piano de cola.

Will tenía oído absoluto y sabía que Glenn Gould también lo tenía, pero éste desde los tres años. «¿Cómo debe ser la vida de alguien que descubre algo tan fascinante como el oído absoluto a esa tierna edad? —pensó—. ¿Cómo debe ser aprender a leer partituras antes que aprender a leer? Y, sobre todo, ¿cómo debe ser pasarte toda tu vida sentado delante de un piano para perfeccionar tu técnica y estar a punto de convertirte así, tras escasas veinte vueltas al sol, en uno de los mejores pianistas del mundo?».

Las instrucciones eran muy claras: primero, no tocar al pianista. Ésa era la fundamental, pues les habían advertido de la aprensión que el canadiense tenía al contacto humano, fuera cual fuese su intención, sentido o intensidad. Segundo, retirar todas las banquetas. El intérprete traería la suya, les dijeron. Y tercero, dejarle probar todos los pianos hasta que encontrara el que le satisficiera. Ése sería el elegido para la sesión de grabación que comenzaría en unas horas a pocas calles de allí, en los *headquarters* de la compañía discográfica. Así que habría que trasladarlo y afinarlo en destino con la máxima celeridad.

La campanilla de la puerta sonó y, de pronto, el tiempo pareció detenerse. Allí, bajo el dintel, se encontraba un hombre tapado hasta las cejas, con abrigo, mitones, bufanda y gorra, y una silla plegable debajo del brazo derecho. Alzó la otra mano a modo de saludo de Boole y todos supieron que era él.

—Señor Gould, permítame decirle que es un auténtico honor y un inmenso privilegio volver a tenerle en nuestra tienda.

Ahí estaba Herbert Stein, todo un encargado de Steinway & Sons Ltd., con la mano extendida esperando a que Glenn le devolviese aunque sólo fuese la deferencia. Glenn no hizo ni el amago de soltar la silla, plegada bajo su brazo. Miró la mano que lo apuntaba, miró al encargado y suspiró.

—Claro, sí, las tres normas, discúlpeme.

—Vengo a elegir un modelo D.

—Sí, sí, está todo listo, abajo —dijo mientras restituía lo que le quedaba de dignidad a su bolsillo—. Es por aquí. ¿Le llevo algo?

La mirada de Glenn fue más rotunda que un «no».

En la planta de abajo, sendas filas de seis empleados cada una con las manos a la espalda flanqueaban un largo pasillo central. A ambos lados, el paraíso de cualquier intérprete: decenas de piezas de museo, obras de arte que cristalizaban todas en las mismas ochenta y ocho teclas.

Para el resto de los mortales, cualquiera de esos pianos habría sonado igual de bien que los demás. Pero para aquel intérprete, cada piano era una respuesta distinta a las mismas preguntas de siempre. Preguntas que llevaba formulándose desde hacía décadas, como otros antes que él durante siglos. Preguntas que empezaban por BWV, por K o por opus. Preguntas que dejaron planteadas los verdaderos protagonistas de esa tarde en la tienda Steinway & Sons de Manhattan. Respuestas que él debería intentar hallar.

Primer piano: «Demasiado tosco».

Segundo piano: «Suena a lata».

Tercer piano: «Pedal salido. Odio el pedal, sólo lo usan los que no saben tocar para disimular su falta de expresión».

Cuarto piano: «Aquí ya hay algo interesante... Pero no. Los armónicos no acaban de sonar del todo puros».

Quinto piano: «Pulsación dura, le falta asentarse».

Sexto piano: «No tiene mordente».

Séptimo piano: «¿En serio esto es un Steinway?».

(...)

Décimo primer piano: «Nada del otro mundo».

Décimo segundo piano: «Steinway debería haberse esforzado un poco más».

(...)

Décimo quinto y último: «Ñé...».

—¿Por qué no prueba éste? —La pregunta procedía de un empleado sin uniforme, sexagenario y sonriente llamado Will Hupfer.

—Ya lo he probado, era el décimo cuarto.

—Sí, por eso mismo.

—¿Qué quiere decir?

—Quiero decir que los pianos son como los libros. A veces no es el ejemplar, sino uno mismo quien se lo encuentra en el momento incorrecto. Basta con tener la humildad de volver sobre él más adelante para descubrir que, simplemente, no estábamos preparados la primera vez que lo leímos.

Los empleados se miraron entre sí abriendo mucho los ojos. Uno de ellos se tapó la cara en un gesto de «ya verás». Glenn miró fijamente a Will, quien le devolvió una sonrisa.

—¿Me trae la silla?

—Sí, ¡cómo no!

Will le acercó su silla, y Glenn la desplegó y se puso a los mandos del décimo cuarto piano que había probado. Con los tres primeros compases ya lo tuvo claro.

—Maravilloso.

—Jajaja… ¿Lo ve? —dijo Will.

Fue entonces cuando, fruto de la emoción del momento, Will no pudo evitarlo y le dio una palmada en la espalda. Una de esas palmadas que uno da de aprobación a un hijo que ha sacado buenas notas o a un colega que ha hecho diana en el juego de dardos del bar. Nada más y nada menos. Nadie se habría molestado, ni mucho menos lesionado, por una palmadita así. Nadie salvo Glenn. Traumatismo leve en la cintura escapular. Así lo reflejó el informe del hospital Mount Sinaí en su informe del 9 de junio de 1955. Un día antes de empezar la grabación del disco más importante de su carrera, Glenn Gould sufría un accidente causado por el entusiasmo de un pobre hombre que sólo pretendió ayudarlo.

Inicialmente estaba Bach..., y después todos los demás.

PAU CASALS

BWV 244

Wilhelm His, anatómico forense y científico, no acababa de salir de su asombro... ni de su despacho. Los dos caballeros que seguían en su laboratorio, Edvard Grieg y Andreas Moser, no dejaban de poner sobre la mesa consideraciones interesantes a la par que absurdas e inquietantes. Así que decidió darles una oportunidad más para explicarse.

—¡Esto es el colmo! ¿Y por qué alguien querría matar a Bach?

—Ahí está la clave de todo, *professor* —contestó Moser—. Johann Sebastian Bach estaba en contra de una música, una vida y una sociedad cada vez más laicas. Como buen nacionalista germánico, estaba orgulloso de su *Heiliges Römisches Reich Deutscher Nation* y, con sumo dolor, tuvo que presenciar cómo la degradación de las nuevas costumbres de América, sobre todo por parte de los inmigrantes judíos, empezaban a degenerar la pureza de nuestra cultura, de nuestras creencias, de nuestra *ahnenerbe*, esto es, nuestra herencia ancestral. Y Bach lo denuncia utilizando la gematría, justamente el método de interpretación que, tras los griegos, adoptaron los...

—¿Los...?

—Los judíos, *professor*. Los autores de la cábala. ¡El retrato de Haussmann es una denuncia política! ¡Una acusación con fecha, nombres y apellidos! ¡Y Bach jamás pudo encargárselo porque ese cuadro tiene un gazapo musical imperdonable! ¡Un canon a seis voces con sólo tres pentagramas!

—¿Insinúa que los judíos mataron a Bach?

—A Bach entonces y ahora a nuestra nación.

—No entiendo...

—Guillermo II, nuestro káiser, se está gastando el dinero que no tenemos en reforzar nuestra flota y nuestras posiciones militares de ultramar, *professor*. Es un hecho: mantener la herencia cuesta dinero. Pero si sigue este ritmo de dispendio, muy pronto entraremos en bancarrota nacional. Y adivine quién es nuestro acreedor principal. ¿A quién le debemos más dinero que a nadie?

—¿A los judíos?

—A los judíos.

—Mire, no estoy yo para denuncias políticas ahora... La única herencia ancestral que me preocupa es la de los huesos de ese señor.

—Analice también los otros huesos, se lo ruego.

—*Guten abend*, caballeros.

—Bien, si no le molesta, volveremos mañana. Y si quiere, le ofreceremos más datos que igual podrían ayudarle. *Auf wiedersehen, professor* His.

Cuando Grieg y Moser abandonaron el laboratorio, Wilhelm His se quedó un rato solo, pensando en lo ocurrido. Había oído hablar de individuos con poco seso que atribuían propiedades u orígenes esotéricos a la construcción de las pirámides de Egipto, tan en boga e incluso de moda entre la burguesía europea en ese entonces, pero nunca se había encontrado cara a cara con numerólogos, esa nueva estirpe de cabalistas que encontraban detrás de toda realidad un número que le diese sentido. «Y es que el ser humano —pensó— necesita un porqué por encima de todo. Dar un sentido a las cosas, aunque no lo tengan. La religión, la filosofía, la ciencia y el arte, los cuatro posibles porqués a tanta pregunta que todavía hoy se hacen». Tan absorto se había quedado con esas teorías que perdió la noción del tiempo. En esa soledad tan de pronto conquistada, se quedó mirando con fijeza el cuadro.

—¿Quién eres...? No me la estarás pegando, ¿verdad?

Llamó al laboratorio a Mathias, su ayudante, y empezó a analizar los otros huesos, los del cráneo destrozado. Y como hiciera anteriormente, fue cantando una a una sus mediciones para que Mathias las apuntara.

—Varón, ciento sesenta y siete centímetros de altura. Seguimos con los pies: al igual que con el primer individuo, se detectan espolones calcáneos.

—¿Calcáreos?

—No, calcáneos, con ene. Una deformación habitual en el talón de los organistas. Sin duda también se trataba de un organista. Procedemos a medir las manos. ¡No puede ser!

El *professor* hizo un alto en su rutina de exploración y volvió a mesurar la distancia entre las falanges del pulgar y las del dedo meñique de la mano izquierda del cadáver.

—La distancia que abarcan entre ambos dedos es de veintiséis centímetros. *Mein Gott!* ¡Veintiséis centímetros!

«Menuda manaza para un hombre de sólo ciento sesenta y siete centímetros de altura», pensó.

—Por cierto —dijo a su ayudante—, ¿cuántas veces te he pedido que no dejes material susceptible de descomponerse en el patio de atrás?

—Lo siento mucho, *professor.*

—Ve ahora mismo y entra los tres féretros, anda, que los tenemos que analizar también.

—Sí, *professor*.

En cuestión de segundos, el ayudante salió del laboratorio y volvió a entrar aún más sofocado de lo que había salido.

—*Professor*..., no sé cómo decírselo.

—¿Qué pasa?

—Que ya no hay tres, que hay sólo dos. ¡Que uno de los ataúdes grandes ha desaparecido!

Si se preguntase por un músico que esté lo más próximo a la composición sin defectos, supongo que el consenso general elegiría a Johann Sebastian Bach.

BWV 1056

La docencia es como el amor. O se hace bien y hasta las últimas consecuencias, o casi mejor ni intentarlo. O se pone todo lo que uno tenga, o no vale la pena, mejor dejarlo para otro día. La diferencia es que, además, para dar clases tienes que habértelas preparado. Saber de qué vas a hablar. Tener claro el objetivo. Y mil cosas que no hacen falta a la hora de amar.

Sebastian lo sabía perfectamente, pero, para ser sinceros, necesitaba el dinero. Las facturas no respetaban el luto y seguían llegando. Además, desde que no le suministraban papel pautado tenía que tirar de oído, de memoria y de improvisación. Y las bocas de sus cuatro hijos no habían dejado de comer.

Si encima añadimos que María Bárbara había sido una gran ama de casa que controló los gastos hasta el último tálero para que nunca se dispararan y que durante la ausencia de Sebastian obviamente no había habido ingresos, nos encontramos ante la tormenta perfecta contra la economía doméstica de los Bach.

Impartía las clases en su propia residencia, en la planta baja, en una sala llena de instrumentos y un clavicordio, que era el que también usaba muchas veces para componer.

Entre sus alumnos, como en todas las aulas de la historia, había de todo. Estaba Gottlieb Goldberg, un adolescente virtuoso, muy aplicado y con una sensibilidad fuera de lo común; los tres hijos varones de Sebastian, esto es, Gottfried, Friedemann y Carl Philipp, que eran siempre de los más avanzados —pero también castigados—; un tal Lorenz Christoph Mizler, apodado por todos el Pequeño Lorenz, un chaval con cara de niño que más que músico parecía matemático por lo rebuscado y críptico de sus composiciones; y luego estaba Stefano, un italiano moreno y desvergonzado al que, si no le hubieran gustado tanto las mujeres, igual hasta habría llegado a ser un gran músico.

—A ver —dijo Sebastian sin muchas ganas—. Hoy vamos a estudiar las tonalidades. Gottlieb, ¿cuántas tonalidades hay?

—Diecisiete, *meister*.

—No es correcto. Siguiente... ¿Mizler?

Mizler miró a Gottlieb y contestó con la voz más tímida.

—Sólo hemos estudiado diecisiete tonalidades...

—¡¡¡Pues mal hecho!!!

La voz de Sebastian retumbó por toda la casa.

—¿Friedemann?

—Sí, padre..., quiero decir, *meister*. ¿Dieciocho?

—Mal. ¡Mal! ¡¡¡Muy mal!!!

La cara de sus pupilos iba del terror a la incertidumbre. Sebastian se dio cuenta de que no podía seguir preguntando así. Echar la culpa a los demás de cómo estaba él únicamente le traería más problemas.

—Si sólo se estudian diecisiete tonalidades es porque hoy casi nadie sabe atemperar bien los instrumentos. Hay veinticuatro, Friedemann, como mínimo, veinticuatro tonalidades. Pero claro, para eso un instrumento debe estar bien temperado, bien afinado. No como los que tenemos ahora.

Los alumnos asintieron a la vez.

—Escuchadme con atención. Algún día, con suerte, os encargarán música para cualquier acontecimiento. Y debéis tener muy claro que la música estará ligada para siempre a ese acontecimiento. Una coronación. Un bautizo. Una boda. Un funeral... Lo que sea. La música nunca nunca trasciende, nadie puede atrapar las notas como atrapa los colores el pintor, es la única expresión que se evapora en el preciso momento en que ya ha sido tocada, porque, al igual que el acontecimiento, nace y muere al instante. Ésa es su potencia y ésa es su gran belleza. Nadie escucha música cuyo acontecimiento ya haya ocurrido, igual que nadie puede bañarse dos veces en el mismo río o cortar dos veces la misma flor. Por eso es tan importante tener bien temperado el instrumento. Porque sólo existe una oportunidad. Porque cada composición vuestra, con suerte, sonará sólo una vez. Y después desaparecerá, se diluirá en el marasmo de partituras que ya nadie interpreta, porque a nadie le interesa escuchar algo que ya pasó. Ésa es la única oportunidad. Ésa es la única vez y tiene que sonar perfecto. Así que, insisto, todo empieza por una buena afinación. ¿Y cuál es el sistema más común de afinación..., Friedemann?

—El sistema mesotónico de afinación, el que venimos usando desde hace algo más de un siglo, basado en intervalos de terceras puros.

—Exacto —dijo Sebastian más calmado—. Y funciona bien sólo para diez, quince o como mucho diecisiete de las veinticuatro tonalidades posibles. Por eso creo que la afinación es nuestra gran asignatura pendiente. Todo el mundo tiene derecho a ser feliz, venga de donde venga. Igualmente, las melodías tienen derecho a sonar bien, salgan de la tonalidad que salgan, vengan del entorno que vengan. Por eso afinar es a la música lo que la ley es a las personas, sirve para dar libertad a todas y cada una de sus notas. También porque es la única forma de estar preparados para la modulación, tener prevista cualquier eventualidad para cuando la vida te cambie de tonalidad, porque por muy bien que te sientas, al final la vida siempre modula a otro tono justo cuando menos lo necesitas. Cuando creías que aquello sería eterno. Cuando lo habrías dado todo por quedarte ahí. Lo único que tienen en común las cosas buenas y las malas es que no duran.

Los alumnos se miraron. Hacía rato que aquello ya no era una lección de música.

—Afinar —continuó Sebastian— es estar preparado para los golpes que te dará la vida. Porque, muchachos, las buenas noticias hay que ir a buscarlas, pero los golpes... los golpes creedme que vendrán solos. Algún día, más pronto que tarde, antes de que os deis cuenta, llegará el invierno a vuestras vidas. Y no creáis que eso tiene que ver con las temperaturas. No. El invierno es un estado del alma. Aquel en el que cada día se parece siempre al siguiente, pero nunca al anterior. Aquel en el que nadie ni nada cambia, aunque todo varíe.

Las clases, los oficios, las cantatas, los motetes. Y vuelta a empezar. Los alumnos en casa, los ayudantes, las partituras. Los días y las horas. Las horas y los minutos. Todo sin ella, sin María Bárbara, se le hacía eterno. Sebastian era incapaz de diferenciar los momentos. Ésa debía de ser, precisamente, la definición de felicidad: momentos que se separan de todos los demás. Sí, también ocurre lo mismo con la desgracia. Con una sutil diferencia: la felicidad tiene un principio y un final; la desgracia, en cambio, son diez mil principios, todos abiertos.

Lo que nadie había explicado nunca a Sebastian era que las personas importantes llegan a nuestra vida una vez pero acaban yéndose muchas. Las relaciones sólo tienen un principio, pero cuanto más importantes y profundas son más finales tienen. Uno cree que ya se ha acabado esa historia, que esa persona salió de nuestra vida y ya está. Nada más lejos. De pronto, un día, sin venir a cuento, abres un cajón y, ¡zas!, aparece una prenda, un recuerdo, una pulsera…, cualquier cosa que fue suya y quedó allí, abandonada, como todo lo que sentisteis los dos. De repente, otro día, sin esperarlo, alguien hace o dice algo que te recuerda a algo que siempre hacía ella. Y ahí que va, otra puñalada inesperada que te llevas. Sus huecos están por todas partes. Su ausencia estalló en mil pedazos y lo ha dejado todo perdido de dolor. Por eso la tristeza de Sebastian no consistía tanto en estar llorando todo el día, que también, sino que su tristeza se parecía más a de repente tener miedo a las cosas más mundanas, las que antes le daban igual. Tener miedo a los fines de semana. Tener miedo al tiempo libre. O a la Navidad. O a doblar la esquina.

A pesar de esa dolorosa traición cotidiana, era preciso que el dinero siguiera entrando en casa, y, por suerte o por desgracia, Sebastian ni debía ni podía detener la máquina de componer. A los oficios regulares se sumaban los extraordinarios que la corte de Weimar le encargaba, así como también los civiles de quienes podían permitírselo para una boda, un bautizo o un funeral. La gente se moría menos que antes, por cierto. Todo un contratiempo para su pequeña economía doméstica. ¿Se puede escribir sobre algo que no sea la muerte?

Y luego estaba el duque Wilhelm Ernst, que le había retirado el suministro de papel pautado para escribir música. Como siempre ocurría, los conflictos entre éste y su sobrino Ernst August tarde o temprano acabarían salpicando a Sebastian. Y ahora, después de haber organizado algún que otro concierto clandestino para el pequeño duque, August, todo lo que componía debía almacenarlo únicamente en su memoria, pues no tenía forma de transcribirlo, de llevarlo al papel.

Otro inconveniente se había añadido a la maquinaria de producir táleros: el alcohol. Cantidades ingentes de alcohol. Y no cualquier alcohol, sino el de más gradación. Olvidar es algo que también se bebe. Quizás por eso en tan sólo dos meses el consumo de bebidas espirituosas había ido creciendo en la casa hasta convertirse en la primera partida de gastos familiar. Hasta seis botellas diarias muestran los recibos domésticos, todas para el consumo exclusivo de Sebastian. Eso también acabó afectando a su productividad musical y, por lo tanto, a sus ingresos.

Todo empezó como empiezan todas las cosas vergonzosas, en la más estricta intimidad de su hogar. El príncipe Ernesto Federico, como premio de consolación por el duelo fallido contra Marchand, le había regalado una caja de ese brebaje de uva podrida de la región de Tokaj. Dulce pero no empalagoso, afrutado, pero con un toque avinagrado que no te acababa de saciar nunca del todo. El prólogo perfecto para cualquier adicción.

Al principio fueron sólo unos sorbos durante las comidas. Las clases parecían más livianas, y los días también engrasaban mejor. Después se añadieron paulatinamente un tentempié entre horas acompañado, por supuesto, de su correspondiente copita. Y poco a poco, mientras la comida iba desapareciendo y las dosis alcohólicas aumentando, la vida parecía diluirse en un continuo en el que ni las noches ni los días marcaban ninguna diferencia. Aumentar la dosis y rebajar de manera gradual la calidad. El periplo de todo adicto. El destino de todo viaje hacia los infiernos de uno mismo.

La fama de Sebastian comenzó, asimismo, a sufrir las consecuencias. Sus clases empezaban a resultar tediosas, imprevisibles y hasta peligrosas para sus alumnos. Bastaba con que te equivocaras en una sola nota para recibir algún exabrupto que jamás debería haber escuchado un niño o, peor aún, para que el maestro te lanzase a la cabeza su peluca o lo primero que agarrase.

Tanto fue así que un día, tras insultar y vejar a un alumno, éste le esperó, encapuchado y armado, a la salida de las clases. Se trataba de Heinrich Zielschmerz, un estudiante de Weissenfels fornido y tosco que seguramente no llegaría jamás a ser un buen músico. Pero de ahí a llamarlo «animal» había, con toda probabilidad, varios chupitos de distancia. Sebastian salió como siempre el último, agarrado a su botella, dando más tumbos que un piojo en un concierto de reggae, esquivando como podía a la legión de encendedores municipales de lámparas de aceite, cuando de pronto, sin saber cómo, se topó con un palo cuyo destino era su cabeza.

El primer golpe pudo esquivarlo, pero el segundo no. Y cuando se hallaba ya en suelo, a punto de recibir una soberana tunda de palos, alguien apareció para salvarle literalmente el pellejo.

—¡¡¡Eh!!! ¡¡¡Largo de aquí, desgraciado!!! ¿No te da vergüenza, tratar así a tu propio maestro?

El alumno encapuchado salió corriendo al ser descubierto, antes de tener que enfrentarse a un nuevo oponente, a todas luces más fornido que él.

La mano amiga que se le ofreció le provocó primero miedo y después, en cuanto pudo enfocar la vista, alivio.

—¿Georg? —Sebastian entornó los ojos para enfocarlo—. Georg...

—Veo que no te puedo dejar solo ni veinte años...

Georg Erdmann, su amigo íntimo de la infancia, el mismo que fue con él al coro del monasterio Michaelis en Lüneburg, donde se otorgaban plazas gratuitas a los niños que fueran pobres pero musicalmente dotados. Y si algo les faltó siempre a esos dos era el dinero, y si algo les sobró, sin duda, era el talento.

—Mi Georg... —dijo antes de desmayarse.

—Tu Georg, como siempre, salvándote el pellejo.

Sebastian despertó dentro de una berlina tirada por caballos y jaleada por un camino que supuso interurbano pues estaba lleno de baches y socavones. En cuanto pudo abrir los dos ojos, ante sí estaba su mejor amigo, su tercer hombro, el bueno de Georg.

—Se me ha ido, Georg —fue lo único que se le entendió entre sollozos.

—Lo sé, amigo mío.

—¿Y ahora qué...?

—Toma, te sentará bien —dijo mientras ofrecía un frasco a Sebastian.

—¿Qué es? —preguntó secándose los mocos.

—Café del Zimmermann. Me lo traen de Leipzig.

—¿Dónde estamos?

—Camino a Hamburgo.

—¿Hamburgo? Yo no quiero ir a Hamburgo. No quiero ir a ningún sitio.

—Sí, Sebastian, sí, Hamburgo. Allí te espera Haendel.

Sebastian tomó un sorbo.

—¿Haendel? —dijo justo después de quemarse los labios.

—No, hombre, no. ¡Es broma! Pero creía que eso te despertaría el alma, aunque fuera por un momento. Y hablando de momentos, por suerte para ti, parece que he llegado en el adecuado. ¿Estás preparado?

—No. Estoy destrozado. Devastado. Mutilado.

—En apenas unas horas te esperan en la iglesia de Santa Catalina.

—Dios... —dijo para ponerse a toser.

—Exacto, sólo para gloria de Dios. *Soli Deo gloria*. Estás en la última fase para convertirte en *kapellmeister* de San Jacobo.

—Yo sólo quiero convertirme en barro.

De pronto, Sebastian reparó en lo que había dicho Georg.

—¿San Jacobo...? ¿En serio?

—Tan en serio como los más de cuatrocientos táleros que ofrecen de sueldo.

—Pero no entiendo... ¿Cómo?

—El maestro Reincken te inscribió.

—El viejo Reincken. ¿Aún vive?

—Tendrá mil noventa y cuatro años, sus dedos ya no tocan como antes, pero la cabeza le funciona como cuando íbamos tú yo a escucharle tocar, y por eso mismo me pidió personalmente que viniese a buscarte, porque no puede venir él, y porque el hecho de que él te quiera ahí aún no significa nada. Primero tienen que examinarte a los mandos del mayor órgano del mundo, el más grande y también el más difícil, la última maravilla de Arp Schnitger, cuatro teclados y pedales, cincuenta y ocho registros, y digo yo que necesitarás a alguien que dé a uno de sus dieciséis fuelles...

—Claro, pero tendrías que haberme escrito, Georg... No puedo dejar de trabajar, tengo clases, tengo hijos, tengo una carrera...

—Sí, ya he visto lo diligentemente que gestionas tu carrera, tus clases y tus alumnos.

—¿Qué... qué haces tú aquí?

—¡Pues qué voy a hacer, Sebastian! Supe de la oportunidad y me llegaron noticias tuyas, todo la misma semana. Me enteré... —Hizo una pausa—. De... lo de Bárbara. —El silencio fue tan doloroso como la mera pronunciación de ese nombre, otra puñalada inesperada—. El caso es que no podía quedarme al margen. No me iba a perder tu decadencia, ¿no? Aunque tal y como te he encontrado, igual ya me he perdido la mejor parte.

Por eso era su tercer hombre. Alguien que lo deja todo cuando lo necesitas sin haberlo llamado, sin haberle dicho que lo necesitas, eso es mucho más que un buen amigo, eso es una parte de tu cuerpo, eso es algo que muy poca gente tiene la suerte de encontrar.

—Mis partituras. No... no he traído mis partituras.

—¿Y desde cuándo eso es un problema para ti? —dijo Georg tratando de contener la carcajada—. Te he visto improvisar en situaciones peores. Bueno, igual estabas en mejor estado entonces, pero seguro que lo bordarás.

Sebastian sonrió, triste, pero sonrió.

—¿Hasta cuándo te quedas?

—Hasta que ya no haga falta, Sebastian. Hasta que ya no haga falta.

Una mujer debería ser muy buena para todo lo relacio-
nado con lo interior de la casa e inútil para todo lo que
sea de fuera.

EURÍPIDES

BWV 994

A mis diecinueve años, mis tres hermanas mayores se habían independizado ya por haberse casado y bien casado con músicos con empleo fijo.

Anna Katharina, la mayor, había contraído matrimonio cinco años antes, en 1715, con Georg Christian Meissner, un joven trompetista de Weissenfels con la mano demasiado larga y aún más aficionado a la juerga que a la música. El dinero entraba en casa con cuentagotas, pues no resistía el agujero del bolsillo paterno. Los tres hijos que les sobrevivieron asociaron la existencia de un padre a ese individuo que dormía de día en casa y se ausentaba de ella de noche, y de vez en cuando hacía llorar a mamá.

El segundo era mi hermano Caspar, mi mejor amigo y confidente, al que jamás se le había conocido mujer, ni novia ni aventura, para desgracia y vergüenza de mi madre.

Johanna Christina, la tercera, se casó con Johann Andreas Krebs, también trompetista en la corte de Zerbst y bastante buen hombre, aunque un poco lentito para mi gusto. De tan bonachón que era, se atribuyeron a mi hermana todo tipo de aventuras y amantes incluso ya desde su noviazgo. Pero por lo que yo sé, jamás se fue con otro. Y eso pese a que no pudieron tener hijos. Otra gran desgracia para la matriarca de los Wilcken.

Por último, también la cuarta, Erdmuthe Dorothea, acabó casándose con otro trompetista, Christian August Nicolai, amigo y compañero de batallas en Weissenfels de Georg Christian Meissner, con menos personalidad que éste pero igual de disperso.

Así las cosas, no era de extrañar que los vecinos nos llamaran «la casa de los vientos». Con el tiempo acabé de entender todas las acepciones de ese apodo. Y en esa casa de los vientos había alguien que desafinaba constantemente, una joven soprano, es decir yo, Anna Magdalena Wilcken, que a su mejor edad aún no había conocido varón.

Ni novios, ni amigos especiales ni nada de nada. En la flor de la vida, como decían las amigas de mi madre, la quinta hija se les estaba echando a perder. Aún me quedaba algo de margen —la edad media para contraer matrimonio en todos los hogares de mi entorno rondaba los veinticinco años—, pero se suponía que a esas alturas ya tenía que empezar a conocer a un joven apuesto, músico a ser posible, que me diese una vida tan infeliz como la que estaban viviendo mis hermanas.

Las malas lenguas del pueblo ya aseguraban que Caspar y yo estábamos malditos, que éramos unos *abgelenkt*, unos desviados. Mi hermano y yo reíamos, pero en el fondo era una fama que no nos gustaba. Ojalá pudiéramos haber hecho algo para borrarla.

Curioso también era que para mi padre, justamente, mi hermano y yo fuésemos sus favoritos. Que nos llevase de viaje siempre que podía, sobre todo a las ciudades importantes, como Hamburgo, donde residían además mis tíos abuelos. Mi madre achacaba ese favoritismo a que éramos los dos hijos que aún vivían en casa, pero nosotros sabíamos que era por todo lo demás, que no se trataba de una consecuencia, sino de una causa.

Yo cantaba allí adonde me llevaba, y me pagaban buenos táleros cada vez que lo hacía. Mi padre, aparte del orgullo que sentía al verme triunfar, me estaba dando alas para que fuese dueña de mi propia vida, para que jamás tuviera que estar con nadie por su dinero. Tanto fue así que mi contribución a la economía familiar acabó siendo la más importante de aquel año de 1720.

Desde muy pequeña me habían enseñado a dormir en dos fases. El sueño bifásico, que así se llamaba, era una costumbre europea que venía practicándose en mi familia desde hacía generaciones. Consistía en irse a la cama en cuanto se ponía el sol, despertarse a medianoche para tomar un resopón en compañía y luego volverse al catre para dormir hasta el alba. Pensad que en invierno se hacía de noche a las tres de la tarde. Era la única manera de soportar tantas horas de oscuridad, totalmente inútiles, aburridas e improductivas.

Una noche, justo en Hamburgo, entre el primer y el segundo sueño, Caspar y yo oímos ruidos extraños en la puerta de nuestra estancia. Alguien estaba intentando abrir la puerta, alguien que era obvio que no tenía ni la llave ni el permiso para hacerlo.

—¿Es él? —pregunté—. ¿Viene a por mí? ¿Hasta aquí ha venido?

—¿Es quién? —dijo Caspar.

—El conde...

—¿El que te intentó forzar?

No fui capaz de contestar una obviedad de la que nunca llegamos a hablar en casa de manera explícita. Pero sí. Si es que al otro lado de la puerta estaba Su Excelencia el conde Heinrich Karl Graf von Keyserlingk, sería el embajador de la

Gran Madre Rusia en el electorado real de Dresde, por la gracia de Dios, y quien intentó hacerme suya a la fuerza. Fue durante las fiestas patronales de Weissenfels, en honor a santa Ana. Yo había actuado en el teatro municipal aquella noche y él acudió a mi camerino para, en teoría, agasajarme. Pero la teoría se tornó monstruosidad. Allí nadie entró pese a mis gritos, así que tuve que rechazar su abuso con ayuda de mi rodilla, mi agilidad y mi rabia. Por eso temía que en cualquier momento volviera a aparecer en mi vida. Fundamentalmente porque le dejé herida la entrepierna y, lo que es peor, su autoestima de varón conquistador. Conmigo no funcionó. Y yo sabía que en algún momento lo acabaría pagando muy caro.

Mi hermano Caspar, que con mi miedo se transformaba en mi guardián, se llevó el dedo índice a los labios y agarró un bastón que algún huésped se habría dejado olvidado en una esquina de la habitación. Se colocó tras la puerta y preguntó:

—¿Quién va?

—¿Caspar...? —La voz del otro lado sonaba familiar.

Tras un breve silencio, Caspar abrió el cerrojo.

—Katharina...

Al otro lado del umbral, lo que quedaba de mi hermana mayor, sangrante y amoratada, esbozó algo parecido a una sonrisa antes de caer desmayada.

Por suerte, mi padre tenía que hacer varias gestiones en Hamburgo, y los tres hermanos pudimos disfrutar de unos días juntos en la gran ciudad.

Mi hermana fue encontrándose mejor a medida que el tiempo y nuestros cuidados fueron surtiendo efecto. Los moretones de la piel se acaban borrando. Los del alma no. De cualquier modo, la distancia respecto del desgraciado de su marido le sentaba bien.

Una vez puestos los críos a buen recaudo —en casa de la abuela—, el mejor refugio de Katharina sin duda era en Hamburgo junto a sus hermanos y a su padre. Tu lugar en el mundo está adonde quieres volver. Al final, tu mejor refugio es tu destino.

El café Schadenfreude era, oficialmente, el antro menos decoroso de la ciudad. Si mi madre hubiese sabido que llevé a mis hermanos allí, nos habría mandado a todos a Weissenfels sin pensárselo dos veces. Pero yo sabía que, al menos, podía contar con la complicidad de mi padre.

Esa infusión marrón, llegada de América y presuntamente afrodisíaca, vivía su momento álgido a lo largo y ancho del Sacro Imperio Germánico. Beberlo te agitaba el espíritu, te alteraba la mente y te aceleraba el corazón. En definitiva, todo lo que busca cualquier artista. El caso es que pese a ser tan maldita y tan poco piadosa, poco a poco fue transformando la vida urbana. De hecho, era llegar a cualquier electorado y convertir de inmediato lo que hasta entonces era una simple taberna en un sofisticado café. Pero que la palabra «sofisticado» no nos confunda. Desde muy pequeña, nos enseñaban que un café era el lugar proscrito por excelencia: desde prostitutas, hasta fugitivos, bandidos, criminales, delincuentes, artistas y otros indeseables, todos se daban cita en esos tugurios de más que dudosa reputación.

El primer café, el local que se hizo más famoso, fue el que abrieron en 1694 en Schlaffs Haus, en Leipzig. Después dicen que fue el Zum Kaffeebaum, también lipsiense, aunque otros aseguran que se inauguró una década antes. No se puede saber, porque todos empezaron como algo clandestino. Tanto fue así que hasta el concejo de la ciudad tuvo que dictar varias ordenanzas prohibiendo el acceso de las mujeres a los cafés. Las que ignoraban esas ordenanzas, mejor dicho, las que incumplíamos ese tipo de ordenanzas, automáticamente nos convertíamos en *caffe-menscher* o, lo que es lo mismo, en «mujerzuelas de café».

No es de extrañar que los predicadores pietistas arremetiesen domingo sí domingo también contra esos lugares, así como contra el consumo de esa bebida del diablo.

Tampoco es de extrañar que se hubiesen convertido en mis locales favoritos y que mis hermanos volviesen, una vez más, a no dar crédito conmigo. Tenía bastantes años menos que ellos y ya sabía más sobre la vida prohibida que los dos juntos. Y la vida prohibida es la única que vale la pena descubrir. Porque la otra, la permitida, lo es siempre porque conviene a los demás.

Cuando mis hermanos probaron su primer sorbo de café en el Schadenfreude sus caras entonaron un poema. Caspar frunció el ceño para pasar a degustarlo por segunda vez, mientras que Katharina lo rechazó sin paliativos, como si hubiese lamido literalmente una bosta.

El alboroto del local hizo que nadie oyera su palabra de desaprobación. Apenas era mediodía y ya no se podía respirar del humo de pipa que acumulaba aquel café.

—Tienes que dejarle ya —aseguró Caspar con la contundencia de quien está fuera del problema.

—No puedo, Caspar —contestó Katharina echándose kilos de azúcar en su bebida.

—Claro que puedes —insistí—. ¿A qué esperas? ¿A que te mate?

—Para ti es muy fácil —me espetó, y pasó a explicarse en cuanto notó mi movimiento de cejas—. Tú eres económicamente independiente, ganas tus propios táleros cantando, puedes ir a los cafés, no te importa nada tu reputación, y hasta podrías vivir al margen de papá y mamá si quisieras. Ah, y tampoco tienes unos niños de los que preocuparte, nadie depende de ti para comer.

En la mesa de al lado alguien se había arrancado a aporrear un violín y ahora costaba aún más oírse.

—Los niños entenderán que su madre salve su vida —dijo Caspar.

—Sí, pero no entenderán que no tengan nada para comer. Y luego está la gente...

—¿La gente?

—Sí, la gente.

—¿Te refieres a la misma gente que no me creyó cuando lo de Keyserlingk? ¿La misma gente que ahora llama «desviado» a tu hermano y «puta» a mí?

En el momento en que dije la palabra «puta», un borracho se me acercó y trató de echarme unos táleros en el escote. Yo me aparté y, con un empujoncito muy leve, dejé que el hombre se desequilibrase y se estrellase contra el suelo. Del tortazo que se pegó, acabaron sus dientes confundidos con sangre y monedas, esparcidas éstas por todo el local como si fueran migas rodantes. La gente aplaudió y empezó a meterse a puñados dientes y monedas ensangrentados en los bolsillos.

Katharina había bajado la mirada. Habíamos cruzado un tabú para meternos en otro. Es curioso como entre hermanos hay ciertas cosas de las que no se habla, no porque no se sepan, no porque no preocupen, sino porque nadie desea meterse donde todos van a hacerse daño. Y esos jardines son justo los primeros que abren sus puertas en el momento en el que empiezan las verdaderas crisis familiares.

—¡Buen golpe, hermana!

La voz, con cierto acento francófono, procedía de detrás de mí, de una mujer que bebía sola en cantidades ingentes.

—Gracias. —Levanté la copa y brindé con ella.

—Ojalá yo hubiera tenido tu habilidad.

—Bueno, estoy acostumbrada, aunque ha sido demérito de él, más que mérito mío.

—Siempre es así. Ellos lo fastidian todo mientras nosotras resistimos.

La conversación comenzaba a no tener ningún interés para mí. Me di la vuelta para ver si así acababa, pero no.

—Mira el mío, después de seis años juntos me dejó con una nota. Una maldita nota, hermana. Después de haberle dado dos hijos como dos soles. Después de haber parido y enterrado a los otros dos. Después de haberle seguido por toda Europa aguantando sus tonterías y sus manías. Después de adularle como no he vuelto a adular a nadie. Va, y me deja con una nota, ¿te lo puedes creer?

—¿Y qué decía la nota? —pregunté sin muchas ganas, sólo para ver si todo eso nos llevaba a algún sitio.

—Que «cuando uno toma la decisión de irse es que hace tiempo que ya se ha ido», pfff. Total, que descubrió a otro que tocaba mejor que él.

—Ah, ¿era músico?

—Sí, organista. Jamás te líes con un organista, *ja-mais*.

Katharina asintió en silencio. Y añadió:

—Con un músico en general.

—Además, siempre habrá alguien mejor que tú —les dije.

—¡No! Por ahí no, hermana. Lo peor de su nota no era que lo tumbase otro organista. Lo peor es que tenía razón: como el tipo que lo tumbó no… no hay otro igual. No he oído nada así en mi vida. De hecho, por eso estoy aquí. Por eso no paro de seguirle.

—¿Al que tumbó a tu marido?

—A ése. Allá donde él toca, allá que voy. Ese hombre no es de este mundo, te lo digo. El único que me ha hecho tocar el cielo con su música. El único que me ha provocado verdaderos orgasmos sin tocarme jamás.

Las risas de Katherina y de Caspar, que ya estaban de pleno en la conversación, se oyeron por encima de la algarabía.

—¿Y por eso estás aquí? —le pregunté.

—En unas horas toca aquí, en Hamburgo. En la iglesia de Santa Catalina; los mejores de toda Europa se citan para el puesto de organista de San Jacobo. Y adivina quién estará en primera fila gozándolo. Y el otro... *je m'en fous*. Ahora soy feliz así. Adiós, hermana. ¡Buen golpe!

Se levantó y se fue.

A unos cientos de metros de allí, Sebastian se estiraba en la cama para dos que, en realidad, era para uno y medio, tras haberse registrado por una noche en la pensión Metz. El mareo que llevaba era una mezcla de resaca, depresión y agotamiento por un largo y extenuante viaje desde Weimar hasta Hamburgo.

—Bufff... Te juro que las carrozas me dejan molidos los riñones.

—Me temo que lo tuyo será el hígado, Sebastian. Y no precisamente por las carrozas.

—¿Te has fijado, Georg? La tristeza comienza siempre por los músculos. Se introduce en el cuerpo por el corazón, y cuanto más honda y profunda se vuelve, a más músculos afecta.

Georg, mientras hacía ver que le importaba mucho la excusa, se ocupó de colocar los baúles en su sitio. En cuanto terminó, azuzó a su amigo para que moviese el culo:

—Venga, Sebastian, todo listo. Vamos, que llegamos tarde al ensayo.

—¿Te acuerdas de nuestro viaje a Lübeck?

—¿Cómo no me voy a acordar?

—Éramos unos imberbes, aún teníamos todo por hacer. Hay que ver... Cómo pasa la vida, Georg.

—La vida no pasa, porque en la vida se está. Y éramos unos imbéciles, más bien. ¡¡¡Recorrer trescientos cincuenta kilómetros a pie sólo para escuchar a Buxtehude!!!

—Ah, yo lo volvería a hacer una y mil veces. Sus conciertos nocturnos nos cambiaron la vida. Hoy no estaríamos aquí si no fuera por Buxtehude. Escucharle tocar en directo, ahí fue cuando descubrí lo que quería hacer el resto de mi vida. Ahí fue cuando descubrí que quería casarme con la que hasta entonces sólo había sido para mí mi prima.

—Lo que descubriste es lo que era pasar hambre de verdad.

—Eso también. ¿Te acuerdas de cuando nos permitieron «robar» esos arenques con tomate? —preguntó mientras bajaban por la escalera a la calle.

—¡¡¡Sí!!! Aquella mujer nos vio tan mal que nos los dejó en el alféizar para que se los tomásemos prestados. Qué delicia... No he vuelto a probar unos arenques con tomate como aquéllos.

—¡¡¡Teníamos previsto quedarnos un mes en Lübeck y al final nos quedamos cuatro!!!

—Díselo al cabildo de Arnstadt, que aún sigue sin asimilar tu prorrogada ausencia. Por eso te acabaron echando, te lo recuerdo.

—Qué va. Según ellos, me echaron por hacer música «demasiado operística».

—¡Excusas! Lo que les fastidió es que dejases el órgano en manos de un alumno y te fueras cuatro meses a empaparte de Buxtehude.

—Pero si tuve que pedirles permiso hasta para casarme con... ella. —Sebastian aún no era capaz de pronunciar tan alegremente el nombre de María Bárbara—. ¿Por qué a la gente le cuesta tanto entender que contratar talento no implica esclavitud?

—Bueno, supongo que si te pagan por tu tiempo tienen derecho a reclamarte donde deseen.

—Pero es que ahí está el quid: jamás me han pagado por mi tiempo, sino por mis obras.

—Al final es lo mismo, Sebastian. El talento es cosa de ricos. Si quieres dedicarte a esto, o eres rico o necesitas un mecenas. Y si no encuentras ningún rico que te apadrine, te mueres de hambre. Ésa es la única opción: contar con alguien que te pague por tu talento. Y lamentablemente, hasta que alguien invente un modelo mejor nadie va a pagarte por ir a escuchar tus obras. Por eso, lo que te ofreció Buxtehude era lo más valioso del mundo. Un empleo vitalicio es lo máximo a lo que puede aspirar un *konzertmeister*.

—Sí, con un pequeño peaje, no te olvides, me lo ofreció a cambio de casarme con su hija.

—Ay sí, ¡pobrecito! Eso es no conocerte bien. ¡A ti, el hombre enamorado del amor! Y encima, ofrecerte ese calamar de doscientos cincuenta kilos...

—A ver, tampoco la llames «calamar», que no era tan fea. Y a mí el peso siempre me dio igual. Simplemente no era para mí.

—¡Seguro que no...! Sebastian, si tampoco tenía muchas luces la muchacha... Que no, que no era para ti ni para nadie. Pero vale, digamos que, aparte de todo, tenía una belleza... distraída.

Los dos amigos se arrancaron en la que era la primera carcajada de Sebastian en mucho tiempo, una risa que retumbó en las calles de Hamburgo de camino a la *hauptkirche* Sankt Katharinen.

El lugar donde —sin ellos saberlo todavía— estaba a punto de cambiarles la vida para siempre.

Bach es como un astrónomo que, con la ayuda de cifras, encuentra las más maravillosas estrellas.

Frédéric Chopin

BWV 974

Un carruaje de esas características no era nada habitual en los alrededores de Weissenfels, pequeña localidad de Sajonia-Anhalt donde habían nacido Anna Magdalena, sus hermanos y casi todos los Wilcken. Quizás por eso la gente salía a la calle sólo para verlo pasar. El lujo es la distancia al prójimo, y esa berlina sin duda marcaba una distancia abismal con todo aquel que osaba posar su mirada en ella.

Pero es que cuando se detuvo frente a la casa de los Wilcken, el interés del pueblo se acrecentó todavía más. ¿Qué haría alguien tan distinguido visitando a plena luz de un día cualquiera de noviembre a frau Wilcken, cuando todo el mundo sabía que se encontraba absolutamente sola, pues su marido se había llevado a sus hijos a más de cuatrocientos kilómetros al norte, a Hamburgo?

Del carruaje descendió alguien que, sin duda, se trataba de un noble a juzgar por los ropajes, la vara, el sombrero *dreispitz*, la peluca empolvada y una mirada de superioridad que dedicó al entorno rural.

—Media jornada malgastada sólo para llegar aquí. ¿A qué hora partimos de Dresde?

—Al alba, señor conde —contestó el lacayo.

—En fin, esperemos que valga la pena.

El lacayo accionó la aldaba y los dos hombres quedaron a la espera de una respuesta. Al cabo de unos segundos, se abrió la mirilla.

—¿Sí?

—Frau Wilcken, tengo el honor de anunciarle la visita del Excelentísimo conde Heinrich Karl Graf von Keyserlingk, embajador de la Gran Madre Rusia en el electorado real de Dresde por la gracia de Dios.

Margaretha abrió la puerta y esbozó algo parecido a una tímida reverencia.

—Pasad, pasad, excelencia, por favor... No esperaba...

—*Guten morgen*, frau Wilcken —la saludó el conde, y se adentró en las entrañas de la vivienda como si fuese la suya—. Siempre he pensado que el salón de una casa es la cristalización de la esencia de una familia. La disposición de los muebles, la cantidad de asientos disponibles, su nivel de desgaste, de limpieza y, sobre todo, su orientación dicen mucho más que cualquier cosa que esa familia pueda decir de sí misma... Y este salón es... digno de músicos.

Margaretha se ruborizó, avergonzada por tenerlo todo manga por hombro.

—¿Deseáis tomar algo?

—No, *spasiba*. Seré breve.

Keyserlingk se sentó en el sillón orejero que presidía la sala.

—¿Cómo está Magdalena?

—Bien, excelencia.

—¿Le va bien por Hamburgo?

Margaretha se quedó extrañada de que el conde supiera dónde se encontraba su hija Anna Magdalena.

—Sabed que tengo buenos amigos y familiares allí, y me aseguran que la han oído cantar en algún café...

El rubor de Margaretha se tornó en indignación.

—No es posible, ha ido con su padre... Y Magdalena nunca...

—Ah-ah-ah... Antes de acabar esa frase, Margaretha, aseguraos de tener la información correcta. Los hijos siempre buscan agradar a sus padres. Y si para eso tienen que mentirles, muchos no dudan en hacerlo.

El conde puso los pies sobre una mesita auxiliar.

—Margaretha, ¿puedo haceros una pregunta personal?

—Claro...

—¿Por qué abandonó vuestra hija mi protección? ¿Acaso no le gustaba trabajar para mí? ¿Mi coro no era de su agrado? ¿No le pagaba bien? ¿No deseaba seguir cantando? ¿O el problema soy yo?

—Bueno, excelencia —respondió Margaretha, algo turbada por el aluvión de preguntas—, ya sabéis lo que ella sufrió...

—Ah, ¿vos también creísteis las habladurías? Se dicen tantas cosas sobre mí... ¿Así que vos también creéis que yo mancillé su honor? Y sobre todo... —Se levantó y acercó la cara a la de ella—. ¿De veras creéis que tengo necesidad de hacerlo? ¿Que, en el hipotético caso de tener que aliviar urgentemente mis pasiones, habría elegido a una simple aldeana de diecinueve años?

—Ella me dijo...

—¡Ella os dijo...! ¿Y cómo sabéis si os ha contado la verdad una hija que ni siquiera os explica que se dedica a cantar por cafés de poca monta cada vez que pone un pie fuera de casa?

No hay nada que admirar; todo consiste en poner el dedo conveniente en la nota apropiada y en el momento preciso; lo demás lo hace el *órgano*.

JOHANN SEBASTIAN BACH

BWV 1080

Nadie esperaba que acudiese tanta gente a la iglesia de Santa Catalina de Hamburgo aquella mañana únicamente para presenciar un simple ensayo, pero es que la voz ya había corrido: al día siguiente, marcado en el calendario consistorial de Hamburgo como la jornada extraordinaria del 7 de septiembre de 1720, tan sólo podrían acceder personalidades y autoridades. Si no fuese porque ninguno de los asistentes iba vestido para la ocasión, cualquiera habría pensado que a las puertas de la *hauptkirche* se agolpaban los invitados a una boda.

Bajo la imponente cubierta barroca de más de cien metros de altura, «la iglesia de los marineros», como les gustaba llamarla a los hamburgueses, todavía se estaba vistiendo de gala para dar acogida al evento musical del año.

Sin embargo, lo que ese día la gente había ido a ver era un ensayo, el del último prodigio de los Bach, de quien decían que superaba con creces la virtuosidad de cualquier otro miembro de la famosa estirpe. ¿Podría ser éste el nuevo *kapellmeister* de la ciudad? Habría que verlo. Y, sobre todo, habría que oírlo.

Porque el órgano no era cualquier cosa, tampoco. Varios intérpretes habían desistido ya ante semejante maquinaria, incapaces de sacarle todo el partido o, simplemente, frustrados por no poder dar el nivel. Sus ochenta y ocho filas de notas dispuestas en cuatro teclados y otros tantos pedales lo convertían en la «máquina perfecta para acercarse a Dios», como la había denominado Johann Adam Reincken, su organista principal, de noventa y siete años y quien era el encargado de evaluar a los candidatos. Una «máquina diabólica», como la definieron todos los que fracasaron en el intento.

—¿Qué vas a tocar?

La pregunta de Georg lo delató; estaba mucho más nervioso que Sebastian. Los dos se abrían paso entre la muchedumbre camino al órgano, junto al coro del primer piso. Georg pesaba algo más del doble que Sebastian, que pese a sus treinta y cinco años conservaba intacta su agilidad, así que su intento por alcanzarlo y seguirle el paso fue haciéndose cada vez más infructuoso.

—Estoy pensando en una tocata que compuse hace algún tiempo, con dos secciones de fuga, a modo de fantasía, seguidas de otra fuga. Se la dediqué a… Bárbara.

—Será fácil, ¿no?

—Con ese órgano nada lo es.

Algunos de los asistentes empezaron a murmurar que ése podía ser el último virtuoso de los Bach.

—¿Y en qué tonalidad?

—Sol menor.

—Muy bien, me alegra que no hayas olvidado lo que estudiamos de Mattheson.

—Pues sí, lo he olvidado. ¿Qué decía? —preguntó Sebastian mientras subía los escalones de dos en dos.

—Que a cada tonalidad le corresponde una emoción. ¿Recuerdas?

—¿Debería?

Georg empezó a enumerar, cantando en cada tono:

—El do mayor, poco refinado y sólo para situaciones alegres. —Jadeaba por subir ya demasiados escalones—. El do menor, dulce y triste, ideal para la ensoñación. El re mayor para los militares y el re menor para la devoción. El mi bemol mayor es el tono más lastimero, mientras que el fa mayor favorece los sentimientos más nobles, y el fa menor, el abatimiento. Y el sol menor, gracioso y agradable, se presta a la fogosidad o al abandono.

—¿Eso aprendimos? —Sebastian se detuvo un momento para pensarlo—. Me alegra haberlo olvidado.

—Di lo que quieras, búrlate si lo prefieres —masculló Georg apenas sin aire—, pero funciona. Por algo se han tomado la molestia de estudiar y analizar las diecisiete tonalidades más usuales. Para que tú y yo...

—Eso es una patraña. —Sebastian reemprendió la subida de escalones—. Cualquier tonalidad puede transmitir plenamente cualquier sentimiento. La tonalidad es como el amor: puede, debe poder transcurrir, de hecho, por todo tipo de emociones, desde el entusiasmo hasta la tristeza más absoluta, aunque sólo sea por extrañarlo, desde la ira hasta la calma y la paz, tan sólo hace falta saber de qué amor se trata, o mejor dicho, en qué momento se encuentra cada uno. Te lo digo yo, que lo he perdido después de modularlo en todas y cada una de sus fases: expectativa, éxtasis y melancolía. Y después, vuelta a empezar, como un canon, solapando las fases anteriores de los amores pasados con las fases futuras de los que vendrán.

—Ya estamos... Siempre me haces lo mismo, Sebastian. ¡Qué bien te queda cualquier cosa cuando la comparas con el amor!

—¿Acaso hay algo más?

—Mira, me da igual. Tú sal ahí y hazlo bien, anda —dijo Georg desde varios escalones atrás.

BWV 1067

El conde de Keyserlingk miró por la ventana del humilde salón de los Wilcken. En la calle, un grupo de niños entonaba un viejo *quodlibet*, canción resultado de la fusión entre dos temas populares cuyas melodías se entrelazaban como una trenza. Le fue muy fácil imaginar a Anna Magdalena crecer y madurar jugando por esas calles.

—Margaretha, Margaretha, Margaretha —dijo limpiándose las botas en la alfombra y poniéndose de nuevo el sombrero—, vos y yo somos personas pragmáticas. Nos apasiona el arte, por supuesto que disfrutamos de él, pero también sabemos que nadie se alimenta con el papel de las partituras, por geniales que sean. Y lo que yo le vengo a ofrecer es alimento para la familia. Empezando por vuestra hija, Anna Magdalena.

BWV 1068

La noticia había corrido por Hamburgo como la pólvora. El ensayo de *meister* Bach sería en abierto, para todo el público. Quizás por ello encontrar la *hauptkirche* Sankt Katharinen fue relativamente sencillo: bastaba con seguir a la gente que se apresuraba a lo largo del Zollkanal para acabar en el lugar correcto, atiborrado de personas y sin mucho espacio ya para más audiencia. Aun así, mis hermanos y yo conseguimos hacernos un hueco junto a la entrada principal. Los congregados murmuraban ya en vez de hablar, algún que otro «¡chist!» se extendía entre los presentes y mi corazón, por alguna razón que aún no comprendía, empezó a acelerarse.

BWV 1067

Vuestro único varón no se muestra muy interesado en perpetuar la especie —continuó el conde de Keyserlingk— y vuestras dos hijas mayores ya han elegido, aunque parece que no demasiado bien. Una sin demasiada dote, la otra sin demasiada felicidad... o al menos es lo que cuentan por ahí. Si me lo preguntáis, creo que esa manía de algunos padres de dejar que sus hijas se casen por amor está llevando a muchas jóvenes a ser desgraciadas y a muchas familias a la ruina aquí, en la Baja Sajonia. Sería una pena que vuestra única hija en edad de merecer acabase con otro intérprete de tres al cuarto o, peor aún, convertida en una *caffe-menscher*.

BWV 1068

Nadie me había preparado para lo que ocurrió a continuación. Nada ni nadie te prepara para abrir tu corazón sin un aviso. Pero es que lo que me sucedió no fue una intromisión. Fue más parecido a una invasión, un aplastamiento, una aniquilación de todo lo previo. Tras las primeras notas, seguras, imponentes, importantes, una escala ascendente que volvía a bajar hasta las propias entrañas del infierno para elevarse de nuevo hasta tocarle la mano al mismísimo Dios. Era como si hubiese recorrido en tan sólo unos segundos todo el universo posible para, de pronto, detenerse y volver a empezar desde dentro, desde lo más íntimo, desde cada uno de nosotros.

BWV 1067

Otra boca que mantener a base de interpretaciones mal pagadas, otra más a repartir. Porque la música sería la misma, Margaretha, sólo que con más gente en la misma orquesta. Y, además, vamos a decirlo claro, una orquesta de músicos mediocres. Vuestra hija Magdalena, en cambio, tiene talento. Un talento único y especial. El talento que debe disfrutar en exclusiva un marido cultivado y rico, que sepa apreciarla todas y cada una de las veladas de su vida, cuando llegue a casa, cuando su amada esposa le regale esa maravillosa voz de jilguero, obviamente después de haber atendido las labores domésticas y el cuidado de sus hijos. Y hablando de ornitología, si no quitáis a vuestra hija todos esos pájaros que tiene en la cabeza, es posible que pronto os encontréis en la misma situación que ahora, pero con menos táleros por barba. Y ahí ya no podré ayudaros.

BWV 1068

Cuando acabaron los últimos acordes, mi corazón estaba vuelto del revés, mi mente anegada de notas, mis ojos cerrados y mi cabeza echada hacia atrás. Algo o alguien me había atravesado, me había agarrado por dentro y me había hecho ver todo lo bello que en algún momento sentí, todo de golpe pero nota a nota, muy extraño pero a la vez muy familiar.

Abrí los ojos. No había nadie o, al menos, lo sentí así. Del primer piso se oyó el crujir de unos pasos. Esperaba ver un arcángel, una aparición divina, alguna criatura de fuera de este mundo a la que poder pedir explicaciones. En lugar de eso, apareció un hombre. Un hombre que descendió, aún no sé cómo, y se situó frente a mí. Muy cerca de mí. Apenas a un aliento de mis labios. Mirarse los labios: la antesala de todos los besos que valen la pena.

«¿Qué me has hecho? —le decía sin decirle nada—. Pero dime algo», le pedía primero a un ojo, después al otro.

BWV 1067

Dicho todo esto, Margaretha, estoy dispuesto a ayudaros, así que voy a haceros una oferta que sólo se presenta una vez en la vida. He venido para ofreceros la posibilidad de entroncar vuestra familia con la ilustre familia de los Von Keyserlingk mediante un enlace que podríamos arreglar para el año entrante y por el cual vuestra hija Anna Magdalena no debería aportar dote alguna, sino que, al revés, recibiría de inmediato el título de condesa y todas las prerrogativas y propiedades vinculadas al título. Y, por supuesto, se dedicaría única y exclusivamente a ejercer de esposa mía, a darme hijos y a hacerme feliz. No hace falta que me contestéis ahora, Margaretha. Dejo que lo consensuéis con herr Wilcken, y dentro de... un mes, pongamos, espero vuestra respuesta.

BWV 1068

Hay amores que te caen de golpe. No forman parte de un goteo, de un poco a poco, de un «vamos a irnos conociendo y luego ya veremos», no. Son amores que te empapan, te chorrean, te meten bajo una cascada de emociones y luego ya te apañarás tú para ordenarlos, si es que algún día puedes llegar a hacerlo.

Son amores que ni siquiera tiran de ti. Son amores que directamente te empujan. Da igual si tu intención es caer en lo que haya a continuación o no. Porque tu intención aquí no cuenta para nada. Nos pasamos la vida planificando nuestro tipo ideal de pareja, pero no nos damos cuenta de que eso, a esa clase de amores, les da igual.

Aquel hombre no era un fin en sí mismo. Aquel hombre era una puerta hacia tantas cosas que aún no me atrevía ni a atisbar, que lo único que reconozco de aquel momento fue el terror que me produjo.

Lo admito. Salí corriendo.

Literal y metafóricamente.

—¡Magdalena! ¡Magdalena! —gritaron mis hermanos Caspar y Katharina, tratando de alcanzarme.

BWV 244

Quién es?

—Quién es... ¿quién? —dijo Georg aún sudando por el esfuerzo de tañer los fuelles.

Entonces reparó en que se refería a la muchacha que, tras plantarse frente a Sebastian, había salido corriendo entre la multitud.

—A ver, Sebastian... Estás de broma, ¿no?

—No, no lo estoy. ¿Quién es?

—Realmente es cierto eso que cuentan, que estás fatal de la vista, ¿eh? Vamos, hombre, pero ¡si podrías ser su padre!

Sebastian miró a Georg como nunca lo había mirado.

Lo que el órgano de Sankt Katharinen contó a Sebastian

Gracias al órgano de la *hauptkirche* Sankt Katharinen de Hamburgo, Sebastian recordó por qué se dedicaba a lo que se dedicaba. Por qué llevaba casi toda la vida de aquí para allá probando y testando órganos. Lo había hecho para, algún día, poder encontrarse cara a cara con uno como ése.

Nada le hacía más feliz que tener entre sus manos un purasangre tan indomable y ser capaz de domesticarlo para hacerlo sonar como ni siquiera su fabricante habría soñado. Era como desafiar al mismísimo Gran Arquitecto con su propia creación. Era la escudería, era la máquina y era el piloto por fin juntos en un mismo circuito. Por eso le gustaba hacerlo todo en directo, con la magia de ese momento en el que todo puede salir mal, de que en cualquier instante se podía ir todo al garete. Delante de tanta gente y delante de Dios. Nada le ponía más. Las partituras estaban bien para dar clases. Para recoger ejercicios. O para la gente que le seguía, que copiasen lo que salía de sus dedos y de su imaginación. Pero él no componía para eso. Él componía para ocasiones como ésa. El talento se demuestra improvisando. Poniéndose al servicio de lo que dictara Dios en ese momento. Al servicio del puro directo, del todo o nada, del cara a cara con la adversidad. Todo el mundo esperando que fallase, todo el mundo atento a averiguar si salía de aquel entuerto o si fracasaba en el intento. Porque lo sabrían, que nadie lo dude. Con un órgano de ese calibre, afinado hasta la obsesión por el maestro Reinken y con esas características técnicas, cualquier error lo haría saltar por los aires, pues saldría por sus centenares de tubos multiplicado por cien, doscientos o trescientos millones de notas malsonantes. Por eso Sebastian se sentía feliz. Porque sabía que llevaba toda la vida preparándose para situaciones como ésa. Cuanto mayor fuese el reto, más grande sería la gesta. Y así se sentía en esas ocasiones, como más tarde hubiera podido ser un capitán Acab venciendo por fin a su Moby Dick.

No ha habido en la historia de la música un momento comparable a ése, quizás hasta la aparición del jazz. Nunca nadie ha derrochado tanta energía improvisando en directo como aquel día en Hamburgo, delante de tantos fieles, que de pronto entendieron la diferencia entre un oficio y un arte, entre una habilidad y un don. Es algo que no puede apreciarse *a priori*, si no los tienes uno al lado del otro de forma tan flagrante. Y es que cualquier disciplina puede trabajarse. Pero hay niveles de piel de gallina que sólo son accesibles a unos cuantos privilegiados. Y ahí es donde aparece ese algo distinto, que algunos después llamarían «talento», «duende», «factor X» o lo que fuere. Ese algo que mucho más tarde tendría esa gente tocada por una varita como Piazzolla, como Duke Ellington, como John Williams, como Camarón. Algo que no deja de ser la expresión más sublime de la naturaleza humana. La razón por la cual, si algún día nos extinguimos, igual podemos llegar a compensar la cantidad de desastres que hayamos provocado por el camino. Es nuestra única posible salvación. Si es que aún nos queda alguna.

Y en cuanto al órgano, si hubiera sido capaz de hablar, nos habría contado que por fin podía desaparecer. Porque no hay nada más terrible que un intérprete que se interpone entre la música y los sentimientos de quien la escucha. Ése era el único fin de Sebastian. Que el instrumento acabase siendo eso, un mero instrumento para llegar a Dios, al nirvana, a la naturaleza, a la excelencia, a la perfección. Y llegar lo antes posible a esa comunión por la que órgano y organista se hacían por fin invisibles, y los oyentes podían experimentar el éxtasis por sí mismos, sin intermediación de ningún tipo. Era lo más próximo a una droga de efecto inmediato y tremendamente beneficioso para la salud.

Un orgasmo colectivo. La mejor sensación posible tras haberlo dado todo. Ésa fue la consecuencia directa de la interacción histórica entre esos dos médiums.

TERCERA

{Tocata}

Viejo concepto: el amor es ciego. El matrimonio es una revelación. Nuevo concepto: el amor no es ciego, simplemente permite ver cosas que otros no ven.

JOHANN SEBASTIAN BACH

Qui dat videre dat vivere.

JOHN TAYLOR

BWV 620

Estamos en el palacio de Kensington, Londres, residencia oficial del rey Jorge II por la gracia de Dios, rey de Gran Bretaña, Francia e Irlanda, defensor de la fe, duque de Brunswick-Luneburgo, architesorero y príncipe-elector del Sacro Imperio Romano Germánico. Son las tres de la madrugada de la que parecía una apacible y silenciosa noche veraniega. Parecía, porque de pronto el rey se despierta gritando. Tiene un ojo vendado y el otro no.

—¡AAAAAARRRGGG ese desgraciado…!

Lacayos corriendo por los pasillos con baldes de agua caliente y paños. Sirvientas calentando más agua. Mozos preparando los caballos por si había que salir disparado con el paciente. Histeria palaciega.

—*Sire*, el oftalmólogo prescribió que debíais esperar tres semanas y no han pasado ni dos…

—Te lo digo en serio, *chamberlain*: ¡¡¡ese desgraciado me ha dejado tuerto!!! ¡¡¡Noto mi ojo absolutamente seco!!!

—Vos, majestad, decidisteis dar una oportunidad a ese cirujano… ¿Por qué no esperamos el tiempo que nos indicó y si al final volvéis a ver bien de ese ojo ya os operamos el otro, como acordamos?

Demasiado tarde. Su Majestad se había retirado el vendaje. Lo que apareció a continuación causó estupor en los dos ayudantes de cámara y, por supuesto, en el *chamberlain*. Una cuenca seca y vacía, un agujero donde antes hubo un ojo, un espacio, en definitiva, por donde ya no vería bien nunca más.

—¡¡¡Que lo arresten!!! ¡¡¡Quiero ver cómo ese curandero de mala muerte se pudre en el calabozo!!!

—Majestad, «ver» ahora ya no sé si es el verbo más adecuado...

—¡¡¡Y al listo este también!!! ¡¡¡A las mazmorras con él!!!

Soldados entrando en palacio, dirigiéndose a los aposentos para invitados. Patada en la puerta de la estancia donde se suponía que estaba alojado John Taylor. Pestillo que salta por los aires. El soldado real se acerca a la cama; no hay nadie allí. Entonces repara en la ventana abierta de par en par. Se asoma y ve que un carromato blanco decorado con miles de ojos de diferentes tamaños se aleja con los caballos al galope hacia la oscuridad del Londres más neblinoso.

En la parte trasera del carro, apenas ya puede leerse:

Qui dat videre dat vivere.

Creo que la única excusa que tenemos para ser músicos y hacer música de cualquier manera es hacerla de manera diferente, interpretarla de manera diferente, para establecer la diferencia de la música, de acuerdo con nuestra propia diferencia.

GLENN GOULD

BWV 440

Tras muchos éxitos discográficos —y algún que otro fracaso ese mismo año de 1955—, David Oppenheim se había
hecho con un imponente despacho desde el que podía verse
casi toda la isla de Manhattan, hacia el norte, prácticamente
hasta el principio de Central Park. Cualquiera se habría quedado embelesado con esas vistas.

David miraba, pero no veía. Estaba demasiado inquieto.
Apenas quedaban unas horas para tener que acudir al estudio
de grabación, y el único intérprete del disco aún estaba en el
hospital, siendo reconocido por los médicos para ver si podría
o no trabajar. No sólo eso, sino que la obra que iba a interpretar no convencía a nadie dentro de la firma. Muchos habrían
preferido gastarse ese mismo dinero en promocionar referencias más comerciales, con más pegada, como los especiales de
Navidad o los valses de Strauss, que siempre tenían más salida.

El intercomunicador sorprendió a David en pleno conato
de ataque de ansiedad.

—Señor Oppenheim, tiene visita.

—¿Ahora? ¿Quién es?

—No ha querido comunicármelo. Dice que del CAA.

Lo que faltaba. El CAA. El temido CAA. El odiado CAA. El

Comité de Actividades Antiestadounidenses, dependiente de la Cámara de Representantes y autor de la mayor caza de brujas conocida en la historia del país. Los mismos que habían marcado y arruinado a tantas caras conocidas, dentro y fuera de Hollywood. Los mismos que habían señalado y encarcelado a tantos y tantos americanos que eran tachados para siempre con la etiqueta maldita: comunista. A partir de ahí, daba igual quién fueras, tu carrera estaba arruinada. KO. *Kaput.*

David Oppenheim escondió el *bourbon* en un cajón antes de ordenar:

—Que pase.

Por la puerta entró un hombrecillo al que el traje le venía grande y las gafas pequeñas.

—Buenos días.

—Buenos días, ¿señor…?

—Johnson. Noah Johnson. Soy director de zona de la empresa AWARE.

Se dieron la mano. Johnson tenía una extremidad que, al contacto, parecía un manojo de espárragos trigueros.

—Ah, me habían dicho que…

—Sí, también trabajamos para la Subcomisión Permanente de Investigaciones del Senado y para el Comité de Actividades Antiestadounidenses. Disculpe que no me haya anunciado así. Es la mejor forma de que te reciba un ejecutivo importante sin cita previa. Yendo al grano, como dicen aquí en Manhattan, ¿no?

—Claro, claro… Siéntese, por favor.

—Gracias. Seré breve. Soy consciente de lo ocupado que debe de estar, así que no le robaré mucho tiempo.

—Dígame, ¿en qué puedo ayudarle?

—Señor Oppenheim, ¿le importa que tome apuntes? Gracias. Muy rápido. ¿Están ya registrando el disco de Glenn Gould?

—Eh, no, aún no, mañana si todo va bien…

—Perfecto. Mañana. La obra que van a registrar, ¿cuál es?

—Las *Variaciones Goldberg*.

—¿Y el compositor?

—Bach. Johann Sebastian Bach.

—¿Eligieron ustedes el repertorio o fue idea del señor Gould?

—No, no, fue Glenn, él insistió en que tenía que ser esa pieza. De hecho, aquí no hay muchos fans de esa composición. Pero él quiso que así fuera, dijo que tenía que ser ésa.

—Ajá… Qué interesante.

El hombrecillo apuntaba a su ritmo. Cuando acabó de tomar notas, sacó de su maletín un pliego de papeles.

—Señor Oppenheim —continuó inquiriendo Johnson—, ¿conoce usted a Wilhelm Pieck?

—No, no tengo el placer.

—Claro, disculpe la pregunta, me refiero a si ha oído o leído algo sobre él.

—Pues… me suena el nombre, pero no sé de qué.

—Seguro que sí. Wilhelm Pieck es presidente de la República Democrática Alemana desde hace seis años, un peligroso marxista comunista y declarado oficialmente enemigo de América por el senador McCarthy.

—Eh… bueno. Vale. ¿Y…?

—Me gustaría que leyese este texto —dijo Johnson mientras ofrecía los papeles a Oppenheim.

—Claro. ¿Qué es?

—Se trata del discurso que Pieck dio apenas un año después de llegar al poder en 1950, con motivo del segundo centenario de la muerte de Bach.

Oppenheim empezó a leer en silencio.

—No, no, en voz alta. Y sólo los subrayados, por favor.

—«Bach liberó la música de las cadenas de la escolástica medieval (...) fue el pionero de aquel gran periodo de la Ilustración (...) alguien que señala lo nuevo, empuja hacia delante y muestra el camino hacia el futuro (...) Hasta entonces Alemania no había reconocido nunca por completo la gran significación nacional de Bach...».

David Oppenheim se quedó un segundo pensando. En décadas de carrera, trabajando para los artistas más extravagantes, jamás se había enfrentado a una situación así.

—Con todos mis respetos, si está usted insinuando que Bach era comunista, le diré que su jefe ha llegado demasiado lejos... y demasiado tarde.

—Nooo, no —respondió entre risas el hombrecillo—, Bach no. Ojalá. Mi trabajo sería muchísimo más sencillo. ¿Cómo de bien conoce al señor Gould?

—Bueno, como a todos mis artistas, lo suficiente para querer explotar su talento.

—¿Qué me dice si le cuento que la Gendarmería Real del Canadá, la GRC, lleva años investigándole?

—Pues le digo que no lo sabía.

—La GRC —continuó Johnson mientras suspiraba— mantiene un plan de colaboración con el gobierno estadounidense llamado PROFUNC o, expresado de otra forma, Plan de Destacados Militantes del Partido Comunista, que hasta la fecha ha identificado y fichado con éxito a más de dieciséis mil comunistas y a más de cincuenta mil simpatizantes en territorio nacional.

—¿Y Glenn está entre ellos?

—Aún no. El señor Gould es candidato a formar parte de esa lista. De momento, no pasa de sospechoso.

—¿Sospechoso por interpretar a Bach?

—Ojalá. Además de elegir e insistir en interpretar a un autor con «gran significación nacional» para los comunistas, lleva años, como le decía, siendo investigado por la GRC y, créame, hay datos que nos hacen mantener su carpeta abierta. Aquí tengo una copia del dosier con todas las actividades sospechosas que figuran en los archivos canadienses: sus viajes a Moscú y Leningrado, que, por cierto, fue el primer artista canadiense que actuó en la URSS después de la guerra, sus declaraciones en los medios a favor del sistema soviético musical... y ahí tiene su historial también, su descripción física, las fotos de su casa e incluso la ubicación de las puertas por las cuales podría intentar escapar en caso de una redada.

—Madre mía... Y qué quiere que haga, ¿que cancele mañana la grabación?

—No, no. Al revés. Lo que necesitamos es que haga lo mismo que con el *bourbon* que ha escondido antes de que yo llegara. Que de forma discreta almacene todo eso donde usted desee, a mí me da lo mismo siempre y cuando usted, al final, colabore.

El piano bar del hotel quedaba libre sobre las once de la noche. El trío de jazz que esa velada había actuado recogía sus instrumentos y apuraba las últimas copas. Glenn había esperado pacientemente a que despejaran la sala y, tras dar una generosa propina al camarero, consiguió que le dejase sentarse al piano y permanecer allí más rato que a los otros clientes.

Glenn calentó un poco los dedos. Uno de los músicos de la banda se le quedó escuchando y no pudo evitar decirle:

—Tu mano izquierda funciona tan bien como la derecha, hermano.

—Sí, es una suerte que sea zurdo.

Los músicos rieron por la ingeniosa —y verdadera— respuesta. Tras la barra había un teléfono negro y pesado. Glenn se acercó, lo cogió y estiró el cable hasta aproximarlo al piano todo lo que pudo. Se sentó en la baqueta y marcó un número.

—¿Sí?

—¿Hendricks?

—Gould, te he dicho que no me llames más.

—¿Estabas dormida?

—Claro. ¿Qué hora es?

—Es sólo un momento. Necesito tu opinión.

—Estoy con mi marido, que acaba de dormirse... Esto es muy raro, Gould.

Barbara Hendricks, soprano canadiense con la que Glenn había compartido pupitre en el aula de música en Toronto, una estrella emergente, una de sus más cercanas confidentes y una de las pocas opiniones que él respetaba. Sin embargo, una boda lo había cambiado todo. El marido de ella no se creía que jamás hubiera habido algo entre los dos, cosa que era tan cierta como difícil de creer.

—Por favor, Hendricks, sólo una vez... Mañana grabo las *Variaciones* y necesito saber qué tal te suenan.

—Esto se tiene que acabar, Gould. Sabes que te adoro, pero tengo una vida a la que atender.

—La última vez, Barbara.

—Veeenga, va... —Barbara suspiró—. La última vez.

Glenn puso el auricular sobre el piano y tocó las treinta variaciones y un aria seguidas, sin pausa entre cada una de ellas.

Cuando finalizó la última nota, al cabo de más de media hora, volvió a coger el auricular.

—¿Y bien?

—Atropelladas.

—¿Cómo?

—Sí, creo que el tempo es demasiado acelerado. Nadie ignora que sabes tocarlas a una velocidad que ni el propio Bach habría imaginado. Pero deberías dar más tiempo a la pieza en general. Creo que los silencios no respiran lo suficiente. Y la música no son las notas, la música son los silencios que dejas entre ellas.

Glenn colgó el teléfono sin mediar palabra. Odiaba oír tantas verdades a bocajarro, odiaba que ella tuviera tanta razón. Pero precisamente para eso la había llamado. Así que se sintió mal y no supo cómo acabar la conversación. Allí se quedó, meditando al piano sin tocarlo.

Barbara Hendricks, al otro lado, también colgó. Su marido le preguntó entre murmullos quién era. Ella contestó que nadie, que alguien que se había equivocado. Él sabía que ella mentía. Ella sabía que él la perdonaría por mentirle una vez más.

Cuando Glenn subió a su habitación, eran ya las dos de la madrugada. Descolgó el teléfono que tenía junto a la cama. Eran también las dos de la madrugada en Toronto, pero había una persona con la que sabía que siempre podía contar, fuera la hora que fuese, la llamara desde donde la llamase.

—Sí.

—Faun… Necesito que vengas.

Hubo una pausa. Se lo pensó.

—¿Spaniel? ¿Dónde estás?

—Manhattan. Hotel Delorean. Habitación 219.

—Mañana voy para allá.

—No, necesito que vengas ahora.

—Glenn, son ocho horas en coche entre aquí y ahí. Mañana voy en avión, que tardo la cuarta parte de ese tiempo. Y, al final, llegaré a la misma hora, pero mucho más descansada.

—Vale, de acuerdo. Pero coge el primer vuelo.

—Te lo aseguro. Cuelgo.

—Adiós.

—Adi...

El que usted quiera editar las obras de Johann Sebastian Bach es algo que regocija mi corazón, que late todo para el arte sublime y grandioso de este verdadero padre de la armonía. Deseo ver pronto esa empresa en plena actividad. En cuanto abra usted mismo la suscripción, espero aportar yo mismo desde aquí.

Fragmento de una carta escrita por LUDWIG VAN BEETHOVEN y dirigida a F. A. HOFMEISTER, editor vienés

BWV 599

El detective Dorian Rice había citado al forense Wilhelm His en el zoológico de Leipzig, inaugurado hacía dieciséis años, en 1878. Habían pasado ya varias semanas desde que aquellos dos músicos, Andreas Moser y Edvard Grieg, visitaran el laboratorio universitario y, pese a su compromiso, jamás habían vuelto a aparecer.

La denuncia que realizó el *professor* por la desaparición del ataúd puso en alerta a la policía durante unos días, pero había asuntos más urgentes que atender que la desaparición de unos pedazos de madera del patio trasero de un médico anatómico forense.

Así que His hizo lo que habría hecho cualquier ciudadano pudiente que sintiera que las autoridades no daban respuestas a sus preguntas: contratar una empresa de investigación privada. Y tras unos primeros días llevando a cabo pesquisas y averiguaciones, parecía que el detective tenía algo digno de ser contado.

Frente a la jaula de los bonobos había poca gente, así que decidieron detenerse allí para charlar. El detective, fondón y de voz ronca, se ocultaba bajo una gorra y tras una carpeta con la que tendía a taparse la boca.

—*Professor* His, gracias por acudir con tanta urgencia. ¿Sabía que los chimpancés pigmeos, también conocidos como «bonobos», son los únicos primates que, junto al ser humano, se dan besos con lengua, se masturban en grupo, organizan orgías o incluso mantienen contactos homosexuales?

—Detective Rice, recuerde que cada día que pasa me cuesta dinero, así que el primer interesado en que nos centremos en lo fundamental soy yo.

—Es que tiene que ver con lo que vengo a contarle. Vale, vale, prefiere que no me ande por las ramas, pues muy bien. ¿Por casualidad le suena a usted la KSMW?

—¿La qué?

—KSMW. La Korrespondierende Sozietät der Musikalischen Wissenschaften.

Algunos la conocen como Sozietät a secas.

—¿Debería sonarme?

—No, lo cierto es que no. Es una de los miles de asociaciones sin ánimo de lucro que figuran en el registro del Ministerio del Interior. Todo lo que se sabe de ella es que se dedica a recabar, preservar y coleccionar objetos y antigüedades de «Afamados Artistas Alemanes» o, como también los llaman ellos, «los triple A». Aunque la verdad es que desde sus orígenes sólo trataban de encontrar la matemática detrás de cada obra.

—¿La matemática?

—Sí, en realidad creen que todo en la naturaleza es matematizable, incluso la música, y, por lo tanto, pretenden hallar el algoritmo que subyace en toda obra maestra. Si obtienes la fórmula, podrás realizar el camino inverso. Al fin y al cabo, son alquimistas del sonido. Convierten cada nota en un número o una letra y se dedican a buscar patrones que puedan identificar, con el propósito de descubrir la secuencia que subyace en cada obra maestra.

—¿Patrones? ¿Secuencias?

—Exacto. Lo que en geometría se denomina «fractales»…, secuencias que se repiten. A eso se dedican todo el día, a identificarlas, a crearlas, a jugar con ellas.

—¿Y cómo funcionan?

—Cada año, por la misma época, el primero de la lista recibe un *zirkular-pakete*, un paquete con la obra musical que cada uno de sus miembros ha compuesto y cedido. Y el receptor las estudia detenidamente, las analiza, extrae los patrones que halla y tiene la obligación de pasarlo a los demás al cabo de un tiempo pactado. De esa forma, todos ven lo que está pensando cada uno en cada momento, y se envían mensajes de todo tipo a través de esas secuencias. De eso va también la sociedad. Al menos, desde que se constituyó.

—¿Y Moser y Grieg forman parte de ella?

—Podría ser que Grieg estuviera en proceso de admisión, aún no lo tengo claro, no he llegado a tanto. Pero lo he sabido porque, lejos ya de ser una *sozietät* secreta, ahora cada vez que se reúnen realizan reivindicaciones públicas.

—¿Qué tipo de reivindicaciones?

—De tipo político.

—Ah…, ¿por eso Moser me insistía tanto en culpar a los judíos?

—Puede ser. En estos momentos están muy preocupados por el gasto estatal en material militar que el káiser lleva a cabo para atender a las colonias de ultramar.

—Sí, exacto, eso me dijo Moser, que los judíos eran nuestros principales prestamistas.

—Eso es. Creen que Guillermo II está vendiendo el país a terceros y tratan de evitar que las reliquias y las obras más importantes de nuestra historia caigan en manos de nuestros acreedores. La «herencia ancestral», la llaman.

—¡Justo!

—El caso es que hay algo que no he encontrado todavía.

—¿El féretro?

—Sí, básicamente. La Sozietät registra en su patrimonio todas las obras que acumula. Es un registro público, cualquiera puede consultarlo. Y en ese registro algo tan importante y voluminoso como un ataúd debería aparecer.

—Bueno, igual es porque es robado.

—Ya, también pasé por ahí, pero con anterioridad no han tenido ningún pudor en apuntar algunas obras de procedencia dudosa o ilícita. Y eso es porque la orden ministerial de entidades culturales aprobada por el Reichstag y el Bundesrat protege los patrimonios de este tipo de asociaciones que se hagan públicos; en otras palabras, el Estado se compromete a no investigar su procedencia.

—¿Y por qué se compromete a eso?

—En esencia, porque sería casi imposible. Colapsaría la justicia. La cantidad de expolios que estamos llevando a cabo en nuestras colonias de África y Asia Oriental haría impracticable, y muy vergonzoso, realizar cualquier tipo de investigación seria y concluyente.

—Vamos, que permiten robar legalmente.

—Todas las naciones cuentan en su ordenamiento jurídico con alguna ley similar. Robar, roban los pobres. Las naciones expolian.

—Bueno, y entonces ¿ahora qué?

—Pues por eso mismo quería quedar con usted, *professor*. Visto que no han dado de alta el féretro, creo que la clave está en Grieg. Mi hipótesis de trabajo es que él fue la tapadera para entrar en su laboratorio, quien ayudó a Moser a cargar con el féretro, pero que también es la clave en cuanto a averiguar dónde lo han escondido.

—Y ¿por qué, pudiendo darlo de alta en ese registro de manera legal, deciden esconderlo?

—Ésa es la pregunta fundamental en el punto en el que estamos. Por eso, *professor* His, debo pedirle autorización para desplazarme a Dinamarca a fin de proseguir con mis pesquisas.

—Vamos, que me va a salir más caro.

—La información es siempre muy cara y muy lenta, *professor* —dijo Rice mientras le pasaba una hoja de gastos—. Por eso la gente prefiere pagar por la opinión. Porque es barata y rápida.

Un grupo de bonobos estaban dándose lo suyo, a placer, ante los visitantes y sin ningún pudor. Se corrieron todos a la vez y mancharon el cristal a través del cual los observaban. Uno de los bonobos puso morritos e hizo el símbolo del corazón juntando sus dos manos.

—Tiene mi permiso —concedió His, y devolvió la hoja al inspector Rice.

Ambos abandonaron el lugar tratando de olvidar lo ocurrido, sin apenas decirse nada más.

Frère Jacques, Frère Jacques,
Dormez-vous? Dormez-vous?
Sonnez les matines! Sonnez les matines!
Ding, dang, dong. Ding, dang, dong.

JEAN-PHILIPPE RAMEAU

BWV 1042

Mi cabeza era un canon a seis voces. Cuando tus pensamientos pasan una y otra vez por tu análisis y tu atención, cuando se repiten una y otra vez las mismas preguntas, si bien con alguna variante, generando así nuevas armonías, dibujando nuevos colores, descubriendo un matiz inédito con cada respuesta y valorando nuevas posibilidades, es entonces cuando tu cabeza está dando vueltas como un canon. Y no hay otra: hay que rendirse, hay que dejarlo fluir.

Estoy segura de que el canon lo inventó alguien que se perdió en un fractal. Un bucle de esos que empiezan como cualquier cosa en la vida, de manera lineal, pero que de repente empieza a volverse sobre sí mismo para acabar delimitando su propio universo, en el que las reglas de fuera ya no sirven más. Una espiral. Una nueva realidad.

La vida entera es una espiral. Desde los latidos de un corazón hasta las estaciones del año, parece que pasamos por los mismos sitios que antes, pero en realidad todo está en otro lugar, porque se trata de otro momento. Y lo mismo ocurre con las generaciones. Nos creemos que somos los primeros en sentir las cosas. Y lo único que estamos haciendo es nuestra propia versión de un tema compuesto por millones de personas antes que nosotros. Todo es una revisión. Repetir es la forma que tiene la vida para comprobar que ahí está. Sólo repite lo que está vivo.

Por eso un canon es mucho más poderoso y complejo que un «me quiere o no me quiere». Un «le habré gustado o no». Un «si lo volveré a ver». Contiene muchas más claves, más intervalos, más notas, algunas disonantes. Casi todas viejas conocidas, pero que suenan como nuevas esta vez. Es muy extraño, porque eres consciente de que todavía no hay nada que hacer ni que decidir, y sin embargo tu mente, tu alma y tu corazón están tan dedicados a resolverlo e interpretarlo como si de ello dependiese tu vida. «Es una estupidez», pensarán quienes no lo hayan sentido nunca. «Es cuestión de supervivencia», pensaba yo.

Así me había pasado la noche, tras ver por primera vez a Sebastian en Santa Catalina. Dando vueltas en la cama en la que roncaban mis hermanos Caspar y Katharina y en la que soñaba despierta yo.

La mañana llegó después de mil horas, pero llegó, y con el amanecer mi padre, ya vestido, nos despertó a los tres.

—Vamos, salid de la cama, hijos, que me tengo que ir, os quedáis solos.

—¿Adónde vas? —pregunté simulando desperezarme.

—A Santa Catalina. El maestro Reincken me ha pedido que lo acompañe.

À la poubelle mi simulacro.

—¿Santa Catalina?

—Sí, por lo visto hoy evalúan a dos posibles organistas que han quedado finalistas para *kapellmeister* de San Jacobo y me ha pedido que lo ayude a decidir.

—¿Puedo ir contigo?

—No, bollito, la iglesia está cerrada al público hoy, reservada para gente importante que viene desde todos los rincones del electorado. Además, os despierto ahora para que lo tengáis todo listo y preparado. He invitado al jurado y los finalistas a un vino aquí, después, y está la casa manga por hombro. Así que venga, ¡arriba! Os veo en un rato. No creo que sea más de una hora. Os quiero.

Nos dio un beso a cada uno en la frente y se fue.

«No más de una hora», nos dijo.

La primera hora de mi vida que yo contaría en meses.

Esta semana he ido a escuchar tres veces la *Pasión según san Mateo* del divino Bach, y en cada una de ellas con el mismo sentimiento de máxima admiración. Una persona que, como yo, ha olvidado completamente el cristianismo no puede evitar oírla como si se tratase de uno de los Evangelios.

FRIEDRICH NIETZSCHE

BWV 573

El maestro Reincken era toda una autoridad en Hamburgo y alrededores. Sus casi cien años discurrían por los pliegues de expresión de su rostro, tras cada una de sus arrugas podía uno leer el pasado siglo, como si de la corteza de un árbol se tratase. Su voz era tenue, un hilillo de seda en medio de una tormenta, como les ocurre a todas las voces que saben que pronto ya no sonarán más.

—*Guten morgen*, queridos míos. Antes que nada, deseo agradecer al pastor Erdmann Neumeister que nos haya abierto la casa de Dios para el día de hoy.

—La casa de Dios siempre está abierta a los puros de corazón, *kapellmeister*.

—Gracias, reverendo. He pedido a dos buenos amigos que nos acompañasen en esta jornada histórica para que ayuden a monseñor a evaluar y puntuar a los dos finalistas al puesto de organista principal en la *hauptkirche* Sankt Jacobi. Por un lado, dejadme trasladar un caluroso saludo a Jean-Baptiste Volumier, director musical de la corte de Dresde, al que agradezco enormemente su generosidad y disponibilidad, y por el otro, agradezco en grado sumo su presencia al virtuoso Johann Caspar Wilcken, de Weissenfels, a quien conocí y tantas veces disfruté en la corte de Zeitz, hace ya demasiados años, y al que he asaltado hace sólo unas horas.

Ambos inclinaron la cabeza en señal de aceptación y de sintonía con los agradecimientos.

—Con el permiso del reverendo, primero escucharemos a Johann Sebastian Bach y después a Johann Joachim Heitmann. Como sabéis todos los presentes, ambos son los finalistas de un proceso que dura ya demasiadas semanas, escuchando a los mejores de los mejores de todo el Sacro Imperio Germánico. Y esperemos que Dios nos asista a los aquí y ahora sentados para saber elegir a quien mejor represente los designios de Su grandeza.

—Herr Reincken, siempre tendréis todo nuestro permiso, pero antes me gustaría destacar un pequeño detalle que no debe obviarse.

—Claro, reverendo, adelante.

—Como sabéis, nuestro Imperio se rige por normas que muchas veces se soslayan, si bien no por ello escapan a la vista de Dios nuestro Señor.

—¿A qué os referís, reverendo?

—Me refiero al edicto según el cual cualquier actividad cultural o responsabilidad asociada a ella debe suponer un «beneficio» para las arcas municipales o las eclesiásticas.

—No conocía ese edicto.

—Es normal, no existía cuando vos accedisteis al cargo. Pero lleva funcionando muchos años a lo largo y ancho de nuestro Sacro Imperio. ¿No es así, monsieur Volumier?

—No me suena de nada, herr Reincken. En cualquier caso, entiendo que se trataría de un edicto municipal optativo y que, por tanto, no tienen ninguna obligación de aplicar los municipios. Imagino que formará parte de las medidas para intentar compensar las reparaciones necesarias y el mantenimiento del patrimonio dañado desde la guerra del siglo pasado, pero no lo sé.

—Así es —dijo el párroco.

—Bien, ¿y de cuánto estamos hablando? ¿Cuál sería la cifra de ese «beneficio»?

—En este caso, herr Reincken, la parroquia de San Jacobo estima que el candidato a ocupar la plaza de organista principal debería aportar, como mínimo, la cantidad de diez mil táleros *Soli Deo gloria*.

—¡Diez mil táleros! Pero ¡ésa es una suma desorbitada! Además, ¿por qué no se les ha pedido a los demás candidatos?

—Muy sencillo, *kapellmeister*, porque ninguno había llegado hasta esta final. Era preciso primero hallar a los dos mejores candidatos posibles a ojos de Dios y después preocuparse por las cuestiones más... mundanas.

—Me parece un despropósito —protestó Reincken.

—*Meister*, y a mí me desagrada tener que hacer las veces de recaudador, pero vos y yo debemos procurar que se cumplan tanto la ley de Dios como la de los hombres. En algún momento vos rendiréis cuentas ante el rey. Yo, además, ante Su Santidad Benedicto XIV. Pero todos lo haremos ante Dios.

Volumier y Wilchen se encogieron de hombros.

—Bien —siguió el reverendo Neumeister—. Aclarado el tema, es menester conocer la aportación de ambos candidatos a las finanzas de la parroquia antes de que malgasten su talento en algo a lo que igual no podrían permitirse acceder, así que debo preguntarles si alguno está en disposición de depositar la cantidad de diez mil táleros.

Sebastian miró al otro candidato, Johann Joachim Heitmann, esperando ver la misma cara de estupefacción que mostraban todos los asistentes al acto. En su lugar, encontró una media sonrisa de suficiencia. Sonrisa que se vio correspondida por el pastor Neumeister.

—Con su permiso, reverendo —dijo Heitmann sin apartar la vista de Sebastian—, justamente he traído esa cantidad, por supuesto ya contabilizada. Diez mil táleros para gloria de Dios.

Un ayudante acercó una bolsa llena de monedas al párroco.

—Conste que el candidato Heitmann aporta los diez mil táleros necesarios para concurrir a la plaza de San Jacobo. Herr Bach, ¿podéis aportar la misma cantidad... o superior?

—N... no, eminencia. No sabía... Y, además, da igual porque... En fin, no dispongo de ese dinero.

—Es que si dispusiese de él... no estaría optando al trabajo —murmuró Reincken.

—Bien, en ese caso —continuó el pastor—, y sintiéndolo mucho por herr Bach, no es necesario proceder a la audición...

—Disculpad, pero igual podríamos dar a herr Bach un plazo... —intentó Wilcken.

—... y proclamamos como único seleccionado para la plaza de San Jacobo al candidato Johann Joachim Heitmann, que Dios lo acoja y lo guíe en su tarea. Mi más sincera enhorabuena, *kapellmeister*.

Segunda vez en menos de dos meses que Sebastian intentaba prosperar tan sólo agarrado a su talento como si fuese suficiente tabla salvavidas, segunda vez que ni siquiera lograba llegar a demostrar que lo merecía. Era como si al mundo le diese igual lo preparado que estuvieras para pasar al siguiente nivel. Como si eso a lo que había dedicado toda su vida fuera, en realidad, lo de menos a la hora de acceder a puestos de mayor responsabilidad.

Él sólo quería tocar. Ofrecer su música para gloria de Dios

a cambio de poder mantener a su familia. Ni siquiera volverse rico. O asquerosamente rico, como el que acababa de birlarle la plaza de organista en San Jacobo.

De nuevo tendría que volverse a Weimar con las manos vacías. ¿Con qué cara se lo contaría a su hijo Friedemann, para empezar? Contar un fracaso a un hijo que ya entiende de eso es de las cosas más dolorosas por las que muchos seres humanos tienen que pasar alguna vez en su vida. Uno quiere ser un ejemplo, uno intenta educar con éxitos, pero no se da cuenta de que justo en esos momentos, cuando la vida te duele y te hunde, es cuando tus hijos más están mirándote. «Menudo padre de familia», pensaba Sebastian. Malgastar tu vida tratando de ser el mejor en algo para que después, a la hora de la verdad, lo único que importe sea quién es capaz de proporcionar el soborno más alto.

—Siempre llueve sobre mojado —dijo Georg mientras caminaban por las calles húmedas de Hamburgo—. Siempre los ricos protegen a los ricos. Y por eso se rodean de ricos. Para que, de esa manera, los pobres no supongamos una amenaza.

—¿Ya os estáis quejando?

La voz provenía de detrás de ellos. Georg fue el primero en volverse:

—¡¡¡Picander!!! ¿¿¿Qué haces aquí???

—¡¡¡Estaba en la iglesia!!! ¡Casi no os alcanzo! ¡Habéis salido demasiado rápido! —dijo Picander mientras él y Georg se fundían en un cálido abrazo.

—Sebastian, te presento a un buen amigo, Christian Friedrich Henrici, alias Picander, el...

—¿El libretista *buffo*? —preguntó Sebastian.

—El mismo. Veo que mi fama no respeta ni a los genios del clave —respondió Picander—. Es todo un honor saludaros y escucharos, *konzertmeister* Bach.

—Por favor, llámame Sebastian. Y ojalá me hubieses podido oír.

—Lo hice. Ayer tuve el privilegio de asistir a tu ensayo. Por eso lo de hoy me parece un auténtico ultraje. Están dejando que la corrupción vuelva a colarse en todas las instituciones, empezando por las que deberían ser más puras. Si Lutero levantase la cabeza pondría firmes de nuevo a todos. ¿Hacia dónde ibais?

—Íbamos a ahogar nuestras penas con una cerveza, a cualquier taberna. ¿Por qué no te vienes? —dijo Georg.

—Os propongo un plan mejor. A dos calles de aquí se hallan el maestro Johann Adam Reincken y mi antiguo profesor, Johann Caspar Wilcken. Ambos están tanto o más enojados que vos, *meister* Bach, y me han pedido que, si os encontraba, os dijera que les complacería invitaros a un *wein und bier*. Si gustáis, claro.

El *wohnung* donde se alojaba Johann Caspar Wilcken, al final de la Rathausstrasse, no era el más idóneo para recibir visitas: pequeño, austero y tan mal ventilado que cada noche tenían que dejar las pelucas en el balcón para airearlas.

En el salón, junto a la chimenea, Caspar Wilcken se encontraba de pie para que sus dos ilustres invitados pudiesen ocupar sendos sillones orejeros. En el de la izquierda se hallaba el maestro Reincken; en el de la derecha, otro hombre, distinguido, con pinta de aristócrata. Y entre ellos, un tablero de ajedrez.

—Ha sido vergonzoso —dijo Reincken apurando su copa y jugando e4.

—Indigno de un electorado tan importante como el de Hamburgo —afirmó Wilcken mientras el aristócrata jugaba e5—. ¿Vos no lo habéis sentido así? —preguntó al jugador.

El hombre, tras una breve pausa seguida de una sonrisa, finalmente abrió la boca:

—Yo es que en realidad me alegro.

Y Reicken movió caballo a f3.

—¿¿¿Cómo??? ¿Os alegráis de que la Iglesia muestre de esa forma la inmunda lacra de la corrupción? La verdad, no os entiendo.

Peón a d6 por parte del aristócrata.

—Bueno, no es tan difícil de entender, Wilcken —dijo—. Ya conocéis mi intención de reunir a los más excelsos músicos para mi orquesta de cámara. En el futuro, aquellos que dispongan de mejores presupuestos serán los que sin duda ganarán todos los torneos, deportivos o culturales. Por eso, la misma razón que me llevó a contrataros a vos y a vuestra familia es la que me trajo a la audición de hoy.

—¿Cómo? E.. explicaos, alteza.

El príncipe suspiró y se sirvió más vino.

—¿De verdad os habéis creído que el pobre Heitmann disponía de diez mil táleros para acceder al puesto de *kapellmeister*?

Wilcken y Reincken se miraron con estupor.

—¿Vos...?

—¿De qué otra manera, si no, iba a conseguir que Bach quedara libre? Si llega a acceder al puesto de *kapellmeister*, me habría resultado mucho más difícil sacarlo de allí... y más caro. Y con el dinero igual podía competir, pero con el encanto de una gran ciudad, desde mi humilde provincia, no. Y ya sabéis que tengo casi toda la orquesta configurada, pero también sabéis que nos falta un buen *hofkapellmeister* en Köthen...

—Igualmente, no os entiendo, Leopold, vos me conocéis bien —dijo Reincken—. Podríais haber impedido que Bach llegase a esa final. ¡¡¡Sois el príncipe de Anhalt-Köthen!!! ¡¡¡Vuestro poder es muy superior a vuestras más que saneadas finanzas!!!

—¿Y perderme la frustración con la que ahora negociará el más grande de todo el Sacro Imperio Germánico? Me decepcionáis, amigo mío. La frustración, al contrario que el ego, es un gran atenuante en cualquier pretensión. Ahora sí podré conseguirlo... y a buen precio. Doy por muy bien invertidos esos diez mil táleros, ah, y los otros mil que he tenido que dar bajo mano al reverendo, por cierto. Y ahora que Reincken ya ha hecho su parte, vos vais a ayudarme, Wilcken.

—Vuestro cuñado nunca dejará salir a Bach de Weimar —apuntó Reincken—. Y menos para irse con vos. Es público y notorio el poco cariño que el tío de Ernest August os profesa.

—Wilhelm lleva siglos tratando de arrebatarle el poder a mi cuñado August —respondió el príncipe—. Y como no puede conseguirlo legalmente, lo hace por la vía del martirio. No se da cuenta de que quien restringe libertades de manera injusta acaba perdiendo cualquier batalla. ¿Sabéis que ha llegado a retirar el papel pautado a Bach para que no componga más? ¡¡¡Si hasta le ha reducido el consumo de velas en el palacio Rojo!!! Lo humilla constantemente, ofrece los puestos de responsabilidad a otros músicos peores que él, lo mantiene en su cargo de *concertino*, mero lacayo, sin darle ningún prestigio ni hacerle brillar. Y todo por haber organizado conciertos para mi cuñado, que también es duque de Weimar; ¡¡¡así lo dispuso su abuelo y, por lo tanto, tiene todo el derecho a disponer de la capilla de corte conjunta!!! El tío de mi cuñado sólo se quiere a sí mismo. Y eso también tiene siempre el mismo final: la soledad.

Como si de una coreografía se tratase, justo en ese momento alguien llamó a la puerta. Leopold se llevó el índice a los labios, y tanto Reincken como Wilcken asintieron. Este último abrió e hizo pasar a sus invitados.

—¡Adelante, caballeros! Dejad que os presente, aunque creo que alguno ya os conocéis. Su Alteza el príncipe Leopold von Anhalt-Köthen, *kapellmeister* de Santa Catalina Johann Adam Reincken, os presento al *konzertmeister* de Weimar Johann Sebastian Bach, con sus dos... amigos.

—Sí —dijo Sebastian cuando saludaba a Wilcken—, me parece que tocamos juntos en Weimar, ¿no?

—¡Exacto! Buena memoria, *konzertmeister* Bach —respondió Caspar Wilcken.

—Yo creía que este arte se había perdido conmigo, pero ahora veo que sigue vivo en vos —afirmó Reincken estrechando la mano de Sebastian.

—Somos Picander y Georg. Mucho gusto —dijo el primero.

—Pasad, pasad y servíos vino. No tendremos sillas para todos, aunque quien bebe de pie aguanta menos copas... o eso dicen —bromeó Caspar Wilcken.

—Un placer, alteza —saludó Sebastian inclinando la cabeza, gesto que fue correspondido por el príncipe.

—Sí, también nos conocemos. Nos presentaron en la boda de mi hermana —recordó Leopold—. No os acordaréis, pero causasteis en mí una muy grata impresión; bueno, en mí y en todos los asistentes.

La velada siguió como siguen las cosas entre la gente que no se conoce, con menos interés en el qué que en el cómo. Sebastian hablaba poco, sospechando que su presencia allí no se debía a la mera casualidad. Tan sólo deseaba volver a su casa con sus hijos y olvidarse de todo aquello. Como si el príncipe Leopold le hubiese estado leyendo la mente, sin venir a cuento, de pronto le preguntó:

—Y bien, ¿cuáles son vuestros planes ahora, *konzertmeis- ter* Bach?

—No entiendo... Mis planes no han cambiado, excelencia: consisten en seguir trabajando para vuestro cuñado y para el tío de vuestro cuñado en Weimar —contestó Sebastian.

—Si creéis que todo va a continuar como hasta ahora, eso es que no conocéis al duque Wilhelm Ernst.

—El *kapellmeister* Drese —insistió Sebastian— está muy mayor, y cuando él deje el puesto en Weimar el duque me necesitará para ocuparlo.

—Sí, al viejo Samuel Drese le queda poco. Pero olvidaos de ello, el duque ya ha contactado con Telemann para ese trabajo.

—¿Telemann? Pero si me dijo que estaba feliz en Frankfurt...

—Sí, lo sé —admitió el príncipe Leopold—. Pero el duque hará lo que sea con tal de que vos no prosperéis. Y después de lo del palacio Rojo, os la tiene jurada, Sebastian.

—¿Qué pasó en el palacio Rojo? —preguntó Reincken.

—Además —prosiguió el príncipe ignorando la pregunta—, cuando se entere de que habéis optado al puesto en Santa Catalina no creo que mejore precisamente vuestra situación. Le ha cogido cariño a encerrar a quien no le obedece, y, si no tengo mal entendido, ésta es la segunda vez en menos de un año que trabajáis o, mejor dicho, intentáis trabajar fuera de sus dominios.

—Así es —dijo Sebastian, avergonzado como un chiquillo al que acabaran de pillar.

—No podéis estar a gusto con un pietista como el duque. Simplemente no me lo creo. ¿Por qué no os venís a Köthen?

—¿Cómo?

—Sí, que por qué no os venís con nosotros. Estoy buscando un *hofkapellmeister*. Mañana mismo parto hacia Halle para verme también con Haendel.

—¿Haendel está en Halle? —preguntó Sebastian con mucho interés y olvidándose de que así estaba cambiando de tema.

—Sí, ha vuelto para visitarse con un oftalmólogo inglés que pasará por allí en unos días... Pero hablando de ver, no veo clara su candidatura —encarriló la conversación de nuevo el príncipe—. Yo os preferiría a vos. Si nadie lo impide, este año contraeré matrimonio y necesito buena música para los fastos.

—Haendel es el mejor —dijo Sebastian.

—¿Seguro? —El príncipe arqueó una ceja—. ¿Os habéis preguntado por qué nunca ha querido encontrarse con vos? ¿Por qué os rehúye como la peste? Y, sobre todo, ¿por qué os evita justo desde el incidente con Louis Marchand? Cualquiera diría que Haendel lo que no quiere es que le pase lo mismo que al organista francés, que teme vuestra competencia, porque la verdad es que vos seríais un serio candidato a quitarle su brillo internacional, se os acabarían rifando en las cortes de toda Europa, más incluso que a él. Y ésa, mi querido *konzertmeister* Bach, para mí es toda una recomendación. Mirad, la familia Wilcken, con Johann Caspar aquí presente, acaba de fichar para nuestra humilde formación de música de cámara. El propio Caspar puede deciros si se encuentra feliz o no con la decisión. Herr Wilcken, ¿estáis feliz?

—Muy feliz, alteza.

—Todavía no os puedo proporcionar un gran órgano como el de Santa Catalina, estimado Bach, ni somos una gran capital como Hamburgo. Pero sí os puedo garantizar total libertad creativa y aseguraros que el dinero no será un problema durante el tiempo que trabajéis para mí. Si no voy errado, debéis de estar sobre los trescientos táleros actualmente.

Sebastian bajó la mirada, aún ruborizado por no poder negarlo.

—Trescientos quince.

—Yo os puedo ofrecer, para empezar, hasta cuatrocientos cincuenta táleros. Complementos de alquiler y leña aparte, única dirección sobre toda la música de la corte y música de cámara y banquetes. Pero, sobre todo, tiempo y recursos para poder desarrollaros como músico, estudiar, investigar, concentraros en vuestro arte y en nada más.

Sebastian miró a los presentes y entendió que todo había sido una emboscada. Su vista, a esas horas, ya sólo distinguía bultos semovientes a la luz de las velas. Lo cual lo hacía todo aún más aterrador.

—Lo siento, pero mi lugar está en Weimar. Hoy el Altísimo me ha dejado claro ese mensaje: no debo moverme de allí.

—Os sorprendería saber lo cuantificable que resulta la voluntad del Altísimo.

Murmullos de Reincken y Wilcken muy parecidos a la risa.

—Gracias, alteza. Es un honor, y de verdad que me siento muy honrado de que hayáis pensado en mí. Pero mi respuesta es no.

La tensión duró lo que una fusa en manos de Vinicius.

—Más vino. Y música —intercedió Wilcken ante la tajante respuesta de Sebastian al príncipe Leopold—. ¿Por qué no escuchamos un poco de música? Permitidme agasajaros con el mejor instrumento de la familia Wilcken. ¡¡¡La voz que encantó al mismísimo rey!!! ¡¡¡Y la misma que ahora por fin hará las delicias del príncipe Leopold!!! ¡¡¡Magdalena!!! ¡¡¡Magdalena, hija!!!

He dicho que Dios le debe todo a Bach. Sin Bach, Dios sería un personaje de tercera clase. La música de Bach es la única razón para pensar que el Universo no es un desastre total. Con Bach todo es profundo, real, nada es fingido. El compositor nos inspira sentimientos que no nos puede dar la literatura, porque Bach no tiene nada que ver con el lenguaje. Sin Bach yo sería un perfecto nihilista.

ÉMILE MICHEL CIORAN

BWV 584

M i padre gritando mi segundo nombre por el pasillo.
Nada bueno podía significar eso. O había hecho algo
mal, o estaba a punto de hacerlo. No cabía otra. Cierto era que
no pronunciaba mi nombre completo. Cuando se trataba de
algo muy muy malo, normalmente lo hacía así: Anna Magdalena. Y si ya había sido una catástrofe, le añadía mi apellido,
que era el suyo también. Como si cargase sobre sus hombros
parte de la culpa por lo que yo había hecho. Como si a la vez
expiase parte de mis pecados culpándose a sí mismo por haber
colaborado en traerme al mundo.

Sin embargo, en esa ocasión, al añadir lo de «hija» todo
auguraba, al final, que sería una de esas demostraciones entre
colegas a las que yo debía acudir sí o sí y que me daban una
pereza terrible, básicamente porque no eran más que fanfarro-
nadas entre machitos, en este caso artistas, pero machitos, al
fin y al cabo.

Es curioso que los hombres necesiten medírsela de tanto en
tanto. Creo que el apéndice ese de su entrepierna, aparte de
darles placer, también de alguna forma se lo quita. De haber
querido, la naturaleza los habría hecho todos del mismo tamaño. Pero que la variabilidad de tamaños sea tan grande hace que

necesiten compensarlo entre ellos, sobre todo cuando están en grupo. Los que la tienen pequeña necesitan hacerse los grandes. Los que la tienen grande necesitan mostrársela a los que la tienen pequeña, aunque no sea de forma literal. Y los que la tienen de tamaño medio necesitan hacer algo extraordinario para decirse a sí mismos que todo lo demás es insólito en ellos. En definitiva, el trozo de pellejo ese les condiciona la vida mucho más que el periodo menstrual a nosotras, que ya es decir.

Mi padre entró en la habitación, donde yo estaba leyendo y mis hermanos jugaban al ajedrez.

—Magdalena, hija, ven conmigo al salón, que unos caballeros quieren oírte cantar.

¡Ahí está!, el impulso de exhibirme como un mono de feria. La gran lacra de los padres con hijos con algún don. He visto a muchos padres enterrar a sus hijos a base de expectativas que no pudieron cumplir jamás. Además, yo sabía que eso no era cierto. La transcripción correcta de lo que había motivado a mi padre a buscarme sería que se proponía obligar a unos caballeros a escucharme mientras yo desplegaba mis aptitudes vocales. Me dejaba hacer porque sabía que, además de nutrir su ego de progenitor orgulloso, lo cual no era más que otra forma de cariño, al final era su modo de hacerme promoción para que más gente me descubriera y me saliesen más actuaciones. Así que tampoco podía negarme, aunque me lo estuviese vendiendo de manera tan interesada y falsa.

—Claro, padre.

Recuerdo caminar por ese pasillo aclarando la voz, tranquila, relajada y sin atisbar por el momento lo que me esperaba en el salón del minúsculo *wohnung*. Recuerdo la luz, la poca luz que le quedaba al día. Y recuerdo perfectamente su cara cuando me vio. Bueno, debería decir cuando me adivinó, porque allí, en el salón, junto a los sillones, estaba él de pie entornando los ojos para intentar percibir más que mi contorno. Por suerte, no vio perfectamente mi cara. No pudo reconocer mi expresión de sorpresa al hallarlo ahí, a tan pocos metros de mí otra vez. No pudo notar cómo se me volvía a acelerar el corazón a más de ciento ochenta pulsaciones por minuto. Y sobre todo, no pudo ver el sudor frío que recorrió mi frente y mi cuello en cuanto reparé en él.

Él no vio nada de todo eso. Pero los demás sí.

Aún no sé cómo me las arreglé para ser capaz de cantar. Ni sabría concretar el repertorio. Lo que sí sé es que, más que cantarlo, lo lancé. Hice lo que pude para acabar pronto e irme. Porque a cada estrofa que yo iba cantando, su figura se iba acercando, sus pasos se dirigían inexorablemente hacia mí, de manera que cuando canté la última nota se hallaba a escasos veinte centímetros de mi cara, mirándome a los ojos, a punto diría yo de besarme... o de besarlo yo, no lo sé.

Había en sus ojos algo más que niebla y soledad. Había dolor, mucho dolor. Había desencanto. Había mil batallas perdidas y asumidas como parte de ese desencanto. Había, en definitiva, la belleza del que lo ha perdido todo y, aun así, sigue creyendo, millones de historias que hacían de su mirada algo muy puro, porque quien conserva esa forma de mirar después de todo lo que yo supuse que le había pasado es porque ha decidido protegerla, porque ha decidido mantener esa forma de ver las cosas. Y es que la bondad, a partir de cierta edad, es una decisión consciente y deliberada. Uno decide mantenerse bueno a pesar de todo lo que le ocurre. Y lo fácil, lo sencillo, es dejarse llevar. Eso implica corromperse, consentir que entre el mal en tus ojos. Él no. Él no lo había permitido. Y se le notaba en su forma de acariciarme con la mirada.

Por eso cuando años más tarde me preguntaban qué me enamoró de él siempre contestaba lo mismo: «Su bondad». Era un genio, sí. Pero aún más grande que su genialidad era su bondad. Una bondad que te arrollaba, que te inundaba, una bondad en la que podías sumergirte, nadar, y siempre era tan infinita como el mar abierto. Una bondad en la que no había arriba ni abajo, ni antes ni después, ni tan siquiera puntos de referencia. Como en mar abierto, también. Él habría dado su vida por hacer las cosas bien hechas. Y yo habría dado la mía por hacerlas todas con él.

En ese momento mi padre nos fulminaba con la mirada. A los dos. Y no me di cuenta. Tiempo después, sin embargo, comprendí que para él la escena había significado una humillación, de la que encima había sido agente propiciatorio y cómplice.

—Magdalena, hija, ya puedes volver a tu habitación.

Muchas gracias. El mal siempre escoge la voz de quien menos te lo esperas.

Demasiado contrapunto, y lo que es peor, contrapunto protestante.

Thomas Beecham

BWV 211

Como cada noche, el café Schadenfreude de Hamburgo estaba hasta la bandera de todo tipo de gente, de gentío y, sobre todo, de gentuza. Las *caffe-menscher* charlaban, reían y cantaban como si fuesen tan libres como los hombres. Aquellos antros de lujuria y perversión eran los únicos reductos del imperio donde una mujer podía sentir que, de alguna manera, tenía los mismos derechos que cualquier varón. Era falso, pues todo jugaba en contra de su reputación. Cualquier mujer que fuese vista demasiado por esos lares acababa sufriendo problemas sociales, morales y, en última instancia, hasta económicos. Pero no dejaba de ser curioso que, para sentir esa libertad, esa falta de prejuicios y esa igualdad que ya empezaba a oírse por tierras francesas, las alemanas todavía tuvieran que acercarse tanto al lado oscuro de las cosas.

Picander llevó tres cervezas a la mesa donde le esperaban Georg y Sebastian. Por el camino sufrió tres agarrones de nalgas, dos frotamientos de genitales y media docena de proposiciones que no acabó de entender.

—Ahí vamos, amigos míos —dijo Picander mientras depositaba lo que quedaba de las cervezas sobre la mesa.

—Gracias, querido. Que Dios te lo pague —respondió Georg.

—Preferiría que me lo pagaseis vosotros.

—Cuando ganemos tanto como tú, Pic.

—Bueno, bueno, tampoco os hace falta.

—¿Qué quieres decir?

—Pues que aquí el *konzertmeister* tiene algo que todos los músicos ansiamos.

—Y es... ¿talento?

—Prestigio.

—Del prestigio no se come —apuntó Sebastian.

—Ya. Pero del dinero sólo se vive. No se puede hacer nada más.

—No te entiendo —dijo Georg.

—Sí, pues que a veces me gustaría que el éxito y el reconocimiento fueran a la par. Yo tengo mucho éxito, no lo niego. Gano mucho dinero, sí. La gente consume mis poemas como si fueran golosinas. Los teatros de toda Europa representan mis libretos. Y cada día, en algún lugar del continente, hay alguien escuchando algo que escribí yo. Todo eso está muy bien. Pero los tres sabemos cuál es la cruda realidad: nada de eso pasará a la historia. Nadie hablará de mí cuando me haya muerto. Bueno, sí, los críticos que se ensañan conmigo cada vez que estreno algo. Pero de ésos tampoco nadie se acordará.

—A mí también me ha dicho lindezas un crítico. Hace poco, Johann Adolf Scheibe me llamó «*musicant*». Fabricante de cancioncillas. Todo un elogio, vamos.

—Uno, Sebastian. Te ha criticado UNO. Y encima fue la comidilla de todo el sector. Porque TODO EL MUNDO te admira, y nadie podía entenderlo. A mí, en cambio, NADIE me admira como poeta, porque trabajo por y para el populacho, mis composiciones se consideran superficiales, frívolas, cuando no intrascendentes. Como si eso no bastara. Como si algo tan sagrado como entretener a la gente, ¡nada más y nada menos!

fuese algo de segunda categoría. Y no me mires así, que es cierto: nada de lo que he hecho tiene suficiente entidad para trascender. Y al final eso es lo que busca cualquier ser humano: transformarse y trascender. Lo primero lo decide uno. En cuanto a lo segundo, la lástima es que siempre depende de los demás.

—A mí no me importa nada trascender —respondió Sebastian—; lo que ocurra conmigo o con mi obra cuando haya muerto me resulta bastante indiferente.

—Y seguramente por eso seas tú el elegido —replicó Picander—. Por eso tus manos están tocadas por esa magia. Y por eso es probable que tú nos trasciendas a todos.

—El elegido es Haendel —afirmó Sebastian.

—¿Por qué dices eso?

—Porque es verdad. Aunque él no quiera recibirme, es el músico vivo con más talento.

—No estoy para nada de acuerdo. En primer lugar, no es que no quiera recibirte.

—¿No? Pues hasta dos veces ha rehuido mi encuentro. Dos veces me he desplazado hasta la ciudad donde se suponía que Haendel estaba y dos veces ha salido sin avisar para no tener que verse conmigo.

—No es cierto —intervino Georg—. Lo que pasa es que es un hombre muy ocupado, estás hablando del músico con más conciertos en toda Europa, es lógico que no pare de viajar.

—Justo la excusa que le darán de su parte a todos aquellos a los que rehúye.

—Y en segundo lugar, ¿no será —volvió Picander— que, como te dijo el príncipe, te rehúye porque no quiere que le pase lo que a Louis Marchand? ¿Porque igual el talento, como la belleza, como la inteligencia y como cualquier otra cualidad humana no deja de ser un vector comparativo? ¿No será que es él quien no desea compararse contigo? Uuuuuuuh, yo ahí huelo miedo.

En ese momento Sebastian vio a alguien que entraba por la puerta del café y le cambió la cara.

—¿Sabes qué estoy pensando? Que tú y yo deberíamos trabajar juntos —dijo sin apartar la mirada de la puerta.

—Jajaja... —La carcajada de Picander se oyó por encima del ruido—. ¡Sí hombre! No te veo a ti poniendo música a ninguna de mis frivolidades. Te crucificarían por rebajarte tanto, Sebastian.

—Al contrario. Elige el tema más superficial que puedas... Mira, escribe una cantata sobre los cafés.

—¿Sobre los sitios o sobre la bebida?

—Ambos. Un padre que no permite a su hija venir a estos locales de lujuria y perdición, hasta tal punto se lo prohíbe que la amenaza con que jamás la casará mientras siga acudiendo. Y ella, atrapada en el hábito, se resiste a dejar el brebaje.

—Oye, me gusta el tema. ¿Lo estás improvisando?

—Sí, pero continúalo tú.

Sebastian se levantó y se perdió entre la multitud de camino hacia la puerta. Allí una muchacha de ojos azules acababa de entrar con sus dos hermanos.

—Buenas noches.

—Buenas noches. Me ha sorprendido que me saludaras —dijo Anna Magdalena.

—¿Ah sí? ¿Por qué? No quisiera incomodarte.

—¡No me incomodas para nada! Simplemente no me lo esperaba.

—Lo inesperado suele ser una invitación a dejarse maravillar.

Kathy arqueó las cejas, y Caspar, que se dirigía ya hacia la barra para pedir algo, se la llevó de un tirón.

—¿Sueles sorprender? —preguntó Anna Magdalena.

—Lo intento.

—Pues me sorprenden muchas cosas de ti. ¿Por qué me miras, por qué conversas conmigo...? Sorprender, sorprendes.

—Pero ¿hablas de sorpresas como algo bueno?

—Las sorpresas siempre son bienvenidas.

—Jajaja... Me encanta tu diplomacia.

Ella miró a sus hermanos, que brindaban en la distancia, y disparó:

—A mí me encanta tu manera de hablar. Por fin te pongo voz.

Y hablaron. Vaya si hablaron. Durante varios minutos y delante de todo el mundo, sí, pero por fin pudieron ponerse al día. Y decimos «ponerse al día» porque cualquiera habría asegurado que se trataba de dos amigos que acababan de reencontrarse después de muchos años. Porque hay gente que te provoca eso. Una intimidad instantánea y espontánea. Un espacio entre los dos que no ha hecho falta ni fabricar porque ya venía de serie. La facilidad con la que se origina ese espacio suele ser el principal indicador de lo que llamamos «complicidad». No fueron, como digo, muchos minutos, pero sí los suficientes. Para Sebastian y Anna Magdalena y para los demás. Porque a pocos metros de ambos las habladurías y las malas lenguas ya empezaban a crear el monstruo del prejuicio y la incomprensión.

Cuando Anna Magdalena dejó el local con sus hermanos y Sebastian volvió a la mesa, él ya no escuchaba nada de lo que le preguntaron sus amigos. No pudo oír que se habían extrañado de que tardase tanto en regresar. Ni que Picander había estado charlando animado con una francesa borracha que, por lo visto, era muy fan de Sebastian. Simplemente, él ya estaba en otro lugar.

Es imposible describir la inmensa riqueza de su música, su naturaleza sublime y su valor universal, comparándola con cualquier otra cosa en el mundo.

RICHARD WAGNER

BWV 232

Estábamos llegando a Weissenfels cuando faltaba poco para el mediodía, y mis hermanos y yo habíamos guardado silencio durante casi todo el viaje. Sin embargo, lo más chocante no había sido eso. Lo más incómodo había sido el silencio de mi padre, sobre todo conmigo. Él, que normalmente era el alma de la fiesta en la familia, había estado evitando el contacto visual y cualquier cruce de palabras con su hija predilecta. Era evidente que algo le pasaba, así que me decidí a hacer lo que él me había enseñado: hablar las cosas.

—Papá, ¿te ocurre algo?

Me miró. Vi cómo las posibles respuestas se amontonaban tras sus labios. Cómo sus ojos daban paso a las mil y una maneras de expresar su indignación. Y cómo las iba descartando una a una. Hasta que sólo le quedó mentirme de nuevo.

—Nada.

Más silencio en estado sólido.

—¿He hecho algo que te ha molestado?

—No, tú no. Bueno, no del todo.

—¿No del todo?

—Mirad —interrumpió convenientemente Caspar.

Por fin pasábamos por delante de las primeras casas de

Weissenfels, ya llegábamos al que había sido nuestro hogar durante años, y nos sorprendió a todos ver las fachadas tan engalanadas, tan bellas, tan llenas de flores.

—Los Mayos, otra vez.

La voz de Katharina sonó amarga. Los Mayos, que, como su nombre indica, solían llevarse a cabo cada primero de mayo, ese año habían tenido que retrasarse por un brote de peste bubónica que había arrasado la región. Y ahora, meses después, por fin podían celebrarse.

Y digo «celebrarse» por no decir «sufrirse». Cada año, bien entrada la primavera, los jóvenes de la ciudad colgaban de las fachadas de las casas donde había muchachas casaderas una planta o una flor en función del carácter de cada una, una especie de veredicto según les parecía a ellos su conducta. Ellos nos juzgaban, y ellos nos condenaban públicamente teniendo en cuenta nuestra docilidad, como si fuésemos caballos. Unos arbustos espinosos indicaban que la muchacha en edad núbil era orgullosa. Un saúco indicaba desenfreno y perdición. Y así.

Claro que eso era sólo al principio. Porque, como toda tradición, fue degenerando y degradando la dignidad de sus practicantes hasta el punto en que si la mujer en cuestión se resistía más de la cuenta, o lo que ellos consideraban que era más de la cuenta, ya valía cualquier cosa. Se transformaba entonces en una especie de chantaje a la familia en el que todo se consentía a fin de presionar a la joven para que contrajera matrimonio. Una extorsión, un arma de disuasión social para que ninguna familia permitiese demoras innecesarias.

A Katharina, por ejemplo, como se resistió un par de Mayos, el primer año le pusieron en la puerta de su casa huesos y esqueletos de caballos y cuernos de bueyes, y el segundo, carroña maloliente y podrida. Además, lo acompañaron de canciones infamantes y burlonas durante las noches de la festividad hasta que decidió aceptar casarse con el bruto de su marido. Un horror. De hecho, un horror que la empujó a otro. A veces, tratando de evitar un error, te acabas metiendo en otro aún peor. Y eso es lo que le había ocurrido a mi querida hermana Katharina.

Llegamos a casa.

Sobre nuestra fachada alguien había colgado ramas de salvia rusa, una planta de tallo grisáceo que produce abundantes espigas de color violeta, aromáticas y profundamente recortadas.

—¿Qué significará esa planta? —preguntó Caspar.

—No es por la planta —respondió Kathy—. Es por el color. Violeta, uno de los más preciados ya desde los fenicios, asociados a la corte y a la realeza. Por supuesto, es ironía. Aquí la princesita, que se cree superior a todos los mozos del pueblo y por eso no se deja cortejar. Y como además la planta es caduca, se ha quedado seca, como imagino que querrán decirte, Magdalena —añadió—. Se trata de una chanza y de una advertencia. Que si no espabilas, también te quedarás seca.

Mi padre bajó del coche y arrancó las ramas de la fachada.

—¡Basta!

Nunca lo había visto así. Tras lanzarlas al suelo, entró en casa sin mediar palabra.

Desde ese momento mi color favorito es el violeta y no hay día que no me ponga alguna prenda de ese color.

Como era un día especial, esa noche mi madre preparó carne especial de bienvenida (*fleisch und geflügel*) y cenamos, mejor dicho, devoramos todos de la misma fuente. Se suponía que debíamos estar felices, habíamos vuelto sanos y salvos, teníamos un plato caliente sobre la mesa y buenas noticias que dar. Pero la felicidad de una familia es inversamente proporcional al número de personas que conspiran contra ella.

—El príncipe Leopold nos ha contratado. Quiere que empecemos allí lo antes posible.

—Cariño... —A mi madre se le llenaron los ojos de lágrimas—. Pero ¡qué bendición es ésa...!

—Sí, amor mío, al fin tendremos un puesto fijo en la corte.

Mis padres se cogieron de la mano.

—Pues no pareces muy feliz, papá —dije.

La mirada de él no se levantó del plato.

—Anna Magdalena Wilcken —dijo mi madre secándose las lágrimas—, no hables así a tu padre, que también tiene algo importante que comunicarte.

Entonces papá alzó la vista hacia mi madre. Ella le hizo un gesto para que se arrancase a hablar. Y él, aún sin mirarme, le contestó:

—Mejor explícaselo tú, que te lo dijo a ti.

—Que le dijo ¿qué? Y ¿quién?

—A ver, hija...

—No, a ver no. ¿Qué ha pasado?

—El conde de Dresde estuvo aquí durante vuestra ausencia...

—¿¿¿Karl...???

Mi cara se fue tornando cada vez más oscura sin cambiar de color.

—Y me pidió..., bueno, nos pidió a tu padre y a mí... que consideremos la posibilidad...

—Después de lo que me hizo, ¿cómo se atreve? Y ¿por qué lo recibiste?

—Nos pidió a tu padre y a mí que pensemos en ello, y creemos que sería bueno para ti...

—NO.

—Es sólo una idea...

—HE DICHO QUE NO.

—Cariño...

—Pero ¿¿¿estáis locos??? ¿Lo hacéis por dinero, acaso? Pero si nos contrata el príncipe Leopold , ya no tendremos problemas económicos... Entonces ¿¿¿por qué lo hacéis??? ¿¿¿Para volverme una infeliz, como a mi hermana Khaty???

—Oye, a mí me dejas en paz.

—Perdona, Kathy..., pero es verdad.

Me volví hacia mi padre, que seguía con la vista fija en su plato, y lo observé con tanta rabia como impotencia.

—Papá, mírame.

Nada.

—PAPÁ, MÍRAME.

Me miró.

—¿Por qué lo aceptas? Sólo explícame el porqué, si va contra todo lo que tú me has enseñado. ¿Es por el título? ¿Por el prestigio? No es por mí, ¿verdad?

Mi padre cerró los ojos. Mis hermanos se miraron entre sí incapaces de aportar nada.

—¿Es por Sebastian?

—¿Quién? —preguntó mi madre.

—Es por Sebastian, ¿no? —le repetí a él.

—NO —estalló mi padre, y del puñetazo que dio sobre la mesa resonaron las copas y los cubiertos—. ¡¡¡Aunque está ciego, viudo y es padre de cuatro hijos!!! ¡¡¡Y sí, podría ser tu padre!!!

—¿El padre de quién? —insistió mamá.

—¿Pues sabes que puede que sea incluso más joven que Keyserlingk...? Pero en ese caso no te importa, ¿¿¿no??? ¡¡¡Y él jamás me ha acosado!!! ¡¡¡Ni ha abusado de mí!!!

—Pero ¿de quién habláis, cariño?

—De Se-bas-tian —repetí, y mi padre me miró por primera vez como si hubiera blasfemado en medio de la sacristía.

—¿Quién es Sebastian? —Mi madre no entendía nada.

—¡BASTA!

Mi padre la miró como pasmado; no sabía cómo gestionar esa situación, estaba superado.

—Mamá —dije sin apartar la vista de mi padre—, he conocido a alguien. Y creo que quiero seguir conociéndolo.

—Cariño..., no sabía nada.

—Lo sé. Pero papá sí. O... o, bueno, se lo podía imaginar.

—¿Y quién es?

—La cuestión es que papá ha aceptado conceder mi mano a Keyserlingk para impedirme seguir conociendo a Bach.

—¿Bach de los Bach de Erfurt...? —preguntó mi madre.

—Éste nació en Eisenach —respondió mi padre apretando los dientes.

—¿Y sabéis qué? Que no lo permitiré. No dejaré que haya otra infeliz en la familia Wilcken. No mientras esté viva. ¡Sobre mi cadáver! Iré a Köthen con vosotros, le guste a papá o no. Y si no me deja ir con vosotros, me iré por mi cuenta, que al fin y al cabo el mayor sueldo de todos es el mío. Pero voy a vivir mi vida, papá. ¡Voy a vivir mi vida! Os guste a los demás o no.

Me levanté de golpe y lancé mi servilleta sobre la carne. Mi hermano intentó cogerme la mano, pero lo rechacé.

—Mi vida es mía. Y quien me la intente arrebatar tendrá que decidir: o él o yo.

Salí corriendo de mi casa, ahora sí, llorando. Fuera, amontonados aún algunos ramilletes violetas de salvia rusa. Cuando pasé por su lado, los pisé, los pisé fuerte, los pisé con rabia. Los pisé para que desapareciesen. Para que no volviesen a perseguirme más.

Al otro lado de la calle, unos muchachos me miraban y se reían.

Me miraban y se reían.

La historia de mi vida.

Es un problema para los biógrafos comprender cómo
pudo decidirse Bach a aceptar la invitación a Köthen.

CHARLES SANFORD TERRY

BWV 145

Volver a Weimar no sería complicado. Lo complicado sería tratar de abandonar Hamburgo. Dejar de pensar en todo lo que pasó allí. La mente de Sebastian se resistía a abandonar la sensación que había tenido al verla. Ahora sabía quién era ella, dónde estaba, quién era ese ser que le había hecho olvidar de un plumazo tanto dolor acumulado. Hay personas que tienen esa capacidad. Actúan como borrador de las emociones malas. Te extirpan el tumor de la tristeza sin ninguna incisión. Ella lo había conseguido, por un momento, simplemente existiendo. Porque ella le había hecho saber que existía. Y, lo más importante, él ahora tenía la oportunidad de vivir y trabajar cerca de ella. Podría verla todos los días. Averiguar si ella también había sentido lo que sus ojos gritaban. Y, en última instancia, saber si era la salvación de su vida.

Picander y Georg se habían apuntado a la comitiva, aunque este último llevaba dormido casi todo el camino de vuelta.

—¿Qué vas a hacer? —preguntó Picander a Sebastian.

—¿Con qué?

—Con lo de Köthen.

—Ya le dije al príncipe que no.

—Ya, pero tú sabes, igual que yo, que si cambias de opinión la oferta seguirá en pie... ya dijo que no quería a Haendel, que te quería a ti.

—...

—No lo tienes claro, ¿no?

—...

—Hombre, supongo que a Wilcken no le haría mucha gracia. ¿Viste cómo te miró cuando te acercaste a su hija?

—No.

—¡Qué va a ver éste, si está cada día más cegato! —apuntó Georg sin abrir los ojos.

—Sí, con lo de la vista ¿qué vas a hacer?

—Tampoco lo sé.

—Bueno, paso a paso, Sebastian —dijo Picander—. No nos van a dar un premio por resolverlo todo hoy.

—No, lo que van a darte es un premio al empleado y padre del año —ironizó Georg mientras se incorporaba.

—¿Por...?

—Hombre, tú mismo, Sebastian. Primero, sabes que Wilhelm Ernst no te dejará marchar así como así. Formas parte de su servicio, el lacayo del duque. Eres una posesión más suya, como los patos que nadan en todos y cada uno de sus pantanos. Y segundo, ¿con qué cara dices ahora a tus hijos que abandonen a sus amigos, sus estudios y sus vidas para irse nada más y nada menos que a Köthen..., perdido de la mano de Dios, donde no hay ni escuelas, ni universidades ni vida estudiantil..., ¡por no haber, no hay ni iglesia! Olvídalo, amigo, es lo mejor.

—Claro, Georg, lo mejor es que me quede en Weimar, donde no me dejan ya ni componer y donde todo, absolutamente todo, me recuerda a Bárbara cada día. Donde mis hijos me ven llorar todas y cada una de las noches. Donde no puedo ni caminar dentro de mi casa sin pensar dónde ella reía, dónde ella cantaba, dónde ella me hizo feliz. La misma ciudad que me supone este pozo sin fondo que me estoy cavando yo.

—Los pequeños aún te seguirían, pero ¿qué pasa con Friedemann, que ya tiene…, cuántos, doce años? Con esa edad, tú ya estabas viviendo con tu hermano, solos ante la vida. Mira que siempre te he pedido que me hicieras padrino de tus hijas, y siempre lo he considerado un honor, pero es que ahora estoy por decirte que lo hagas también de tus novias… ¿De verdad te estás planteando llevarte a toda tu familia a otra ciudad sólo porque una niña te ha puesto ojitos?

—No es una niña. Tiene diecinueve años.

—¿Y tú cómo lo sabes?

—Ella me lo contó.

—¿Ah sí? ¿Cuándo?

—Eso da igual. Además, es soprano.

—¡No me digas que vas a ponerla en el coro. ¿De verdad, Sebastian? ¿Otra mujer en el coro? Ya te amonestaron una vez por permitírselo a María Bárbara. ¿O es que ya no te acuerdas?

—Claro que sí. Pero me da igual. ¡Que me amonesten de nuevo! Es una mujer libre, mayor de edad, es soprano… Y digo yo que si tiene derecho a casarse, a tener hijos y a trabajar, tendrá derecho a enamorarse, ¿no?

—De alguien de su edad, Sebastian.

—¿Y eso por qué?

—Porque es lo correcto. Porque es lo que toca. Porque es lo natural. Lo que Dios ha dispuesto. Y así debe ser.

—Bueno —intercedió Picander—, ya está, Georg.

—Espera, espera, esto me interesa —siguió Sebastian—. ¿Dios no quiere que nos amemos? ¿En qué parte del Evangelio se dice eso? ¿O que sólo podamos amar a gente de nuestra misma edad? ¿Dónde está el límite del amor? ¿Quién lo pone?

223

¿Tú? Si dos personas mayores de edad han decidido amarse, ¿Dios no estará de acuerdo?

—No lo sé —contestó Georg después de una pausa—. De cualquier modo, estás dando por supuesto dos cosas. La primera, que ella te ama a ti. Y la segunda, y la que más me preocupa, que tú la amas ya.

Ahí Georg dio en el clavo, como de costumbre. El rubor subió a la intensidad del rojo en las mejillas de Sebastian. Le había pillado, de nuevo. Y se había sorprendido a sí mismo pronunciando esas palabras por primera vez en muchos años.

¿Se puede amar a alguien a quien no conoces de prácticamente nada? ¿A quien no has visto más que en un par de ocasiones? ¿A quien sólo te ha mirado como has deseado siempre que te mirasen? Con esa mezcla de admiración, expectativa, complicidad y deseo?

Estaba dispuesto a averiguarlo. Y ahí fue cuando Sebastian tomó la decisión.

—Nos vamos a Köthen. Todos.

—¿Y los niños?

—Los niños serán felices donde su padre sea feliz.

Las ideas dominantes han correspondido también al deseo de demostrar que Bach fue ante todo y en primerísimo lugar un hombre de Dios que hacía música. [...] Quien hace descansar su vida en Dios no tiene por qué orar todo el día, y Bach no era de los que arrugan la nariz al oír palabras como «placer» o «diversión» ni tampoco de los que eluden el placer en la música.

KLAUS EIDAM,
La verdadera vida de Johann Sebastian Bach

BWV 147

Sin maestro, el alumno es un pájaro sin nido. Así se sintió Lorenz Christoph Mizler, a quien todos llamaban el Pequeño Lorenz, cuando le dijeron que Sebastian había partido de nuevo, esa vez rumbo a Hamburgo. No pensaba estar otra temporada más sin aprender. Cada día que pasaba, su ambición y sus ansias de triunfar le recordaban que su juventud no era más que un cheque que caducaba y, por lo tanto, si no lo invertía se sentía cada vez más pobre.

Casi diez jornadas completas tardó en plantarse en París. De posta en posta, de pensión en pensión, de posada en posada, su único objetivo era el Café de la Régence, el antiguo Café de la Place du Palais-Royale.

Le habían hablado de las míticas veladas que tenían lugar allí, donde sólo se consumían bebidas proscritas mientras se escuchaba música o se jugaba al ajedrez. Le habían dicho que un tal Robespierre las frecuentaba, que Voltaire no se perdía ni una y, sobre todo, que allí encontraría al mejor ajedrecista de todos los tiempos, el también músico François-André Danican Philidor.

Llegar no fue lo complicado, lo realmente difícil fue entrar en el café. Desde la puerta el gentío hacía impracticable el acceso a un joven como él, imberbe, extranjero y sin contactos.

Después de mucho esperar y tras algún que otro empujón acompañado de un insulto, Mizler logró acercarse a la mesa que funcionaba como epicentro de aquella multitud. Sentados a sendos lados, dos contrincantes con un tablero y unas piezas distribuidas en mitad de una partida.

—¿Quiénes son? —preguntó a la persona que le pisaba un pie.

—¿¿¿Cómo que quiénes son??? Son los dos mejores jugadores de París. El embajador de Estados Unidos en Francia, monsieur Benjamin Franklin, y el maestro Philidor, de quien se dice que es el mejor del mundo en este momento. Ay, perdona, ¿eso es tu pie?

La partida acabó en tablas. Lo extraño y notorio de la ocasión no fue el resultado, sino que fue la primera vez que se usaba la apertura utilizada por el campeón, una apertura nunca vista hasta entonces en competición oficial, a la que Philidor acabaría dándole nombre (1. e4 e5 2. Cf3 d6).

—Gran partida, maestro —lo felicitó Mizler en cuanto Philidor se levantó.

—Gracias, pero hemos descuidado la estructura de peones y, como siempre digo, los peones son el alma del ajedrez.

—Justamente, hablando de peones, no he entendido algunos de vuestros movimientos...

—El de comer al paso, ¿verdad? Es una norma nueva que he introducido, creo que así el juego es más interesante. Como la de colocar el cuadro negro a la izquierda, o la del enroque, o la de pieza tocada, pieza movida. Lo hacen todo mucho más ágil, y como digo, interesante... Al final las restricciones multiplican la creatividad.

—Pues sí... Ahora que mencionáis la creatividad, ¿puedo comentaros algo?

—Claro. Decidme, joven.

—Me gustaría hablar con vos sobre un tema.

—¿Un tema?

—Sí, un tema… confidencial.

Philidor miró con extrañeza a Mizler.

—¿Nos conocemos?

—No, pero tengo entendido que somos… «hermanos».

—¿Cómo?

—Somos Nueve Hermanos, ¿no?

La cara de Philidor cambió de pronto. Miró a su alrededor para cerciorarse de que nadie los había oído.

—Esperadme fuera. En una hora.

Pasaron casi dos, en las que Mizler vio cómo la gente iba desalojando poco a poco el local, hasta que acabó cerrando. La noche se cernía sobre París, y su mente analítica no paraba de reprocharse que no hubiera reservado una triste posada para dormir.

Por fin salió Philidor.

—A ver, ¿cómo sabéis lo de los Nueve Hermanos, joven?

—Conozco la Sociedad Apolloniana porque invitaron a mi maestro a formar parte de ella. O al menos eso nos contó una vez.

—¿Quién es vuestro maestro?

—Johann Sebastian Bach.

—Ah, acabáramos.

—La Apolloniana es una sociedad secreta formada sólo por veinte eminentes músicos que se dedican a reunirse clandestinamente para adorar al Ser Humano a través de la música. Por eso tiene que ser secreta. Para ahorrarse conflictos con los ultrarreligiosos.

—El «bueno» de Bach…

—Si mi maestro dijo que no cuando le invitaron a entrar en esa sociedad fue porque él ni cree ni confía en el ser humano. Y porque no quiere que nada de lo que hace sea secreto.

—Mirad, joven, si vuestro maestro dijo que no fue porque le habría complicado el desempeño de su cargo como *konzertmeister* en las iglesias de Weimar. Al *meister* Bach le gusta la música, pero también cobrar a final de mes.

—A ver, es normal, está viudo y tiene cuatro bocas que mantener. El hecho es que se sabe desde hace tiempo que esa sociedad había estrenado varias de sus obras en el Freemasons' Hall de Londres. De ahí a dar con el nombre de la logia de los Nueve Hermanos fue bastante sencillo. Y en sus publicaciones musicales vienen todas sus claves, como la que he utilizado ahí dentro.

—Bien, y vos, ¿qué queréis, muchacho?

—Me gustaría ser admitido en la Sociedad Apolloniana. E, idealmente, poder establecerla en Weimar.

—¿Dónde?

—En Weimar, electorado de Turingia, Sacro Imperio Germánico.

—Pero ¿vos… sois músico? ¿Os ganáis la vida con la música?

—Aún no. Soy alumno de herr Johann Sebastian Bach. Pero muy muy aplicado.

—Vale. Mirad, joven…

—Lorenz.

—Eso, Lorenz…, seguid estudiando. El día que estrenen alguna de vuestras obras en un teatro, el día que impriman vuestras composiciones o el día que algún aristócrata contrate vuestros servicios, volved y hablaremos. Hasta entonces, si me disculpáis, tengo cosas más importantes que hacer que estar aquí en medio de la calle a estas horas hablando con un adolescente de cosas imposibles. *Bonsoir, monsieur!*

La música excava el cielo.

CHARLES BAUDELAIRE

BWV 753

Era el 10 de junio de 1955. Primer día de grabación del disco de Glenn Gould. Las calles de Manhattan parecían ensancharse con los primeros camiones de la jornada. Como si las despertaran y no les hubiera dado tiempo a asumir circulación alguna. Como cuando bebes algo demasiado frío para desayunar y notas cómo el líquido se abre camino por dentro de tu cuerpo.

Como cada mañana, Glenn había subido al terrado del edificio en el que se encontrara, en este caso, el hospital. Desde allí podía oír a una ciudad desperezándose al compás que marcaba un sol que ya se encaramaba a los rascacielos al más puro estilo King Kong.

El asfalto, todavía en estado sólido, empezaba a emitir su incesante rugido.

A Glenn le gustaba escuchar el tono de cada lugar. Gracias a su oído absoluto había detectado que cada metrópoli emitía un ruido blanco en un tono distinto. Toronto emitía en do sostenido. París, en invierno en mi y en verano en fa. Y Nueva York era la única ciudad del mundo que emitía, a cualquier hora, cualquier día del año, en la natural. Cuatrocientos cuarenta hertzios exactamente. Una ciudad con la que se podría haber afinado cualquier instrumento. El diapasón más grande del mundo hecho de acero, vidrio, alquitrán y hormigón armado.

Los decibelios aún no eran los de una gran urbe, pero ya empezaban a afinarse todos a la vez y por separado. Como cualquier orquesta justo antes de una sinfonía. Los violines eran los coches. Los chelos, los tráileres. Los instrumentos de viento, los trenes. Y los baches del asfalto, la percusión. De vez en cuando, una bocina hacía las veces de oboe o de fagot en un *glissando* desafinado. Cada uno a su bola, pero cumpliendo una misión colectiva que, de algún modo, daba sentido al conjunto.

—¡Me habían dicho que te habían dado el alta pero que seguías en tu habitación! Menudo susto cuando he visto que no estabas. Menos mal que ya empiezo a conocerte...

Walter Homburger, mánager de Glenn desde que tenía uso de razón, cerró la puerta de acceso al terrado jadeando y sudando.

—Son quince pisos —dijo Glenn.

—¿Perdona?

—Los que nos separan del suelo desde aquí.

—Ah sí... Dímelo a mí, que he tenido que ir planta por planta buscándote.

—¿Sabías que cada año se suicidan más de cuarenta mil estadounidenses?

—Glenn, no me preocupes, maldita sea.

—Pero lo más curioso no es eso. Lo más curioso es que hay casi un millón y medio que lo intenta. Es decir, que cada año se añaden casi un millón cuatrocientos cincuenta mil americanos frustrados por no haber podido acabar con lo que alguien empezó por ellos. Nos obligan a empezar algo y nos censuran por intentar acabarlo. Y la lista sigue aumentando en más de un millón de personas todos los años. Todos. Los. Años.

—Joder, Glenn, vale, ¿podemos tener esta interesante conversación sobre autodestrucción y tendencias autolíticas una vez que hayamos grabado tu puñetero álbum debut? ¿Cómo está tu espalda?

—Bien. El médico dice que ya puedo hacer vida normal.

—Buenísimo. Vamos, cogemos tu alta y a triunfar, ¿te parece?

—Los médicos son justamente quienes impiden que la gente acabe lo que otros empezaron por nosotros.

—Y dale... Tengo el taxi abajo. Y en el estudio te esperan todos.

—¿Todos? ¿Quiénes?

—Bueno, los de la discográfica, los técnicos de sonido...

—Pero ¿cuántos hay?

—No sé, Glenn, los adecuados, los necesarios para que todo funcione como debe... ¿Has... has podido pensar lo del repertorio? Tengo aquí una sugerencia, por si te apetece probar, las sonatas para piano 30, 31 y 32 de Beethoven, que también es alemán, pero igual no tan antiamericano...

—¿Cómo?

—Los chicos de la discográfica han hecho un trabajo increíble para conseguirte esta edición. ¡Mira qué belleza de partituras!

—No, tengo que empezar por el principio. Beethoven está bien, pero... Además, antes interpretaría a Grieg, que me es mucho más próximo. Y no necesito las partituras, me las sé desde que tenía catorce años. Pero no, esta vez voy a tocar las *Variaciones Goldberg*.

—¿Estás seguro?

—Muy seguro, Walt.

—Mira, Glenn, tu madre me encargó que te cuidara y eso he hecho todos estos años. Pero, por favor, no me vengas con eso de que nadie ha grabado antes las *Variaciones* al piano porque no me lo trago. Tú y yo sabemos que te inspiran otros que ya las grabaron al piano. Otros que no triunfaron. Otros que demostraron que no es la mejor obra para debutar. Sé que hay una razón distinta para lanzarte a ti mismo y de esta forma a un fracaso casi absoluto. Puedo... ¿puedo preguntarte por qué?

Glenn dirigió a su mánager la mirada que dedicaría un padre a un hijo que ha preguntado una obviedad.

—Claro que puedes. Porque es la única obra infinita.

—¿Cómo que infinita?

—Un aria con treinta variaciones que vuelven a ella. Es la única obra de la historia de la música que no tiene principio ni fin. Un ciclo de diez triángulos por el que pasan todos los posibles estados del alma. Una cinta de Moebius en formato musical. Y si no tiene ni principio ni final, nadie puede acabar con ella. Y nunca nadie podrá.

—A ver, el disco tiene dos caras...

—La cinta de Moebius también. Y sin embargo, cuando la recorres, sólo percibes una. Si lo piensas, no nos piden permiso para venir a este mundo, y únicamente algunos tienen la valentía de decidir cuándo se van. El resto, todos, los que queremos quedarnos y los que querrían haberse ido, somos unos frustrados. Prepotentes, cobardes y frustrados, la peor combinación posible. Creemos tener el destino en nuestras manos, pero sólo podemos decidir sobre cosas nimias, poco importantes. Por eso, lo único realmente relevante es la eternidad. Lo que dura es superior a lo que alguien decide acabar. Y el arte, si no es eterno, no es.

—Bueno, eterno, eterno... tampoco. Estaremos cuatro días, en realidad..., que yo tengo entradas para los Nicks.

—Fíjate, Walt, hasta ahora la música nunca trascendía interpretada, nadie podía atrapar las notas como atrapaba los colores el pintor, era la única expresión artística que se desvanecía en el mismo momento en que ya había sido tocada, porque al igual que el acontecimiento, nacía y moría en el momento. Ésa era su potencia y ésa era su gran belleza. Nadie escuchaba música cuyo acontecimiento, ya había ocurrido, igual que nadie podía bañarse dos veces en el mismo río o cortar dos veces la misma flor. Por eso es tan importante grabar cada toma por separado y que queden perfectas. Porque por primera vez en la historia una interpretación será la que permanezca para siempre. La única obra de la historia de la música que no tiene principio ni final lo es porque nadie puede decidir acabar con ella. Ni los médicos, ni los músicos, ni las discográficas ni nadie más. Tocaré algo que se hará eterno. Ya lo verás. Y de ese modo, yo, de alguna manera y de la mano de Johann Sebastian, también pasaré a la eternidad.

Cuando Glenn y Walt entraron en el estudio de grabación, hubo un silencio no ensayado impropio de la sala donde se produjo. Una sala grande, sin ventanas, con paredes con parches de espuma, parquet en el suelo y múltiples alfombras que amortiguaban los pasos.

El piano número catorce ahí estaba, en el centro de una habitación atestada de cables y micrófonos. Tras un cristal, la pequeña sala contigua con la mesa de mezclas, dos técnicos de grabación y un hombrecillo más pequeño que su traje acurrucado al fondo, en un sofá y con un bloc de notas en las manos.

Glenn desplegó su silla junto al piano y, sin mediar palabra, sin quitarse el abrigo ni los mitones, sin decir siquiera buenos días, preguntó por el aseo. Los técnicos se lo indicaron con una sospechosa familiaridad. Se les notaba demasiado acostumbrados a que los artistas preguntasen por el aseo antes de empezar a grabar.

Walter Homburger sí que saludó a todos, uno por uno. A David Oppenheim, de la discográfica, el primero, y le dijo algo en voz baja; además, le devolvió una partitura con expresión de haberlo intentado. Al hombre del traje grande, tras un frío apretón de manos. Al productor, Howard Scott, quien dirigiría las grabaciones. De los técnicos se acordaba de sus nombres y hasta de sus parejas, incluso preguntó a uno de ellos por su hijo, que estudiaba en Maine.

Había que esperar a que el artista saliera del aseo. Y esperaron rellenando huecos como siempre se hace, echando mano de conversaciones intrascendentes. Y esperaron. Y esperaron. Llevaba ya veinte minutos encerrado Glenn en el aseo cuando Oppenheim empezó a impacientarse.

—Oye, Walter, ¿estará bien?

Los técnicos se encogieron de hombros. Walter decidió acercarse al aseo y pegó la oreja a la puerta. No se oía nada.

—Glenn, ¿todo bien? Estamos listos aquí fuera.

Nada.

—Voy a entrar, Glenn.

Y Walter entró. Y lo que vio a continuación debería habérselo imaginado. Junto al lavamanos, que estaba lleno de agua y con el tapón puesto, Glenn se encontraba de pie, con los ojos cerrados y ambas manos metidas en el agua humeante, que debía de estar a cien grados.

—¡Por Dios, Glenn, te las vas a abrasar!

—Ya voy. Dos uno tres ocho. Dos uno tres ocho. Dos uno tres ocho. Dos uno tres ocho.

Al cabo de diez minutos estaban todos listos para empezar la grabación. Howard Scott usó el intercomunicador entre ambas salas para hablar con el intérprete, solo en la habitación del piano.

—Cuando quieras. Cuando estés listo, le damos al rec. Verás que esa luz junto al piano se pone roja y, entonces, podrás empezar.

Glenn asintió, colgó su abrigo y su chaqueta de uno de los pies de micrófono. Se descalzó. Respiró hondo. Se acomodó en la silla, que crujió. Miró hacia la cabina. Asintió de nuevo. Contó hasta diez. Y tocó las tres primeras notas. Se detuvo.

—¿Lo tenéis?

Howard se miró con Walter y con Dave. Pulsó el intercomunicador.

—Sí, Glenn. ¿Qué pasa?

—Nada. Si lo tenéis, pasamos al siguiente compás.

Howard no daba crédito. Walt dijo a los técnicos que esperasen un momento y abrió la puerta de la sala del piano. Se aproximó a Glenn lo suficiente para no ser escuchado por los numerosos micrófonos que ocupaban la sala.

—A ver, Glenn, ¿vas a grabarlo todo así?

—No sé. Depende.

—¿De qué?

—De lo bien que me salga cada nota.

—Mira… mira, Glenn, no quiero presionarte, pero la sala me cuesta diez mil dólares por jornada, técnicos aparte. Y a este paso no grabaremos todas las *Variaciones* ni en seis meses.

—Ya.

—¿Podríamos grabar toda la primera aria de corrido? —preguntó Walter, que también había entrado.

—Depende.

—¿De qué?

—De si después podemos editar y cortar los fragmentos para montarla.

—Pero ¿quieres hacerlo así? ¿Editando y montando nota por nota? —preguntó Dave.

—Claro. ¿Por qué no?

—Hombre, normalmente todos los músicos tocan la canción entera y luego, como mucho, se corrigen algunos fallos en edición. Pero esto de montar compás por compás el tema entero nunca lo había oído. Y, sobre todo, no sé si podremos hacerlo.

—Pues lo vas a oír ahora. Y por supuesto que podremos hacerlo. ¿No se hace en el cine? ¿Acaso no se monta plano a plano, secuencia a secuencia, hasta que se obtiene la sensación que el director tenía en su cabeza?

—Sí.

—Pues así lo haremos aquí.

—¿Y la magia del directo?

—¿Qué magia?

—El saber que lo que está pasando ocurre en directo.

—Eso me parece horripilante. Es el mismo argumento que da la gente a la que le gusta ir a los toros. Ese morbo de asistir porque sólo esperan el fallo mortal me parece una barbaridad. Algo propio de bárbaros. Yo no quiero dar un espectáculo morboso, Dave. No quiero ver si al final salgo vivo de ésta. Lo que quiero es grabar la mejor versión posible de las *Variaciones Goldberg.* Y, por supuesto, tendré que usar todas las herramientas que nos proporcione la tecnología. Si lo deseas, la toco de principio a fin. Pero la grabaremos las veces que haga falta, y tienes que garantizarme que después montaremos la versión final usando compases sueltos de cada una de las tomas. ¿Me lo prometes?

—Vale, Glenn, te lo prometo, pero empecemos ya. Te lo ruego. Ah, y, por favor, intenta murmurar más bajo, que Howard dice que a veces se te oye más a ti que al piano.

—De acuerdo. Voy.

Acto seguido Glenn sacó de su bolsa una máscara de gas de la Segunda Guerra Mundial y se la puso. No hay fotos, pero sí testimonios.

Grabaron veintiuna tomas sólo de la primera aria. En muchas de ellas, Glenn golpeaba el piano con su mano libre. En otras, murmuraba cosas que se colaban por los micrófonos. En casi todas, se oía crujir la vieja silla. En la cabeza de Howard, aquello era inmontable. Pero tenía que seguir adelante. No le quedaba otra. Tenía comprometido el estudio a partir del sexto día y sólo disponía de presupuesto para llevar a cabo, como mucho, cuatro jornadas de grabación. A partir de ahí, incurriría en pérdidas irrecuperables, por muchas copias que vendiese el disco.

Cuando acabaron la vigésimo primera versión, llamó por teléfono al estudio una señorita que respondía al nombre de Faun y preguntaba por el señor Spaniel.

Glenn dejó de tocar, se levantó del piano y, sin mediar palabra, se puso su abrigo y sus mitones y se fue a su hotel.

La madre de Glenn Gould, Flora, lo tuvo con cuarenta y un años, edad suficiente para poder ser su abuela. Glenn sabía perfectamente lo que eso significaba. Desde muy pequeño, tener que aguantar las burlas y chanzas de amigos, familiares y vecinos. Pasear por la calle y que la gente dijera: «Mira qué abuela y nieto tan monos». Ir al colegio y que sus compañeros lo llamasen «el adoptado». O, directamente, «el huérfano». O, peor aún, «el malogrado».

Su madre, la persona que lo trajo al mundo, quien le suministraba los ansiolíticos desde muy pequeño, su protectora ante el ataque de cualquier bacteria, la misma que le evitaba los constantes virus que lo acechaban era también motivo de vergüenza para un adolescente inseguro y asocial de las afueras de Toronto. Lo cual le hacía avergonzarse aún más. Había crecido avergonzado de su propia madre. Menuda vergüenza.

Quizás por eso cada vez que salía de Toronto, Glenn encontraba refugio en Frannie, nueve años mayor que él, pero que en realidad aparentaba lo suficiente para ser su madre. O mejor dicho, la mejor amiga soltera de su madre. Quizás por eso, también, era la única mujer con la que le gustaba practicar sexo. Bueno, por eso y porque a ella tampoco le gustaba que la tocasen. Así que sólo se dedicaban al sexo oral, que era la forma más placentera de alcanzar un orgasmo con el mínimo contacto físico entre los dos.

Cuando dos amantes se ponen motes, alias o sobrenombres, como era el caso, es que el sexo funciona como debe ser. Ella era Faun y él Spiegel.

El ritual, esa vez, no fue muy distinto al de las otras veces. Frannie llamó a la puerta de la habitación de Glenn, quien abrió sin preguntar y, sin cerrarla, se fue hasta el centro de la estancia, se bajó la bragueta, dejó que los pantalones le resbalaran hasta los tobillos y se sentó en la silla. En su silla. En la de madera. La que crujía. En la misma silla sobre la que lo había aprendido todo. Frannie, sin mediar palabra, se arrodilló ante él y empezó el cuidadoso trabajo de extracción, primero con una mano, después con las dos y, por último, con la boca. Hay que decir que ella también llevaba guantes.

Cuando Glenn acabó, que fue relativamente pronto, llegó el turno de Frannie. Ocupó su lugar en la silla y se bajó las bragas para que la lengua de él pudiese proceder. Y vaya si procedió.

Los gemidos de Frannie fueron *in crescendo*, retumbando primero por la estancia, después por las paredes y, por último, por la estructura del hotel hasta traspasar la puerta.

En la habitación contigua, como siempre hacía, se había alojado el mánager de Glenn, Walt. Y justo en ese momento recibía la visita de un hombrecillo al que el traje le iba grande.

—Buenas tardes —dijo el hombrecillo al otro lado del dintel.

—¿Sí? —preguntó Walt, extrañado.

—Mi nombre es Johnson. Noah Johnson. Soy director de zona de la empresa AWARE —dijo enseñando su acreditación—, y trabajo para la Subcomisión Permanente de Investigaciones del Senado, y para el Comité de Actividades Antiestadounidenses.

—¿La CAA?

—Exactamente. ¿Le importa que pase?

—Adelante. Pase, por favor.

—Gracias. Seré breve, soy consciente de lo ocupado que debe de estar, así que no le robaré mucho tiempo.

—¿Quiere tomar algo? Siéntese, por favor.

—No, gracias, sólo estaré un minuto.

En ese momento, los gemidos de Frannie empezaban a oírse ya por todo el edificio.

—¿Desde cuándo representa usted al señor Glenn Gould?

—A ver... Él tenía alrededor de diez años... No sé, hará unos doce o trece años, no llevo la cuenta.

—¿Conoce usted todo acerca de su representado?

—Todo lo que debo conocer, creo que sí.

—¿Cree o sabe?

—Creo, ya le he dicho. Hay aspectos de su vida personal que no me competen.

—Bueno, igual sí deberían preocuparle.

—¿Por qué lo dice?

—Aquí tengo un dosier facilitado por la Oficina Federal de Investigación de Estados Unidos y revisada y firmada por su director, John Edgar Hoover, con todas las... actividades personales del señor Gould.

Johnson facilitó una carpeta a Walt. Éste la abrió y empezó a leer su contenido. De todo lo que allí leyó, lo que más le llamó la atención fue un sello de tinta roja que había sido estampado en casi todas las páginas: HOMOSEXUAL.

—No entiendo a qué viene todo esto...

—¿Usted puede confirmar o desmentir que su representado realiza o haya realizado algún tipo de actividad ilegítima con personas del mismo sexo en territorio estadounidense?

—Oiga, yo no me meto en la cama de nadie. Y menos aún en la de mis representados. Si me está preguntando si a Glenn le gustan los hombres o las mujeres, ni lo sé ni me importa. Lo que no veo es por qué debería importarle al gobierno de Estados Unidos. Sobre todo siendo él ciudadano canadiense.

Los gemidos de la habitación contigua cambiaron de octava.

—No, no —dijo Johnson simulando una sonrisa—, si a nosotros también nos da igual la orientación sexual de la gente. Lo que ocurre es que hemos detectado cierta correlación entre el antiguo Partido Comunista de Estados Unidos y la... vamos a llamarla «moral relajada» de sus miembros. No sé si me entiende...

—Lo único que entiendo es que están ustedes entrometiéndose en la vida privada de un ciudadano canadiense para tratar de imputarle algún cargo, acusación o, peor aún, delito político. Algo que, además de inaceptable, me parece incluso denunciable ante la embajada.

Los gemidos ahora se acompañaron de golpes acompasados en la pared.

—No se ponga así, señor Homburger. Al final, sólo estamos velando por la seguridad nacional. Estoy seguro de que ni usted ni su representado querrían ver nuestro amado Estados Unidos infestado de comunistas.

—Si todos los homosexuales son comunistas, igual deberían empezar por investigar a su queridísimo director del FBI.

—Bien, intuyo por sus palabras que no está muy dispuesto a colaborar.

—No sólo no voy a colaborar, sino que pienso estar muy atento a que nadie interfiera ni moleste a Glenn. Señor Johnson, su partido y su comité pueden jugar cuanto quieran a cazar seres humanos como si fueran perdices. Pero lo que Glenn está haciendo pasará a la historia como algo notorio, bello y necesario. Todo lo contrario que la administración Eisenhower.

Walt devolvió el dosier a Johnson, quien se quedó callado esbozando una insultante sonrisa. Tras unos segundos de silencio, el intruso se dirigió a la puerta, la abrió y, sin mediar palabra, desapareció por ella.

Los gemidos de Frannie habían cesado.

Donde está la música devocional, Dios con Su gracia
está siempre presente.

JOHANN SEBASTIAN BACH

BWV 1099

El conde de Keyserlingk, embajador de Rusia, y su amigo Wilhelm Ernst, duque de Weimar, paseaban por los pasillos de la Bastilla en la ciudad del ducado de Turingia. Fuera, un sol entre nubes tormentosas mezclaba los tonos ocres con los grisáceos plomizos mientras los lacayos se afanaban por dejar el palacio listo para el aguacero que se veía venir.

—Y qué, ¿qué noticias me traéis de Rusia, mi querido amigo? ¿Cómo se encuentra nuestro Romanov favorito? ¿Está más tranquilo el zar Pedro I?

—Bueno, más tranquilo no sabría deciros, porque sabéis que la última es que se quiere casar con una de sus sirvientas, ¿cómo se llama...?, ah sí, Catalina. Y mientras, Suecia ahí sigue, y se niega a firmar ningún tratado de paz.

—Vaya, así que continúa siendo propenso a equivocarse tanto en lo vertical como en lo horizontal.

Ambos se rieron de la ocurrencia.

—Sí, la verdad es que nunca ha sido un hombre paciente —admitió el duque Wilhelm Ernst—. Dios le ha dado otras virtudes, pero no ésa, como tampoco la de la templanza. De hecho, de pequeños, cuando jugábamos, él ya soñaba con ser emperador, y seguramente algún día acabe autoproclamándose. Hay que ver qué ganas de complicarse la vida, con lo fácil que es dejar las cosas como estaban. Y si quiere entretenerse de verdad, que haga como yo, que lo haga con su propio territorio, que ya bastante trabajo le proporcionará.

—Sí, ¿eh?

—Bufff... ¡No sabéis el trabajo que me cuesta! Y sólo pido que sigan la senda de nuestro Señor, que sean piadosos, que practiquen como buenos creyentes.

—¿Y todos os hacen caso? —preguntó Keyserlingk.

—Por supuesto, excelencia, si no, ya saben que ahí acaban —dijo el duque señalando los edificios colindantes que servían de prisión.

—¿Todos, todos?

El duque detuvo el paso.

—¿Adónde queréis llegar, embajador?

—Bach, vuestro *konzertmeister*, os está echando un pulso y no podéis permitirlo —dijo Keyserlingk—, esto va mucho más allá que lo del palacio Rojo. ¡Está aceptando un trabajo a vuestras espaldas! ¡Un lacayo vuestro! ¡Os está ninguneando y no hacéis nada! Yo jamás permitiría semejante afrenta pública.

—¿A qué os referís?

—Lo sabéis mejor que yo. Al príncipe Leopold. Es un clamor que ha hecho una oferta a Bach.

—Bueno, habrá que esperar, todavía no me ha contado nada. Igual ha rechazado la oferta de Köthen.

—¡Ya sólo el hecho de considerar la propuesta es una provocación, querido amigo, un desplante! Os recuerdo que no hablamos de un músico cualquiera. Os recuerdo que se trata de un rebelde. Alguien que llegó a las manos con un alumno suyo, que se ausentó de su trabajo cuatro meses sin permiso de nadie, alguien que infiltró a una mujer en el coro de la iglesia, una mujer... con la que encima acabó casándose.

—Sí, sí, si no le defiendo, si a mí también me ha liado varias con mi sobrino, pero, insisto, todo eso que contáis lo hizo en el pasado.

—De acuerdo, pero la gente como él no cambia. Y si no se le para a tiempo, acabará haciendo lo mismo con vos, aquí, en Weimar. Os dejará en ridículo, y entonces ya será demasiado tarde.

—De cualquier modo, si es cierto que el príncipe Leopold lo contrata, yo no podría enfrentarme a él. Tiene muchos más recursos que yo.

—Dicen que tampoco es un príncipe muy... guerrero.

—No le interesarán demasiado las armas, pero lo cierto es que es mucho más poderoso. Y no voy a iniciar una guerra por un puñetero músico, ¿no?

—No, no. Por eso no creo que debáis enfrentaros a Leopold. Pero sí a Bach, sobre todo mientras sea vuestro. Mirad lo que está pasando en Francia. He invitado a mi querido amigo Louis Marchand, de quien se dice que fue el mejor organista del mundo, para que os lo explique en primera persona. Pero ya veréis que la situación allí es insostenible.

—Sí, me llegan noticias de su Bastilla, parece que no dan abasto.

—La demografía está descontrolada, sólo en París se estima que se alcanzarán los seiscientos mil habitantes en los próximos años. Si eso es así, la población francesa podría llegar a doblarse antes de que acabe el siglo. El doble de gente con los mismos recursos, mi querido duque. Un tercio de ellos desempleados, pensadlo, pronto los agricultores no darán abasto y la gente se morirá de hambre. Resultado, la revolución, el caos, la muerte de lo que ya llaman el Antiguo Régimen.

—Es decir, nosotros.

—Exacto. Y todo empieza con insolentes e indisciplinados

como Johann Sebastian Bach. Gente que jamás ha respetado el principio de autoridad. Gente a la que le da igual cómo se deben hacer las cosas, el orden humano y ya no digamos el divino. Hay que meterlo en vereda. Y hay que hacerlo inmediatamente. Un castigo ejemplar. Algo que envíe un mensaje al resto de los súbditos. Aquí las normas se cumplen. Aquí nadie está por encima del duque, quien, al fin y al cabo, es la autoridad encargada de preservar el orden del Altísimo. Si vos mismo lo decís siempre: «Todo con Dios...».

—«... y nada sin Él» —completó el duque entornando los ojos.

—Ahí está. NADA sin Él.

Los favores envejecen antes que todas las demás cosas.

EDVARD HAGERUP GRIEG

BWV 1002

A la hora a la que el músico Edvard Grieg llegó al cementerio de Vestre con un ramo de flores entre sus manos apenas quedaba un alma ya. Siempre acudía mucha gente a ese lugar, ya fuera para honrar a sus seres queridos, ya fuera simplemente para deambular entre tanto silencio y tranquilidad. Pero a esa hora ya tenía pinta de que cerrarían pronto, además de que tronaba fuerte a lo lejos y empezaba a chispear. Era septiembre de 1894.

Grieg trataba de pasar siempre el mínimo tiempo posible en Copenhague. La capital danesa le había regalado los mejores momentos de su vida, ahora convertidos en los más dolorosos. Cualquier momento feliz es siempre el preludio de un dolor inmenso, lo que ocurre es que aún no sabes ni cuándo ni dónde se te va a manifestar.

En Copenhague había conocido a su esposa, Nina Hagerup, famosa soprano con la que trabajó muchos años. En Copenhague habían decidido contraer matrimonio. En Copenhague nació también, al año siguiente, su única hija en común, Alexandra, que falleció de meningitis, también allí, casi catorce meses después. Igualmente, fue en esa ciudad, después de múltiples episodios de infidelidades sin sentido, donde la pareja decidió separarse. Darse un tiempo, lidiar con el dolor cada uno por su lado. Porque hay dolores tan profundos que, de intentar compartirlos, sólo pueden empeorar. Funcionan como el concepto de infinito: aunque los sumes, restes o multipliques, jamás varían su valor ni su intensidad.

Al final, en Copenhague se juró a sí mismo que jamás volvería a pasar en esa ciudad más tiempo del estrictamente necesario. Ahora que dirigía la orquesta de Oslo, a más de seiscientos kilómetros al norte del epicentro de su dolor, Grieg no tenía ninguna intención de volver a pisar su pasado.

Evitar un lugar es una forma como otra cualquiera de aniquilar recuerdos. Para convertirte en un auténtico homicida de cualquier dolor, el primer paso consiste siempre en negarle un espacio. Los recuerdos son como las personas que los rescatan, sin espacio que los contienen se acaban quedando sin aire. Y al cabo, les guste o no, también mueren.

La pena profunda que sentía no le permitía pensar en nada más. Se le había ido su hija, su alegría, su razón de ser. La persona en la que había depositado todas sus ilusiones. Alegrías y penas, ésas son las cosas que realmente te unen en la vida. Cuantas más tengas y más intensas, mayor será tu vínculo con esa persona.

Y ahora todo lo que quedaba de ella estaba bajo una de esas frías lápidas con esas dos fechas demasiado juntas y separadas por un guion. Un breve guion con forma de signo de restar que, en realidad, escondía todo aquello que ella le había aportado a la vida, que era mucho. Pero ya todo se veía reducido a eso, a una raya horizontal que mentía por modesta, por incompleta, por falaz.

Ahí estaba:

Alexandra Grieg Hagerup 1868-1869

Edvard se arrodilló y depositó un ramo con catorce rosas sobre la lápida. De su bolsillo izquierdo sacó una pequeña figurita que representaba una rana, regalo que recibió de su exmujer el día que supieron que estaban embarazados —«Tendremos una ranita, porque todos los bebés parecen ranitas», le dijo— y que a fuerza de llevarlo encima se había convertido en su fiel amuleto, porque, pese a todo lo acontecido, creía que aún le daba suerte. Lo acarició con el pulgar. Justo en ese momento empezó a llover.

Nunca había hablado a los muertos. Y de pronto se encontraba rodeado de muertos con la única que siempre seguiría viva para él.

Si hubiera sabido expresarlo con palabras, le habría dicho algo así como: «¿Y ahora qué, hija mía?». Si hubiera podido articularlo en sujeto, verbo y predicado, le habría dicho: «¿Y ahora cómo sigo a partir de aquí sin ti? No me ha dado tiempo ni a hacerme a la idea. De hecho, no creo que me acostumbre nunca a esto. Ni cuando lo asimile, si es que algún día llego a asimilarlo. Hay tristezas que se lo llevan todo por delante. Como la de ver morir a tu propia hija. Se me cae la vida por un agujero grande y negro, Alexandra. Se me va la vida por un abismo. Lo llego a saber y no te quiero tanto... —Sonrió—. Como si hubiera podido escogerlo. Te odio, Alexandra. Te odio por haberte querido tanto. Ahora sé que tú exististe, que Dios te prefiere a su lado y que nada ni nadie volverá a darme la alegría que tú me diste, jamás. ¿Cómo sonreír a otro ser humano sin pensar en las sonrisas que me arrancaste tú? ¿Cómo pasear, cómo comer, cómo... cómo respirar este aire, sabiendo que un día lo respiraste tú? Me dejas solo, rodeado de la más absoluta nada. Una nada que ahora ya jamás podré negar. Te odio, Alexandra. Te odio tanto, cariño mío...».

Todo eso era lo que sentía, pero era incapaz de expresarlo

tal cual. Así que decidió decírselo a su manera. Volvió directamente a su hotel, dispuesto a componer un *Concierto para piano en la menor*. «La menor... Tonalidad más que adecuada», se dijo. Y ahí, en su fría y triste habitación, cuando ya había empezado a diluviar, comenzó con ese primer movimiento que un día, ya bien entrado el siglo XX, el director de cine Adrian Lyne recuperaría para su película *Lolita*, basada en la célebre novela de Nabokov.

Fue entonces, en plena vorágine creativa, cuando alguien llamó a la puerta.

Como cada noche, Edvard había pedido *room service*, así que abrió sin preguntar.

—Buenas tardes —dijo el hombre al otro lado del dintel.

—¿Sí?

—Mi nombre es Rice. Dorian Rice.

—¿Quién es? ¿Qué quiere?

—Creo que tiene algo que contarme.

—No sé de qué me habla.

—No, ¿eh? Le hablo de un músico casado con su prima hermana, que por cierto era soprano; le hablo de un hombre que tuvo que pasar por la dolorosa experiencia de enterrar a su prole y de perder a su esposa el mismo año; le hablo, en definitiva, de un ser humano dolido y desesperado que haría lo que fuera por mantener su pena, su dolor y su legado más allá de la muerte.

—¿Cómo sabe todo eso de mí? ¿Quién es usted?

—Lo sé porque todo eso, curiosamente, también le ocurrió a mi cliente.

—¿Quién es su cliente?

Dorian Rice iba a contestarle la verdad.

Pero prefirió contestarle de verdad.

—Johann...

—… Sebastian Bach.

Grieg abrió el mueble bar y tan sólo encontró un par de vasos sucios, por lo que desistió de ofrecer algo de beber al detective Rice. Le había cedido la única silla de la habitación, así que él se sentó en la cama.

—Usted dirá.

—Gracias. Seré breve, soy consciente de lo ocupado que debe de estar, así que no le robaré mucho tiempo.

—Pues sí, se lo agradecería, tengo prisa.

—Señor Grieg, ¿le importa que tome apuntes? Gracias. Por cierto, bonito retrato. ¿Quién es?

Sobre el escritorio, un cuadro al óleo sin marco con la imagen de una joven rubia de ojos azules, con la mirada clavada en el espectador.

—Mi esposa. Nina.

—Ah, creía que estaban ustedes separados…

La puñalada que sintió Edvard fue visible al ojo humano porque salió de dentro afuera. Una relación es tan profunda como aquello que hayas tenido que perdonar. Es el filo del perdón el que remueve la herida. Quizás por eso se le volvieron a revolver los intestinos, a nublar los ojos y a aparecer todos los fantasmas. Es lo que ocurre cuando no has cerrado bien una historia. Que jamás es historia. Que siempre será presente. Las infidelidades de ella. La traición al único pacto que tenían. «Que yo sea el hombre que más sabe de ti es lo único que te pido». Y fue lo único que Nina violó, vejó y traicionó. Pero es que después de eso fue todo aún más doloroso. Las oportunidades que Edvard le dio para que volviesen a recuperar la confianza. La poca o nula predisposición de ella a cambiar su modo de vida. La necesidad de retenerla. Y la impotencia que lo invadió al no saber cómo. Lo desbordado que se sintió en el momento clave. O poco adecuado, mejor dicho. Nina no se enamoró de otra persona, sino de otra vida. No movió un dedo y esperó a que él asimilase su deslealtad y su nueva condición. Buscó en el lugar erróneo lo que, en el fondo, tampoco ella deseaba. Y como amante acabó siendo arena entre los dedos de él. A Edvard tan sólo le quedó el dolor. Un dolor infinito y profundo que se tragaba todo lo que le echara, ya fueran otras relaciones, ya fuera cualquier otra ilusión. Un dolor que lo esperaba detrás de cada esquina, para seguir apuñalándolo a traición, cuando menos se lo esperara. Abría un cajón y ¡zas! Miraba por la ventana y ¡pum! Viajaba a una ciudad en la que hubiera estado con ella y ¡crac! O ahora le hacían esa pregunta y ¡bufff!

—¿Puedo saber qué se le ofrece, señor Rice?

—Sí, claro. Muy rápido. ¿Visitó usted al médico forense Wilhelm His el mes pasado?

—Eh, sí...

—Perfecto. ¿Lo hizo solo?

—No. Lo hice en compañía de Andreas Moser.

—Andreas Moser, profesor de violín en la Berlin Musikhochschule, director de orquesta y musicólogo.

—El mismo.

—¿Hace mucho que se conocen usted y el señor Moser?

—No, apenas un par de meses.

—Ajá. Qué interesante.

Rice lo apuntaba todo a su ritmo.

—¿Y puedo preguntar cómo se conocieron?

Grieg suspiró.

—Nos conocimos por nuestro interés en Bach.

—¿Dónde se conocieron?

—Él asistía a las cantatas del Leipzig Bachfest, como yo. Y, a fuerza de encontrarnos en cada concierto, empezamos a charlar. Era evidente que era un conocedor del mundo bachiano. Y me pareció interesante su conversación. Eso es todo.

—¿Eso es todo? ¿No hubo más?

—Bueno, sí, claro que hubo. Me invitó a alguna de sus reuniones y fui.

—¿Qué tipo de reuniones?

—Reuniones musicales.

—¿La Sozietät? ¿La Korrespondierende Sozietät der Musikalischen Wissenschaften?

—Sí.

—¿Forma usted parte de esa *sozietät*?

—¿Yo? ¡Qué va! Oiga, mi único error ha sido asistir a algunas reuniones con un experto en Bach. Si eso es un delito, denúncieme.

—¿Por qué lo califica de error?

—Porque sí. Porque a mí me ha interesado siempre Bach. Porque, como usted ya ha comprobado, tenemos mucho en común, no sólo musicalmente, también nuestras vidas han sufrido fortunas y reveses muy similares. Él también era músico, él también se casó con su prima hermana, con una soprano, y también perdió a su descendencia. Quizás sea un ferviente simpatizante de Bach. Extravagante, si lo prefiere. Pero ya está. En algún momento pensé que igual podría aprender tanto de su vida como he aprendido de su obra. Pero fuera de mi admiración por ambas, no hay nada más.

—Insisto, señor Grieg, si atender a esas reuniones musicales sólo forma parte de la expresión lógica de sus aficiones, ¿por qué lo tacha de error?

—Bueno, porque esas reuniones no eran sólo musicales.

—¿Ah no? ¿Qué más ocurría?

—Se hablaba mucho de matemática.

—Ah, bueno, pero eso no tiene por qué ser malo...

—No, salvo que se utilice para cifrar y descifrar mensajes.

—¿Qué tipo de mensajes?

Grieg suspiró, se lo pensó y decidió seguir hablando.

—¿Conoce usted la *Misa en si bemol*?

—Claro.

—Entonces sabrá que el «Credo» de esa misa tiene setecientos ochenta y cuatro compases.

—Ajá…

—Y setecientos ochenta y cuatro es siete veces ciento doce.

—Ya.

—Y ciento doce es exactamente el número que corresponde a Christus en el alfabeto numérico convencional. En definitiva, en ese «Credo» está invocando a Cristo siete veces.

—¿Y por qué siete?

—Siete es el número mágico cabalístico por excelencia. Es la suma del tres, la Santísima Trinidad, y del cuatro, esto es, la Tierra, con sus cuatro elementos.

—Con esto quiere decirme…

—Con esto sólo quiero contestar a su pregunta. Hay un momento… hay un momento en el estudio de Bach en el que uno tiene que enfrentarse al uso de números y su correspondencia con las letras para cifrar y enviar mensajes. Es el momento en el que descubres que lo que realmente quería decir Bach podría haber estado encriptado, escondido en su música.

—Es el momento de reinterpretar a Bach.

—Exacto. Y como él no dejó escrita ninguna clave ni intención, esa reinterpretación es tan subjetiva que, dependiendo de lo que uno busque, seguro que lo va a encontrar. «Apofenia», creo que lo llaman. Es lo que hicieron con el seis seis seis de la Biblia los rosacruces, lo que hicieron los francmasones con sus versículos y lo que pretende ahora la Sozietät con Bach.

—Utilizarlo para lanzar sus mensajes.

—Mire, al final hay dos tipos de artistas: los que interpretan y los que utilizan. Los que interpretan procuran una aproximación honesta y fiel a las intenciones del compositor, respetando sus intenciones, pero sobre todo sus motivaciones. Los que utilizan, en cambio, se montan sobre los hombros de ese gigante para hacer llegar sus propios mensajes o sus miserias todavía más lejos. Ahí es donde se separan ambos mundos. Moser era de los segundos, quería hacer llegar sus mensajes a través de Bach. Mensajes que no tenía por qué haber puesto el compositor ahí, pero que, si uno se empeña en encontrarlos, acaba hallándolos. Porque en Bach está todo lo que uno quiera ver. Aunque guarde más relación con la política que con la música.

—¿Por ejemplo...?

—Por ejemplo, mensajes antisemitas. Mensajes que tienen que ver con recuperar un supuesto patrimonio histórico que en el pasado nos robaron los judíos; todo, claro, presuntamente.

—¿Y por eso le robaron el ataúd a His?

—¡Yo no! ¡Yo no he robado nada! La reunión con His iba sobre poder ver en directo los huesos de Bach. Sobre tener el privilegio de asistir a su exhumación. Sobre poder admirar en su calavera hueca la nada que él negó. Pero me quedé tan sorprendido que no pude ni abrir la boca. Cuando me vi envuelto en esa reunión absolutamente politizada y manipulada, sentí que se había utilizado mi nombre para acceder a aquel laboratorio y decidí desvincularme por completo de la Sozietät y que no volvería a verme con Moser. Y así ha sido hasta hoy.

—Entonces ¿asegura usted que no formó parte del robo del ataúd? ¿No ayudó usted a cargarlo con sus propias manos? ¿No lo sustrajeron aquel día del patio trasero del laboratorio del *professor* Wilhelm His?

—En fin, hasta aquí, señor Rice. Espero haberle ayudado. Si pretende acusarme de algo, se ha equivocado de sitio, mejor acuda usted a una comisaría. Como ya le he dicho, yo no he cometido ningún delito.

Grieg se levantó para indicar a Rice que su encuentro había finalizado.

—Adiós, señor Rice.

—En fin, muchísimas gracias por atenderme, señor Grieg.

Rice se levantó también y volvió a posar la vista en el cuadro de la mujer con la mirada azul penetrante.

—¿No piensa enmarcarlo? Igual así se estropea.

—Adiós, señor Rice.

Dorian Rice se sentó en el café de la esquina a escribir una carta. Cuando acabó el café y la carta, pidió la cuenta, se guardó el tíquet y cogió el de varias mesas —así se llevaba un sobresueldo en concepto de dietas—, acudió a la estafeta, compró un sello y envió la carta.

El corazón humano es un instrumento de muchas cuerdas; el perfecto conocedor de los hombres las sabe hacer vibrar todas, como un buen músico.

CHARLES DICKENS

BMW 911

El hermano de Anna Magdalena, Caspar, y el alumno más aventajado de Sebastian, Gottlieb Goldberg, yacían desnudos, acariciándose sin prisas sobre la hierba, junto al meandro del río que había a las afueras de Weissenfels. Se habían citado allí en su lugar secreto, como hicieran cada tarde de verano, o como cualquier día caluroso de cualquier otra estación del año.

—Mi hermana armó una buena ayer en casa.

—¿Cuál?

—¡Cuál va a ser! La única que aún vive con nosotros. Anna Magdalena.

—¿Qué ha pasado?

—Nada, que se ha echado novio y mi padre se ha puesto hecho una fiera.

—Ah, pero eso es bueno, ¿no? Lo de echarse novio, digo... Tus padres se han quejado siempre de que Magdalena no tenía ni siquiera la intención de echarse novio. Amar siempre es buena noticia.

—Depende de a quién, ya sabes —respondió Caspar señalando sus propios cuerpos desnudos.

A Gottlieb se le escapó una carcajada.

—Sí, es verdad, menuda preguntita... ¿De quién se ha enamorado?, a ver.

—De Sebastian Bach.

—¿¿¿En serio??? ¿Del *meister*? ¿¿¿De MI maestro de Weimar???

—Del mismo.

—Vaya con el viejo... Haciéndose el ciego y, al final, ¡míralo! ¡Qué vista...! Y parecía tonto. ¡¡¡Pero si le saca una vida de ventaja...!!!

Las palabras de Gottlieb sonaron incómodas a Caspar, que se separó de golpe de su confidente.

—¿Algún problema?

—Bueno, que pudiendo estar con alguien de su edad...

—¿En serio vamos a tener esta conversación?

—A ver, tampoco te molestes..., que yo también te he echado de menos, ¿eh?

—Ya, y yo a ti. Pero ¿en serio te parece mal que mi hermana decida amar a quien quiera, y en cambio te parece bien que tú y yo tengamos que vernos de forma clandestina, como si estuviéramos haciendo algo malo, para que nadie se entere?

—Bueno, es que no es lo mismo.

—Pues yo creo que es exactamente lo mismo.

—Vale, es verdad que al final ninguno podemos hacer lo que queremos. Pero tú y yo al menos tenemos la misma forma de ver las cosas.

—Y ellos puede que también. ¿O no? Como mínimo digo yo que habrá que dejar que entre ellos dos lo decidan y lo comprueben, ¿no?

—¿Como nos dejan a ti y a mí?

—Pues mira, precisamente, como deberían dejarnos. Lo que ocurre entre dos personas adultas que deciden amarse es sagrado, y cualquiera que se meta entre ellos o los juzgue está cometiendo una herejía. Herejía en contra del sagrado sacramento del amor.

—Amén, hermano. Y eso lo dice alguien que lleva dos años quedando con su novio en secreto a las afueras de la ciudad y al lado de un río, sin ni siquiera darme la mano en público, escondiéndonos siempre de las miradas indiscretas de los demás.

En ese momento, los dos jóvenes oyeron un ruido del otro lado del río. Gottlieb se levantó de un salto y pudo ver la cara de quien los había descubierto. Se trataba de otro muchacho, Heinrich Zielschmerz, también alumno de Sebastian e hijo de unos vecinos.

—¡¡¡Eh!!! ¡¡¡Heinrich!!!

Pero ya era demasiado tarde; tras mostrar su estupefacción, Heinrich había salido corriendo camino al pueblo.

—Mierda, mierda, MIERDA... Nos ha visto.

—¿¿¿Heinrich???

—Sí.

—¡Nooo! Lo que le faltaba a mi padre... ¿Y ahora qué?

—No sé, no sé... De momento vistámonos y ya se nos ocurrirá algo.

No hay secreto comparable a la rapidez.

BWV 449

Haendel odiaba a la gente, y ya no digamos recibirla. «La gente —pensaba— no es más que la distracción que el mundo pone para no disfrutarse a uno mismo». Llevaba desde 1710 —es decir, más de una década— siendo la estrella rutilante más conocida del continente, así que nadie lo sabía mejor que él y no estaba para perder el tiempo con gente que no tuviera su talento ni de lejos. Por eso, las pocas personas que despachaba eran visitas que o bien iban a hacerle la pelota, o bien a pedirle algo, cuando no ambas cosas, de tal manera que solía agruparlas por grupos de interés. A primera hora, los que tenía cierta urgencia por ver pasaban, todos juntos, a la estancia donde componía y allí los despachaba. Así lo hacía durante sus viajes, y así lo haría también en Halle.

El primer grupo era el formado por un músico que venía recomendado por Philidor y un oftalmólogo con el que debía revisarse la vista.

—A ver, *guten morgen*, vos sois… Lorenz Miz…

—Mizler, herr Haendel.

—Vos diréis.

—Vengo de parte del eminente doctor François-André Danican Philidor, para proponeros un… asunto.

—¿Y el asunto es...?

Mizler miró a John Taylor.

—Me gustaría tratarlo con vos en privado, *meister* Haendel.

—Bien, en ese caso me vais a permitir que despache primero al doctor John Taylor, a quien también doy la bienvenida y le anticipo que ya he leído su impresionante libro, lo tengo aquí: *The Life and Extraordinary History of the Chevalier John Taylor, Ophthalmiater Pontificial, Imperial, Royal*. Podéis contactar con mi secretario a fin de concertar fecha y hora para la intervención, me pondré en vuestras manos con mucho gusto.

El presunto oftalmólogo hizo una reverencia y abandonó la sala. Mizler se quedó mirando el libro de Taylor.

—Mizler... El Pequeño Lorenz —dijo Haendel como recordando algo—. Si no me equivoco sois alumno de Bach, ¿no?

—Sí, *meister*. Me complace ver que lo seguís.

—En absoluto. Lo que ocurre es que cuando viajo me gusta estar al tanto de las noticias locales. Bien, vos diréis.

—Vengo, como decía, recomendado por el eminente doctor François-André Danican Philidor, para proponeros entrar a formar parte de una nueva sociedad musical... y secreta.

—Aaah... ¿Francmasones? No me interesa.

—No, no, ésta será totalmente aconfesional y apátrida. Se regirá tan sólo por los números, la música y la naturaleza.

—¿Y Philidor se ha apuntado? Me extraña...

—Bueno, él de momento sólo me ha recomendado hablar con vos..., pero se lo está pensando.

—Ya. ¿Y tenéis algún documento o carta que acredite esa recomendación? ¿O debo fiarme de un adolescente con cara de ser aún más niño que se presenta en mi casa para proponerme asuntos «secretos» en nombre de un tercero?

—Bueno, yo...

—Me lo imaginaba. Mirad, joven, no sé por qué esta vez no voy a denunciaros, pero el delito de suplantación también figura en los casos de intermediación. Y si no queréis salir de aquí para ir directo al calabozo, os aconsejo que ahora mismo abandonéis mi casa por donde habéis entrado. Y la próxima vez que comparezcáis ante alguien, aseguraos de poder demostrar lo que decís, u os garantizo que no respondo de mi reacción. ¿Queda claro?

—Herr Haendel, yo...

—¿Queda claro?

Mizler salió por la puerta de servicio a empujones sin miramientos de los lacayos. Cuando llegó a la calle se compuso la ropa tras tanto agarrón. Sin embargo, lejos de sentirse avergonzado o rechazado, estaba satisfecho ya que por fin había dado con la clave que le faltaba. La visita a Haendel había sido providencial. Si nunca iba a ser aceptado por una sociedad secreta, sí tenía los contactos y los arrestos para crear la suya propia. Sólo necesitaba documentación verosímil que sustentase todo aquello que decía para convencer a Haendel. E iba a conseguirla.

Fuera como fuese. Costara lo que costase.

Pocas veces quien recibe lo que no merece
agradece lo que recibe.

FRANCISCO DE QUEVEDO

BWV 1127

Sebastian, Georg y Picander se detuvieron ante las puertas del palacio de Weimar, también llamado la Bastilla por su apariencia de inexpugnable fortaleza. Después de tomar la decisión de aceptar la oferta para ir a Köthen, lo primero y más conveniente para los Bach y sus planes sería tratar de convencer al duque Wilhelm Ernst para que le diese la carta de libertad. Sin libertad no podía haber planes de ningún tipo. Así eran las cosas para cualquier lacayo. Y Sebastian no era más que eso, un simple lacayo; en la jerarquía, tan sólo estaba un escalón por encima del mozo de cuadra que cuidaba a los caballos.

—Dejadme entrar solo —solicitó Sebastian.

—¿Estás seguro? —preguntó Georg.

—Sí, creo que es mejor si no hay nadie más. El duque es más benévolo en la intimidad.

—Suele ocurrir —dijo Picander—. En público, la gente se cree más competente cuanto peor se muestra. La bondad es un signo de estupidez o de fragilidad, cuando debería ser al contrario.

—Bien, si ocurre cualquier cosa, ya lo sabes... Picander y yo nos quedamos paseando por aquí cerca. Mucha suerte, amigo mío.

Se abrazaron. Georg y Picander se dispusieron a dar un pequeño paseo por los jardines mientras esperaban a que Sebastian saliese de la audiencia ducal.

—¿Tú estás seguro de que no se lo tomará a mal? —preguntó Picander.

—Yo estoy seguro de que se lo tomará a peor.

—¿Y eso?

—Bueno, Wilhelm Ernst no es precisamente ni el duque más empático ni el más comprensivo de la historia de Turingia.

—Es duro.

—Es peor, querido amigo. El duque es pietista fundamentalista. Su lema vital lo dice todo: *Alles mit Gott und nichts ohn' ihn.*

—Todo con Dios y nada sin Él.

—Exacto. Su ideología ultrarreligiosa lo lleva a odiar profundamente a los luteranos ortodoxos que, según él, se han relajado, corrompido y degenerado en la práctica recta de la fe. Fíjate si es así que obliga a todos sus súbditos a asistir a clases de catecismo pietista, a tal extremo que llega a multarlos si se pierden alguna clase. Y si se niegan a pagar, los encarcela.

—Pues con la cantidad de ortodoxos que hay por aquí, debe de tener la cárcel completita.

—Bueno, sólo te diré que tiene abiertas tres prisiones a pleno rendimiento. Por un lado, el correccional y orfanato donde, entre otros, encierra a los gitanos por el simple hecho de caminar por sus calles. Luego está la cárcel de la ciudad donde acaban, entre otras, las madres solteras tras dar a luz, por desviadas y pecaminosas. Y por último, la celda del juzgado, en la torre, adonde van a parar mendigos, vagabundos y, en general, gente de mala vida.

—Ahí es donde acabaremos nosotros.

—Espero que no. Pero es que Sebastian lleva ya tres años

bajo el yugo del duque y ya no puede más. Eso se ve, se le nota. Estoy convencido de que lo de enamorarse no es más que una excusa.

—¿Tú crees? Yo le veo... ilusionado.

—No sé... Creo que se ha encaprichado. ¡Pero si no la conoce de nada! Además, hace tiempo que lo noto harto. Tan sólo le está permitido componer obras para Dios, *Soli Deo gloria*, pero, ojo, que tampoco sean ni demasiado ostentosas ni demasiado teatrales, frívolas o incluso animadas, porque entonces se las censuran y no le consienten ni tocarlas.

—¿Quieres decir que el duque no entenderá que Sebastian necesite otros retos..., otras metas... o que se haya enamorado? ¿Por qué no?

—Que lo del enamoramiento no me lo creo. Creo más en la opción de escapar de Weimar. Wilhelm Ernst mantiene una guerra soterrada y encarnizada con su sobrino August, el también duque de Sajonia-Weimar, en la que Sebastian ha tomado parte en algún momento.

—¿Cómo es eso?

—El padre de Wilhelm, abuelo de August, había dejado el ducado en manos de sus dos hijos. Y a la muerte del hermano de Wilhelm, el título y sus derechos pasaron también al sobrino de éste, August.

—A ver, me he liado... ¿Wilhelm es el tío de August? ¿Y los dos comparten el mismo título?

—Exacto. Con los mismos privilegios y prerrogativas sobre el ducado. Imagínate. Desde ese momento, las peleas por ver quién manda realmente en el «ducado compartido» han sido constantes. Cada uno intenta por todos los medios coartar la libertad de acción y, sobre todo, el poder del otro.

—Mala cosa, mezclar familia y negocios.

—Pues sí. Para que te hagas una idea, cuando en cierta ocasión los consejeros de su sobrino le vinieron a ver para revisar las lindes de sus terrenos, sin mediar palabra el duque los encerró en el calabozo.

—¡Menudo individuo!

—Bueno, y cuando se enteró de que su sobrino amaba la música, a Wilhelm no se le ocurrió otra cosa que prohibir a sus músicos que tocasen para August, acceso al que tenía el mismo derecho que su tío por tratarse de una «capilla de corte conjunta». La prohibición incluía multas de hasta diez táleros, lo que es una fortuna para cualquier músico, o incluso prisión en caso de falta reiterada.

—¿Y Sebastian se la saltó?

—No exactamente. Sebastian había firmado un contrato que lo vinculaba a los dos y le obligaba a producir música para ambos ducados. Así que cuando August y su esposa le pidieron que tocase en su palacio Rojo su *Cantata de la caza*, una cantata laica y, por tanto, imposible de ejecutar en el palacio de su tío Wilhelm, seguramente una poderosa razón para que August la eligiese, Sebastian no quiso comprometer a ninguno de sus músicos en Weimar ni obligarlos a saltarse una ordenanza y así ponerlos en peligro de ser encarcelados, y no tuvo más remedio que echar mano de músicos profesionales de Weissenfels.

—¡La ciudad de los Wilcken!

—Exacto. Y adivina quién tocó el flautín en ese concierto...

—¿Johann Caspar, el padre de Anna Magdalena?

—Justo. En esa ocasión, el duque Wilhelm se la tuvo que envainar, pues el dinero salía de las arcas de su sobrino y porque sus relaciones con el condado de Weissenfels eran excelentes y no quería entrar en conflicto con un electorado vecino, ya que eso podría derivar fácilmente en una guerra. Pero sin duda se la tiene guardada a Sebastian desde entonces.

—Los artistas, siempre pagando los platos rotos de sus señores...

—Y por eso, a su vuelta del concierto del palacio Rojo, Sebastian se encontró con una súbita y caprichosa restricción del papel pautado o, lo que es lo mismo, de su capacidad para plasmar sus ideas. A ver, que igual ya se le ha pasado el cabreo. A veces, una pequeña venganza a tiempo es mejor que un viejo rencor enquistado. Estoy seguro de que, con el talento que tiene, pronto ascenderán a Sebastian en la corte.

—Quizás no te has enterado de lo de Drese.

—¿El viejo *kapellmeister* de Weimar?

—Sí. Es obvio que le queda poco en su puesto.

—¿Y no será para Sebastian?

—Se comenta que el duque prefiere contratar al hijo del difunto Drese, un músico de tercera categoría, pero cualquiera antes que Sebastian. Lo que te digo, ¡que el duque se la tiene jurada!

—Oye, y después de tantos desencuentros, ¿por qué no lo ha dejado antes? ¡Pues no hay electorados que querrían tener a un músico como Sebastian!

—Ay, querido amigo... Ojalá tuviera una respuesta más compleja. Pero no. La respuesta es demasiado simple. La ley de servidumbre del imperio, la *Lex Carolinga*, promulgada ya desde tiempos del emperador Carlos V, está de parte de los señores. Ellos tienen todo el derecho a disponer del destino de sus lacayos y de sus sirvientes. Según las ordenanzas de Sajonia-Turingia y por los reglamentos de policía y orden público de Weimar, nadie puede asumir un nuevo cargo sin una carta de partida del anterior, y sin el permiso expreso del duque, ningún criado está autorizado a abandonar sus tierras, bajo delito de rebelión. Y Sebastian no deja de ser un lacayo más.

—Bueno, no seamos derrotistas —dijo Picander—, seguro que Sebastian convence al duque hoy para que la cosa no vaya a peor... —Hizo la breve pausa típica antes de entrar en temas más personales—. ¿Desde hace cuánto os conocéis?

—Bufff, desde la escuela en Lüneburg... Éramos unos mocosos. Él era el genio de la clase. Yo hacía lo que podía.

—¿Y tú no te dedicaste a la música? Habríais sido compañeros de notas toda la vida...

—¡Y lo somos! Pero dedicarme a ello me fue imposible.

—¿Por qué?

—Bueno, digamos que por realismo. Cuando vi el don que tenía Sebastian, cuando descubrí la facilidad con la que él prosperaba, la virtuosidad con la que superaba cada prueba y cada examen y lo mucho que me costaba a mí llegar a la mitad de lo que él lograba, decidí que lo mío debía ser otra cosa, y empecé a estudiar abogacía, que era más seguro y me daría más estabilidad. Estar tan cerca de un talento tan inmenso genera una sombra igual de inmensa, imposible de eludir. Nunca nadie sabrá la cantidad de carreras frustradas que naufragan contra las rocas de un verdadero genio. E igual que te digo eso, tampoco te niego que me habría encantado ser músico aunque sólo fuera por un día, debutar en la bella iglesia de San Juan, en Leipzig, donde me casé. No sé, aunque sólo hubiera sido un momento, habría sentido lo que Sebastian siente todos los días. El poder de un músico feliz con lo que hace, la bella sensación de tocar música, de componerla e interpretarla para los demás.

Con el paseo habían vuelto al mismo punto, la puerta del palacio, donde un guardia custodiaba la entrada. Llevaban ya demasiado rato dando vueltas, y empezaba a oscurecer. Así que Georg preguntó al soldado:

—Disculpad, herr Johann Sebastian Bach ha entrado hace un buen rato para ser recibido por el duque Wilhelm Ernst, y tenemos que acompañarlo a casa… ¿Sabéis si se ha marchado ya o si…?

—Herr Bach ha salido hace un rato… —El soldado miró a ambos lados y añadió—: Arrestado.

—¿Cómo?

—Lo siento. Es todo lo que estoy autorizado a deciros.

—Pero ¿¿¿adónde se lo han llevado???

—No os lo puedo revelar. —Y bajando el volumen de la voz agregó—: Pero diría que a la prisión del juzgado.

—¿Qué? ¿Por qué?

—Por orden del duque, pero eso también es confidencial.

Lo que el órgano de la Schlosskirche contó a Sebastian

La iglesia del palacio de Wilhelmsburg en Weimar fue construida en 1654 por el mismo arquitecto que diseñó el palacio, Johann Moritz Richter Senior. Una capilla a la altura de todo un palacio ducal, donde no se dejó nada a la improvisación y donde la ostentación y la devoción irían siempre de la mano. Había que adorar a Dios, sí, pero dejando siempre claro que aquí abajo seguía habiendo clases, quién mandaba en el más acá, en este valle de lágrimas. Tanto fue el lujo y lo maravilloso de su interior que el pueblo rebautizó la iglesia como «el camino de la Ciudad Celestial», aunque también hay que decir que ocurrió después de la llegada de Sebastian. Contrasta eso con su órgano, inicialmente un humilde y ajado instrumento traído tres años después de la iglesia de los Hermanos Descalzos de Erfurt, la Barfüsserkirche. Fue como acoger en una lujosa mansión al más abandonado de los chihuahuas rescatado de la más modesta de las perreras.

Al principio, Sebastian notaba eso cada vez que accionaba sus registros o acariciaba cada una de sus teclas. Era un órgano que pretendía no molestar. Sonaba y parecía pedir perdón por cada nota. Hubo que hacer como con los perros de acogida, darle cariño, confianza, muchas horas de dedicación para que, poco a poco y sin grandes estridencias, el instrumento fuese desplegando todo el abanico de colores que sería capaz de construir.

Sólo cuando el órgano se sintió ya cómodo en las manos de su nuevo *konzertmeister*, y sólo entonces, pudieron llamar a un técnico, Heinrich Nicolaus Trebs, para que ampliase sus registros y la profundidad de su sonido. Un sonido del que nadie pudo olvidarse jamás.

Sebastian adoraba ese órgano, porque prácticamente crecieron juntos. Y la música con la que creces es, normalmente, la mejor de la historia... para ti. A los mandos de su pedal de siete registros (uno de los cuales medía casi nueve metros, y otros tres, más o menos la mitad), compuso la mayor parte de su obra para órgano, pues por fin podía experimentar el tono grave envolvente que tanto buscaba y que hoy llamaríamos «*subwoofer* con sonido *surround* 5.1».

Si Dios hablase con voz profunda, sin duda sería la de ese órgano. Y pudiendo escribir cualquier cosa para ese sonido, porque fuera cual fuese ya sonaría bien, Sebastian decidió dar a esa voz la mejor de las melodías posibles. Nunca en la historia de la música se llegaría a ese nivel de maestría en el contrapunto. Nunca, ni antes ni después de Sebastian, alguien habría explorado lo que podían dar de sí varias melodías confluyentes en una armonía global por encima del entendimiento humano. Nunca nadie supo poner voz a Dios como Sebastian a los mandos de ese órgano.

CUARTA

{Cantata}

Bach en su tumba.

Lo vi, como tantos otros, por una de tantas indiscreciones a las que los enterradores y los periodistas nos tienen acostumbrados, y desde entonces pienso sin cesar en las órbitas de su calavera, que no tienen nada de original a no ser que proclaman la nada que él negó.

ÉMILE MICHEL CIORAN

La música es el orden del alma.

WILLIAM SHAKESPEARE

BWV 966

E stamos en el palazzo de Sant'Angelo, Estados Pontificios.
Prospero Lorenzo Lambertini, ordenado Benedicto XIV,
se dispone a recibir en audiencia papal a varios feligreses, entre
ellos rectores universitarios, pensadores, filósofos y algún que
otro médico. Su objetivo: potenciar y presionar a las universidades para dar mayor importancia a la enseñanza superior de
las ciencias.

El papa apura su último cigarro antes de las audiencias.

—Santidad, vuestra primera audiencia os espera en la sala.
Hemos dispuesto el orden de mayor a menor urgencia, y por
eso hemos creído conveniente empezar por seleccionar el médico que tiene que examinar la vista de vuestra santidad.

—¿Qué le pasa a mi vista? —dice Benedicto XIV mientras
pisa la colilla sobre el mármol del suelo.

Los cardenales se miran entre ellos.

—Santidad, habíamos convenido que no podía esperar
más una revisión profunda de vuestra visión. Por eso hemos
traído a los galenos más cualificados de toda Europa. Ellos se
encargarán de evaluar la conveniencia de una intervención
quirúrgica.

—¿Todos?

—No, sólo debéis elegir a uno, santidad.

—¿Y con qué criterio?

—Como siempre, encomendaos al Espíritu Santo, él os aconsejará con cuál debéis proceder al examen médico.

—Bien… Pero, sinceramente, ¿tan mal me veis?

—Santidad, le estáis hablando a una columna.

Los médicos elegidos esperan todos en la sala contigua. Son doce de los más reputados especialistas del mundo civilizado, aparte de algún que otro asiático, que por entonces era como decir que venían de otro planeta. Todos firmes, todos mirándose de reojo entre ellos.

Benedicto XIV se pasea por la sala deteniéndose a dos centímetros de algunas caras, sin mediar palabra, llevando a cabo lo que cualquiera definiría como una revisión militar, si no fuera porque ninguno lleva uniforme.

—Éste. Quiero que me examine éste.

—Excelente elección, santidad. Le presento al doctor John Taylor, eminente oftalmólogo de Norwich, Inglaterra, y médico personal del rey Jorge II, a quien operó de cataratas de un ojo. En el otro ojo, que el doctor Taylor no pudo operar, ya ha perdido la vista del todo. Desde entonces recorre Europa con gran éxito entre crítica y público.

El papa no volverá a ver la luz del sol. Ni ésa ni ninguna otra.

El 6 de noviembre, el hasta ahora concertino y organista de la corte, Bach, ha sido arrestado en la celda del juzgado a causa de su manifiesta terquedad y por exigir su despido.

THEODOR BENEDICT BORMANN,
secretario de la corte de Weimar

BWV 574

Hay algo de romanticismo en encerrar a la gente en celdas pequeñas. Aparte de la lógica que impera por optimizar el espacio, está la necesidad de evidenciar la falta de libertad por haber cometido falta o delito. Si restringes los movimientos de una persona y le recuerdas en todo momento que está privada de libertad, el espacio estará haciendo su trabajo veinticuatro horas al día, siete días a la semana. Un trabajo de introspección y de recogimiento, de reflexión y de penitencia, un trabajo que sin duda tarde o temprano dará su fruto espiritual. Ésa era la teoría del ujier del juzgado de Weimar.

Lo que ese obediente funcionario no contemplaba —o, mejor dicho, prefería no contemplar— era que las cincuenta celdas subterráneas del juzgado, que habían sido construidas para que fueran ocupadas como mucho por un par de presos cada una y de forma transitoria o provisional, eran utilizadas en ese momento por hasta diez reclusos por celda, que además podían tirarse ahí hasta seis meses. Sin posibilidad de orinar o defecar en otro sitio que no fuese una palangana, utensilio que, por cierto, sólo se cambiaba una vez al día, y eso si al ujier le venía bien hacerlo.

En esas circunstancias, la llegada de Sebastian a la celda

número cuarenta y ocho había supuesto todo un revuelo. Dentro y fuera de los juzgados. Que alguien tan prestigioso y tan afamado viese sus huesos en chirona emitió un mensaje a navegantes de lo más ejemplarizante: «Aquí nadie está a salvo. Cualquier contrariedad que causes al duque puede llevarte al infierno. Seas quien seas, aunque seas el mismísimo Johann Sebastian Bach».

La vista de Sebastian no hacía más que empeorar en la penumbra. Las líneas se volvían sombras, y las sombras, abismos. Ante él sólo veía nueve cabezas enganchadas a otros tantos cuerpos famélicos. Como si se tratase de notas negras de plica vertical descendente vagando sin sentido por un papel en blanco enmohecido. Al verlas todas juntas, no le costó mucho ponerles un pentagrama imaginario detrás. Y ahí, en medio de la oscuridad más absoluta, fue capaz de ver una melodía de lo más innovadora, fresca y diferente.

—¡Bach! ¡Tienes visita!

El ujier sólo tenía permiso para autorizar una visita por recluso al día. Para que aquel sitio no se transformase en un bulevar, había que espaciarlas también en el tiempo, con lo cual a veces el visitante podía tirarse ocho horas esperando a que le diesen turno para pasar a las celdas.

Ése fue precisamente el caso de la primera visita que recibía Sebastian. Se acercó a la reja y vio como la sombra de un guardia acompañaba a la sombra de alguien hacia la celda cuarenta y ocho.

—¡¿Padre?!

—¡¡¡Friedemann!!!

Su hijo mayor, su descendiente, su astilla, su primera visita en esas penosas circunstancias no podía hacerle más ilusión. Se abrazaron por entre los barrotes.

—¿Qué ha pasado, padre?

—Nada, hijo, está todo bien.

—¿Cómo va a estar todo bien, si estás aquí?

—Bueno, el duque y yo tuvimos ciertas… discrepancias. Pero las arreglaremos.

—¿Te peleaste con el duque?

—Nadie se pelea con el duque, hijo mío.

—Pero ¿estás bien? Aquí huele raro…

—Bueno, huele mejor por la mañana, que es cuando retiran las palanganas… Hijo, ¿y tú? ¿Eso es un moratón en el ojo?

—Padre…, en el Instituto Latino dicen…

—¿Qué dicen, hijo?

—¿Qué es un pederasta, padre?

—Un pederasta es una persona que hace el mal a los niños.

—¿Y un pedófilo?

—Uno que no lo hace, pero lo desea.

—Los niños…, algunos niños te llaman esas cosas.

—Yo…, hijo… ¿Y por qué?

—Dicen que estás viéndote con una niña que podría ser tu hija. Y cuando me enteré…

—Te peleaste…

—Claro, padre. Porque es mentira. ¿A que sí?

La segunda visita que Bach recibió en la prisión fue la de su antiguo alumno Lorenz Christoph Mizler. Sucedió al cabo de unos días. Fue una visita breve y con un objetivo claro: Lorenz contó a Sebastian que durante su ausencia se había procurado buenos contactos desde París hasta Halle, y que el mismísimo Philidor le había pedido que montase una Sozietät para el estudio de la música y los números. Mizler, que aseguraba haberse resistido, acabó convenciéndose cuando habló con Haendel, le explicó.

—Pero ¿llegaste a hablar con Haendel?

—Sí, *meister*.

—¿Y qué te dijo?

—Que sería un honor para él formar parte de la Sozietät.

—Entonces ¿él ya es miembro?

—Bueno, eeeh, aún no, pero lo será, miembro honorario. No tendrá obligación de asistir a las reuniones, pero, como podéis ver en este documento de su puño y letra, me autoriza para usar su nombre y su obra. Y en este otro, os solicita a vos personalmente que ingreséis también.

Sebastian no podía creer lo que estaba viendo. Un documento firmado por el gran Haendel dirigido a él.

—Claro que quiero. ¿Y qué debo hacer?

—Muy sencillo. Primero, mantener en el más estricto secreto la existencia y pertenencia a la Sozietät. Ni el propio Haendel, si le preguntáis, admitirá que él forma parte, y así debe continuar siendo. Segundo, no hay cuotas; sus veinte miembros se comprometen sólo a ceder una de las obras en la que estén trabajando de forma periódica y regular para nuestro archivo musical. Ése es el punto más importante, pues las obras cedidas acabarán publicándose en revistas especializadas que financiarán con su pago el curso de la entidad. Ah, y tercero, necesitamos un retrato, para colgar de las paredes de la sala de actos.

—No dispongo de ningún retrato.

—Ya me he tomado la molestia de encargaros uno.

—¿A quién?

—A Elias Gottlob Haussmann. Hace retratos por encargo. Os pasaré sus honorarios cuando lo termine.

—Pero ¿no debería posar?

—No hace falta, *meister*. Por un poco más del precio habitual, Haussmann pone, de momento, su cara en el cuadro y luego ya posaréis cuando salgáis de aquí.

—Si es que salgo.

—De eso también nos encargaremos.

—¿Cómo?

—Otra de las ventajas de la Sozietät: sus contactos. Ya he iniciado las gestiones para sacaros de aquí.

Si tuviera que pasarme el resto de mi vida en una isla desierta y tener que escuchar o tocar un solo compositor durante ese tiempo, ese compositor sin duda sería Johann Sebastian Bach.

GLENN GOULD

BWV 40

Era el 12 de junio de 1955. Segundo día de grabación del disco de Glenn Gould, que apenas había logrado dormir la noche anterior. Se despertaba a eso de las dos de la madrugada con las tomas grabadas en su cabeza y buscaba como un poseso el punto en el que debería cortar. Por suerte, había un 24/7 junto a su hotel, así que pudo bajar y pedirse unos huevos Benedict para, como él lo llamaba, «cenayunar».

El camarero, muy cordial, le explicó que a pocos metros de allí, en otro estudio de grabación, un tal Tennessee Ernie Ford, también cliente del restaurante, estaba grabando un tema llamado «Sixteen Tons» (dieciséis toneladas), tema que, por cierto, acabaría convirtiéndose en el número uno en ventas durante ocho semanas en Estados Unidos y cuatro en Reino Unido.

—¿Y por qué dieciséis? —preguntó Glenn.

—Ni idea —dijo el camarero—. Supongo que es lo máximo que un hombre puede cargar entre jornal y jornal.

Tras la salida del sol y la comprobación de la entonación de la ciudad, Glenn se metió de lleno en el estudio otra vez. Llevaban sólo dos días, pero fueron dos días de tomas interminables. Cuarenta y ocho horas repitiendo y repitiendo sin parar cada una de las treinta variaciones. Tres turnos de dieciséis horas cada uno, el máximo que un hombre puede tocar entre jornal y jornal. Dos jornadas extenuantes en las que los propios técnicos tuvieron que pedir auxilio y relevo, pues tras doce horas de grabación así lo estipulaba su sindicato. Y después de cada jornada, encima, todavía quedaba la edición. Buscar pedazos de perfección entre medio de ejecuciones prácticamente idénticas. Variaciones de las *Variaciones* que ni los propios técnicos eran capaces de distinguir.

Una vez que dieron la dura jornada por completada, Glenn se fue a pasear por Central Park murmurando notas, como si aún las estuviese tocando en el aire.

Después llegaba la noche, y volvía a repetirse el ritual masturbatorio con Frannie. Nada de penetración ni de coito, tan sólo una oda correspondida al onanismo en pareja y siempre sobre la silla. Así los encontró un día Stuart Hamilton, el amigo común que los había presentado. Ella amorrada al miembro de él, los dos sentados sobre esa silla y no otra. «Curiosa la función del sexo en cualquier pareja», diría Stuart años más tarde. «Si está, no construye. Pero si no está, sí destruye».

Al terminar de eyacular, a Glenn siempre le venían unas ganas locas de hablar por teléfono con una persona. La única en su vida que siempre lo había entendido. La única a la que no debía ninguna explicación. La única que lo entendería incluso sin necesidad de hablar. Su protectora presbiteriana contra la vida. Su maestra en virología y bacteriología.

—Mamá...

—Glenn, ¿qué horas son éstas?

—Cuéntame otra vez lo del abuelo.

—Tu abuelo te quería mucho, cariño.

—No, eso no. Lo de la madera.

—Ah, que a tu abuelo le gustaba mucho trabajar la madera.

—Sí.

—En sus ratos libres era a veces ebanista, a veces carpintero, dependiendo del tipo de fuste. Como el padre putativo de Dios, solía decir, que eso no podía ser casualidad. Adoraba la madera.

—Y ¿por qué?

—Porque decía que era la única materia prima que seguía viva. Como la cola de las lagartijas, continuaba moviéndose y adaptándose a cada entorno, a cada temperatura, a cada humedad ambiental. Por eso afirmaba que era imposible que los pianos se hicieran de otro material. Decía que la madera era lo único inmortal.

—Inmortal…

—Sí, hijo mío, inmortal. Tu abuelo sostenía que lo inmortal no es lo que no muere, sino lo que sigue viviendo, que no es lo mismo. Y que al igual que hay veces que es mejor irse para poder quedarse, hay veces que hay que morir para seguir viviendo.

Glenn colgó de improviso el teléfono. Se había vuelto a empalmar.

Era el 14 de junio de 1955. Tercer día de grabación del disco de Glenn Gould. Aquél acabaría siendo un mal año para su salud mental. El peor en mucho tiempo. En tan sólo doce meses tendría que pasar por dar hasta catorce recitales en directo. Más de uno por mes. Todo un suplicio para alguien a quien la turba le molestaba o, mejor dicho, le espantaba.

Suerte del Valium, suerte del Nembutal. Calmantes químicos que lo ayudaban a enfrentarse a una masa de hasta tres mil potenciales críticos cada vez. Todos esperando a que fallase en una sola nota. O a que no le pusiese la intención debida. Todos esperándolo abajo, a los pies de cada auditorio. Todos llenos de gérmenes y de saliva que escupirían sin darse cuenta al hablar.

Algo así sintió cuando se encontró a ese hombrecillo en la sala de grabación por tercer día. Una extraña mezcla de asco y rabia por no poder evitarlo. Un desprecio hacia aquel desconocido y hacia sí mismo que no le era ajeno, pero tampoco placentero. Noah Johnson no paraba de apuntar en su pequeña libreta cada cosa que Glenn hacía o decía, y eso lo sacaba de quicio. Ahí sentado, en una esquina del estudio, con sus dedillos sujetando el lapicillo que garabateaba sin cesar sobre su libretilla. Todo tan «illo» que no podía con ello.

—Muy buenos días, señor Gold.

Walt no le dio importancia, pero Glenn se quedó petrificado. Es curioso como con sólo una palabra colocada al final de una frase, con una sola letra cambiada, Noah Johnson había logrado humillar a Glenn, a la vez que le lanzaba un mensaje. Glenn volvió a sentirse el pequeño de la casa, volvió al escrutinio que había sufrido toda la vida, volvió a sufrir Toronto. Cuando sus padres se cambiaron el apellido de Gold a Gould no fue ni por estética ni por eufonía, sino para huir de los comentarios y miradas indiscretos. Gold sonaba a judío, y el antisemitismo que se extendía por el Canadá de 1939 empezaba a resultar insoportable en el día a día, hasta en la carnicería comenzaron a saltarse a su madre cuando le tocaba el turno. Tanto fue así que el patriarca de los Gold se vio obligado a tomar medidas para que dejasen a su familia en paz. La principal: cambiarse el apellido a Gould, que sonaba a todos mucho más afrancesado y mucho menos judío.

—Quiero que se vaya —dijo Glenn a Walt en un aparte, durante una de las pausas de la grabación.

—Yo también, Glenn, créeme. Si pudiera, lo echaría a patadas de aquí. Pero no puedo.

—¿Esto no es un estudio privado?

—Sí, claro.

—Entonces ¿por qué no lo echas?

—Porque pertenece a la CAA, Glenn. Es gente muy peligrosa, detrás está Eisenhower, el FBI, Hoover. Todo lo malo y vergonzoso de Estados Unidos está representado en ese tipejo al que tengo tanto o más asco que tú. Pero te guste o no, ese tipejo puede parar la grabación cuando le venga en gana... Incluso hacer que acabemos en la cárcel. Así que mejor lo tenemos a buenas y le damos lo que busca, que es recabar información.

—Para meterme en la cárcel, Walt. Si no es por comunista, será por gay y, si no, por judío.

—Será por mis cojones. Oye, Glenn, tú no has hecho nada malo, ¿vale? Dejemos que Johnson haga su trabajo de mierda mientras nosotros nos concentramos en lo nuestro, en parir el mejor disco de música clásica de la historia.

Estaba tan ensimismada con el encanto de aquella música que, cuando terminó con una serie de acordes que atronaron en el espacio, seguí inmóvil mirando hacia arriba, esperando que, de los tubos, ascendiese otra armonía celestial. Pero, en lugar de eso, apareció en la tribuna el propio organista y se acercó a la escalera que bajaba del **órgano**. Su atención se fijó en mí, que seguía mirando hacia arriba.

ESTHER MEYNELL,
La pequeña crónica de Ana Magdalena Bach

BWV 846

Llegar a Köthen no sería complicado. Lo complicado sería tratar de abandonar Weissenfels. Dejar de pensar en todo lo que pasó allí.

Mi mente se resistía a renunciar a la sensación que había tenido al hablar con mi padre. Ahora sabía cómo pensaba realmente él, al margen de los valores que me inculcara ¿Quién era ese ser que me había dado la vida y a la vez me había provocado de un plumazo tanto dolor? Hay personas que tienen esa capacidad. Estimulan las emociones negativas. Te implantan el tumor de la tristeza sin incisión alguna. Mi padre lo había conseguido, de momento, simplemente pulverizando con su actitud todo aquello que en su día me enseñó.

El príncipe Leopold había dispuesto que todos los músicos ocupáramos las viviendas de la misma calle, a lo largo de la Wallstrasse o, lo que es lo mismo, «la calle del muro». Un nombre más que apropiado para mi penosa situación con respecto a mi familia y al resto del mundo en general. A tal efecto, Su Alteza había reclutado a lo mejorcito de cada ciudad, reuniendo a conocidos colegas de Weissenfels, de Weimar, de Dresde y hasta de Hamburgo.

Mi hermano Caspar echaba de menos las clases de nuestra

ciudad natal. Y por alguna razón que todavía se me escapaba, pero que pronto entendería, él echaba de menos las clases de allí, como si no pudiésemos continuar con nuestra formación en Köthen o en ningún otro sitio.

Nuestra casa era la típica edificación adosada sajona de cuatro plantas, con salones en la primera, dormitorios principales en la segunda y un doble ático para servicio, lavado y secado de ropa anual, *die wäsche*.

Cuando entré por primera vez en la que sería la sala de música, todavía vacía, oí algo al otro lado de la pared. Era música, era alguien que sabía tocar y era un clavicordio, no había dudas. De pronto, mi corazón se aceleró. Había reconocido las melodías. Eran composiciones de Sebastian.

Salí corriendo de la casa para aporrear la puerta de la casa vecina. No podía ser tanta mi suerte. No podía ser que el príncipe nos hubiera colocado como vecinos. No podía ser tanta la casualidad.

La música cesó y alguien acudió a abrir la puerta. Fue cuando ésta se abrió que mi sonrisa cambió de cóncava a convexa, o al revés, nunca he sabido realmente cuál es cuál.

—¿Sí? —preguntó un hombre cuyo rostro me sonaba.

—Disculpad —dije—. ¿Está...?

—¡Tú! —exclamó aquel hombre—. Imagino que buscas a Sebastian.

—S... sí.

—Soy Georg, un amigo. Nos conocimos en Hamburgo, ¿recuerdas? En el apartamento que ocupabais con tu padre. Tú cantaste, yo estaba allí... Bueno, da igual. Pasa. Pasa y te cuento.

Sentados en la cocina, Georg me lo explicó todo. Los ensayos, la audición con el maestro Reinken, la corrupción en la elección, lo que hizo que acabaran con mi padre en Hamburgo y la noche en la que coincidimos en el café Schadenfreude.

También la vuelta a Weimar y la reacción del duque. Y reconozco que mi alma volvió a tocarme la piel cuando supe que sí, que a esas alturas Sebastian tendría que haber sido mi vecino, pero parecía que por el momento no podría ser, al menos hasta que se levantara la condena de la corte de Weimar. Era sólo cuestión de tiempo, días a lo sumo, para que mi vecino fuese él. Así lo había dispuesto el bueno del príncipe Leopold.

—¿Y por qué os habéis venido sin él? —pregunté.

—Fue por petición expresa del príncipe Leopold. Él ya ha enviado a unos cuantos lacayos al hotel Elephant, en Weimar, y no quiere convertir esto en un asunto de Estado. Según palabras suyas, lo que no consigan los táleros lo conseguirán el tiempo... y los táleros. Tal como está yendo la guerra del Norte, es mejor no irritar a los ducados vecinos con disputas innecesarias y, sobre todo, muy caras. Además, dos amigos de Sebastian bajo jurisdicción del duque de Weimar sólo podrían significar dos posibles escudos humanos más a los que poder encarcelar y con los que poder negociar. Así que nos pidió que viniéramos enseguida a buen recaudo y dejáramos a sus oficiales hacer el trabajo. Lo mismo le ha pedido a su familia, que ya está de camino.

—Tiene que sentirse tan solo...

—No te preocupes, chiquilla. Sebastian sabe perfectamente cómo estar solo, incluso rodeado de delincuentes. Piensa que lleva toda la vida en cortes de aristócratas. Además, la posta de hoy venía con buenas noticias: nos han dicho que, si todo va bien y nada se tuerce, en un par de días podríamos tenerlo aquí de vuelta. Así que por eso también estamos aquí. Mañana llegan sus hijos con Friedelena, la cuñada de Sebastian, y nos aseguraremos de que todo esté listo para que el *kapellmeister* tenga el recibimiento que se merece cuando llegue.

—¿Y sus alumnos? ¿Qué harán sin profesor?

—De momento han llegado muy pocos a Köthen. Yo me haré cargo mientras él no pueda darles clase. Si quieres, puedes asistir tú también.

—Me encantaría. Pero vendrá, ¿no? ¿Está bien?

—Cada vez más ciego... Pero aparte de eso, está bien. De hecho, me han hablado de un cirujano inglés que pronto pasará por aquí, e igual consigo que Sebastian se visite con él, estoy moviendo hilos para ver si puede operarlo cuando venga. Mañana tengo que acordarme de preguntar al príncipe.

—¿Operarse? ¿Tan grave está?

—Tú no te preocupes, querida. Me han dicho que ese cirujano ha hecho verdaderos milagros con el rey de Inglaterra, ¡y hasta con el papa de Roma! Así que tranquila. ¿Por qué no te dedicas a ayudar a tu familia a instalarse y vamos viendo cómo y cuándo llega nuestro querido amigo?

Así lo hice, y la verdad es que me reconfortaba mucho saber que pronto seríamos vecinos, Sebastian y yo. Eso, y poder seguir tomando clases en su casa, aunque las impartiera Georg. De alguna forma, la cercanía a su mejor amigo era lo más apaciguador que tenía a mano. Así pues, no me perdería ni una sola de sus lecciones.

Recuerdo cuando Georg nos impartió su primera clase en la misma sala donde la daría Sebastian una vez que fuese liberado. Se le notaba poco acostumbrado a hablar en público, lo cual le hacía bastante entrañable. Los diez alumnos, entre ellos los hijos mayores de Sebastian, Wilhelm Friedemann y Carl Philipp, su hija mayor, Catharina Dorothea, un tal Heinrich Zielschmerz, mi hermano Caspar y yo misma estábamos sentados en el suelo formando un semicírculo alrededor del clavicordio en el que se encontraba el profesor suplente. Heinrich miraba raro a mi hermano Caspar. Como si mi hermano le debiese un secreto, que es peor que deber dinero a alguien.

Friedemann Bach me miraba raro a mí. Como si los dos supiéramos algo que él necesitaba gritarme a la cara. O más que gritarme, escupirme. Pero reconozco que entonces no le di demasiada importancia.

—¿Os acordáis de lo que os enseñaron sobre Mattheson? —se arrancó Georg—. El do mayor, para situaciones alegres; el do menor, ideal para la ensoñación. El re mayor, para los militares, y el re menor, para la devoción. El mi bemol mayor, más lastimero; el fa mayor, para los sentimientos más nobles; el fa menor, para el abatimiento, y el sol menor, gracioso y agradable, para la fogosidad y el abandono...

Todos recordábamos perfectamente la tonadilla.

—Pues bien, todo eso son patrañas.

Georg lo decía sin mucho convencimiento, como sorprendido por lo que estaba a punto de añadir.

—Cualquier tonalidad puede transmitir plenamente cualquier sentimiento. La tonalidad es como el amor: puede y, de hecho, debe tener la capacidad transcurrir por todo tipo de emociones, desde el entusiasmo hasta la tristeza más absoluta, aunque sólo sea por extrañarlo; desde la ira hasta la calma y la paz... Tan sólo hace falta saber de qué amor se trata o, mejor dicho, en qué momento se encuentra cada uno. Deberíamos saber modularlo en todas y cada una de sus fases: expectativa, éxtasis y melancolía. Y después, vuelta a empezar, como un canon, solapando las fases anteriores de los amores pasados con las fases futuras de los que vendrán.

—Pero *meister* —dijo Catharina Dorothea, la primogénita de Sebastian—. Eso es incompatible con el temperamento de los instrumentos. Si no están temperados para la tonalidad, enseguida sonarán mal. Ahí está la quinta del lobo..., esto es, el intervalo de quintas al partir del cual nunca suena bien lo que una toca...

—Exacto, Kathy. Muy bien traído.

Catharina Dorothea, tímida, me sonrió. Y yo a ella.

—Por eso es tan importante tener el instrumento siempre bien temperado —prosiguió Georg—. Y por eso la afinación es la asignatura pendiente de nuestra música. ¿Qué es eso de tener que afinar todos los instrumentos para cada pieza que se va a tocar? El día que nos pongamos todos de acuerdo con la afinación justa, ese día, podremos por fin componer para cualquier instrumento y en cualquier tono. La idea es ganar libertad, porque ése es el auténtico progreso. Igual que ocurre con el amor, que cada cual pueda amar en la tonalidad que elija. Que cada cual pueda expresar lo que quiera donde quiera, sin importar de dónde venga, cuál sea su origen, sin miedo a que le digan que está desafinando. Lo que ocurre entre dos seres humanos, al igual que lo que ocurre entre dos notas de la misma escala, que vibran juntas y a la vez, es algo sagrado, y por mucha distancia que haya entre ellos jamás debería sonar desafinado. Nadie es quién para decidir los límites de la composición, al igual que nadie es quién para decidir los límites del amor.

En ese momento, Georg se me quedó mirando en silencio, como si de pronto hubiera comprendido lo que él mismo acababa de soltar por la boca.

La mirada de Friedemann, en cambio, quedó perdida y fija en algún punto entre la rabia y la vergüenza. Ésa sí que no pude ignorarla. Todavía hoy sigue doliéndome lo que vi entonces y lo que vería a partir de ahí.

Volví a casa muerta de miedo. Como todos los miedos, ése tampoco era un miedo racional, objetivamente no tenía por qué sentirlo. El miedo es la antesala de las cosas graves. Una puede sentirlo por mil cosas. Pero hay un tipo de miedo que sólo se siente cuando estás a punto de hacer lo que sabes que tienes que hacer.

Me senté en el clave con las palabras de Georg —que algún día descubriría que eran palabras de Sebastian— retumbando en mi cabeza. Quería hacer algo con eso que nos había enseñado. Una obra que transcurriese libremente por todas las tonalidades posibles. Una oda a la libertad estilística, armónica, melódica y emocional. Un canto a las cosas bien hechas para cualquier tonalidad. Porque era posible hacer las cosas bien en cualquier escala. Mayor o menor, bemol o sostenido, daba igual. Lo importante era que las cosas que allí dentro ocurriesen fueran coherentes y bellas entre sí.

Pulsé una nota. Un do. Pero no cualquier do. El do central, en el epicentro de todas mis notas. Ése sería él, Sebastian. Centro geométrico de mi universo. Origen de todas las cosas. Grave y agudo a la vez. Punto de encuentro entre pentagramas. Clave de mi vida. Mi principio y mi final.

Después pensé en nuestra única gran diferencia: los dieciséis años que nos separarían durante toda la vida. Conté dieciséis notas en orden ascendente, hasta llegar al mi de la siguiente octava. También lo pulsé. Ésa era yo. Aguda, inexperta, trivial. Una pequeña mota de polvo en el firmamento de las parejas posibles.

Ahora que tenía dos puntos, sólo me faltaba unirlos. Por un punto pueden pasar infinitas líneas. Por dos puntos, tan sólo una. Había que dibujar ese arpegio, había que tender el puente que nos llevase a estar juntos. Un tiralíneas armónico que me sirviese de unión inequívoca, de vínculo eterno que nada ni nadie pudiese romper.

Ahí arrancó lo que después acabaría siendo un preludio en do mayor. Con esas ocho notas arpegiadas en orden ascendente y repetidas dos veces: do, mi, sol, do, mi, sol, do, mi. En total, dieciséis notas que unirían eternamente una distancia de dieciséis semitonos. Dos amantes separados por algo que no podían cambiar y que decidían crear algo que los uniese que fuese bello y hermoso y para siempre. Ascendente, como el amor, como la resurrección, como todo lo que crece, como lo que está vivo y decide no morir jamás.

Ahí estaba el primer compás. Ante mis ojos estábamos Sebastian y yo, y lo que queríamos ser los dos. Y de pronto, noté que esas notas cobraban todo el sentido del mundo. Quise apartar la vista, pero no pude. Lo que tenía delante era mucho más que música. Aquellas pequeñas muescas de tinta sobre papel pautado estaban queriéndome decir tantas cosas... Cosas que jamás habría podido expresar con palabras, pero que de repente se hicieron claras y diáfanas ante mí.

Por mucha distancia que haya entre dos seres adultos que deciden amarse, lo que haya entre ellos es, ha sido y será siempre sagrado. Lo que haya entre ellos es, ha sido y será siempre una obra de arte. Dure lo que dure la pieza. Dure lo que dure su relación.

Me derrumbé y me puse a llorar sobre el teclado. Las dieciséis notas se convirtieron en ninguna. Vi lo que nos esperaba por delante y no me sentí con fuerzas. O sí, o quizás me vi con fuerzas para afrontarlo, pero no me atreví a vislumbrar todo el dolor que eso causaría a quien no lo entendiese. En ese momento recuerdo que me propuse escribir un compás con sus dieciséis notas por cada día que pasara Sebastian encarcelado.

Miré por la ventana y reparé en que mi hermano Caspar había estado todo el tiempo allí, escuchándome y llorando conmigo, pero a través del cristal. Cuando me descubrió observándolo, se fue.

Pasé el secatinta sobre la partitura y la tapé con una hoja en blanco. Sobre ella, escribí:

Das Wohltemperirte Clavier oder Præludia, und Fugen durch alle Tone und Semitonia, so wohl tertiam majorem oder Ut Re Mi anlangend, als auch tertiam minorem oder Re Mi Fa betreffend. Zum Nutzen und Gebrauch der Lehrbegierigen Musicalischen Jugend, als auch derer in diesem studio schon habil seyenden besonderem Zeitvertreib auffgesetzet und ver- fertiget von Anna Magdalena Wülcken.*

*   El [instrumento de] teclado bien temperado o preludios y fugas en todos los tonos y semitonos, ambos con la tercera mayor o *ut, re, mi,* y con la tercera menor o *re, mi, fa*. Compuestos para la práctica y el provecho de los jóvenes músicos deseosos de aprender y para el entretenimiento de aque- llos que ya conocen este arte por Anna Magdalena Wülcken.

La música ha sido inventada para confirmar la soledad
humana.

Lawrence Durrell

BWV 19

Tras entrevistarse con Edvard Grieg en Copenhague, y con el permiso para viajar —y gastar—por parte de su cliente, el detective Dorian Rice había puesto rumbo hacia el otro implicado en el presunto robo del ataúd, Andreas Moser. Rice llegó a la Universität der Künste Berlin un soleado lunes a mediodía y preguntó por el despacho de Moser en la facultad de Musikhochschule. El campus estaba lleno de estudiantes dispuestos a guiarlo que, diseminados por la alfombra de césped, aprovechaban los pocos rayos de sol al año que podían disfrutar.

El edificio, de varias plantas, albergaba aulas en la inferior y despachos en las superiores. El detective subió hasta la segunda y se detuvo frente a una puerta de cristal ahumado sobre la que habían colocado un pequeño rótulo en el que se leía: ANDREAS MOSER, *VIOLIN LECTURER*.

Rice picó al cristal con los nudillos tres veces. No hubo respuesta. Volvió a picar un poco más fuerte. Y tampoco. A la tercera vez, el detective miró a ambos lados del pasillo para cerciorarse de que no había nadie y trató de girar el pomo de la puerta. Estaba cerrada.

Era extraño, pensó. Que un profesor que no estaba dando clase tampoco se encontrase en su despacho no tenía mucho sentido, sobre todo porque era época de revisiones de exámenes y seguro que, al igual que sus colegas, tenía alumnos a los que atender.

Rice sacó de su bolsillo la cartera, en la que guardaba siempre una pequeña ganzúa desde los tiempos de la academia de policía. Sin mucho problema, logró forzar y abrir la puerta.

En la estancia, de apenas dos metros cuadrados, tan sólo cabían una mesa, un par de sillas y multitud de partituras por todas partes, por encima de los estantes y hasta por el suelo.

El detective recogió una de esas partituras y la miró con detenimiento. Se trataba de una cantata de Bach para la celebración del quincuagésimo segundo cumpleaños del duque de Weimar. Sobre cada nota, Moser había escrito un número. En total, cincuenta y dos notas.

Recogió otra partitura del suelo. Era una secuencia de cuatro notas, repetida hasta la saciedad. Si bemol, la, do, si natural. Si bemol, la, do, si natural. Si bemol, la, do, si natural. B-A-C-H.

También, entre tanta notación musical, había algún que otro documento manuscrito. Eran apuntes dispersos sobre la imparable degradación del país por su intensiva urbanización, así como sobre la culpabilidad de los judíos estadounidenses en «convertir la música en un recurso» y sobre la falta de espacio de la música sacra en una sociedad cada vez más laica y aconfesional.

Cuando estaba a punto de abandonar el despacho, se fijó en un bloc de notas amarillo que había sobre la mesa. Lo cogió y leyó lo que allí había apuntado: tres nombres propios, los tres tachados, los tres de mujer. Fanny Mendelssohn Hensel, Alma Schindler y Nannerl. Justo debajo había un cuarto nombre, también de mujer, que aún no había sido tachado.

Anna Magdalena.

El golpe en su cabeza fue seco. La porra que lo golpeó acertó en darle lo justo para que perdiese el conocimiento, pero sin provocarle herida que sangrase. Dorian Rice cayó desplomado por el impacto y allí quedó, como una partitura de notas silenciosas, a los pies de su agresor.

Hacía varios días que Wilhelm His no recibía noticias del detective Rice. Los trabajos seguían acumulándose en el laboratorio y, pese al estrés que le suponía, lo aceptaba con ganas, pues así no pensaba demasiado en la desaparición del ataúd de Bach.

El cráneo destrozado del otro cuerpo era, efectivamente, también de un organista, pues igualmente se detectaron espolones calcáneos en sus talones. Pero a diferencia del primer cadáver, no se percibía blefarocarasis en las cuencas de los ojos y tampoco coincidía su mandíbula con la del cuadro de Haussmann.

De cualquier modo, hablando del retrato de Haussmann, ahí seguía. Por extraño que pareciese, aún nadie se lo había reclamado, así que aprovechó el único día que tuvo libre para acudir al consistorio y devolverlo personalmente al ayuntamiento de Leipzig.

El concejal de Cultura, Wolfgang Wainwright, había ido al colegio con His, misma clase, mismo pupitre, así que lo recibió en su despacho sin cita previa con todo el entusiasmo de un excompañero de batallitas.

—No hacía falta que lo trajeras tú, mi querido Wilhelm, ¡nos hubieras avisado y te habríamos enviado un par de ujieres a recogerlo!

—No importa, Wolfgang, así salgo un poco y me despejo.

—¡Trabajas demasiado! Es el problema de ser el mejor anatómico forense de Leipzig.

—Es el problema de ser el único, más bien.

—¿Has visto la derrota de Steinitz contra Lasker?

—No... ¿Qué es eso, tenis?

—¡Ajedrez! ¡El campeonato del mundo! El omnipotente Wilhelm Steinitz ha perdido contra Emanuel Lasker no porque de pronto jugase peor que él, sino porque este año han muerto su mujer y su hija, y eso ha acabado de desquiciarlo. Ese hombre terminará mal. Muy mal. Cuando uno pierde sus puntos de referencia, todo lo demás es vacío.

—Ah, perdóname, Wolfgang, no sigo mucho el tema.

—Claro, tú siempre a lo tuyo. Pues venga, vamos a lo tuyo. ¿Cómo han ido los análisis? ¿Tenemos a Bach?

—Bueno, tenemos sus restos. Lo que no tenemos es su féretro.

—Ah, sí, vi tu denuncia. Bueno, tampoco te preocupes por eso. No íbamos a aprovecharlo. Fíjate en que la lápida en la Thomasschule tiene otras medidas, así que, en cualquier caso, depositaremos sus restos en otro receptáculo más moderno y resistente. De todos modos, Wilhelm, habríamos quemado el ataúd.

—¿Por eso la policía no lo investiga?

—Imagino que por eso, y porque últimamente hemos sufrido desapariciones más... importantes en el ámbito de la cultura.

Hizo una señal a Wilhelm His para que se acercara a la pared del salón de plenos donde iba a figurar de nuevo el cuadro de Haussmann. Entre los dos subieron el cuadro y lo colgaron en su sitio. Y entonces Wilhelm lo vio. Junto a éste había el marco de un cuadro más pequeño, que faltaba.

—¿Qué había ahí?

—El cuadro más importante después del de Bach.

—¿El de Leibniz?

—El de Anna Magdalena, la segunda esposa de Johann Sebastian. El *Retrato de dama de ojos azules* desapareció también hace unas semanas, y aún lo estamos buscando porque, aparte de ser patrimonio nacional, es el único que tenemos de ella. Alguien se tomó la molestia de dejarnos el marco colgando después de robarlo.

Wilhelm llegó a su casa al final de la jornada y al abrir su buzón encontró una sola carta. Era del detective Dorian Rice. Recibir noticias suyas en esos momentos era como las canciones de Julio Iglesias para nosotros: las alegres te ponen triste y son las tristes las que te animan de verdad. Quizás por eso no pudo ni esperar a entrar en casa para abrirla. En su encabezado pudo leer:

Informe de la entrevista de Dorian Rice con Edvard Grieg

Sospechas:

1. Sospecho que Edvard Grieg no me dice la verdad.
2. Igualmente, eso no es incompatible con que sea un admirador, un coleccionista de objetos relacionados con Bach.
3. Me extraña que ignorara las intenciones de Andreas Moser, que viajara a Leipzig con él sin apenas saber qué pretendía, pero, sin duda, a alguien tuvieron que pedir ayuda para cargar el féretro.
4. Y por último, está ese cuadro, sin marco, que tenía sobre su escritorio, una bella mujer de ojos azules. Grieg asegura que se trata de su antigua esposa, pero aparte de ser muy raro ir por ahí con un lienzo sin enmarcar, por el tipo de pintura, de trazo y de lienzo, yo diría que tiene, como mínimo, un siglo.

Conclusiones:

1. Ese hombre perdió a su mujer y a su hija, y eso puede haberlo desquiciado. Cuando uno pierde sus puntos de referencia, todo lo demás es vacío. Sin alguien a quien amar, somos notas sin clave en el pentagrama. Puntos que podrían sonar así o de cualquier otro modo. Accidentes que jamás sabrán lo que podrían haber sido.

2. Ni rastro del ataúd de Bach.

Un prisionero es un predicador de la libertad.

FRIEDRICH HEBBEL

BWV 1031

Calle Markt, número 19, Weimar. Allí se encuentra, desde 1696 y junto al que fuera domicilio de los Bach, el hotel Elephant.

Diciembre se cernía bien gélido sobre Turingia, y un hombre arreaba su caballo en medio de la bruma matinal dispuesto a cumplir instrucciones muy claras: liberar a Sebastian. Su amo, el príncipe Leopold, le había dado esas tres palabras como consigna y unas cuantas bolsas con monedas, por si había que ser más persuasivo.

Dos criados del príncipe llevaban una semana alojados en Tannroda, una población cercana, y habían estado recabando información. Por lo visto, la salud de Bach se resentía por momentos. Su vista sólo podía empeorar, aplastada por la penumbra de esa celda cuyas condiciones de humedad y salubridad, por demás, no podían ser buenas para ningún ser humano.

En mitad de la bruma crepuscular, el jinete se apeó de su caballo, lo amarró a un poste y lo abrevó. Ambos llevaban demasiadas horas sin descansar. En cuanto entró en la recepción del Elephant, una amable posadera le ofreció su mejor suite, y el hombre, que se registró bajo el nombre de Alfred, sin pensarlo, pagó como para pasarse allí un mes. «Así me gustan los clientes —pensó ella—, limpios, pulidos y pagando todo por adelantado».

A media tarde, Alfred se reunió en su habitación con los dos criados espía. La última actualización que éstos le facilitaron arrojaba más sombras que luces. En los últimos días, Sebastian había recibido sólo dos visitas: la de su hijo mayor y la de un antiguo alumno. En ambos casos, no se habían pasado de los diez minutos reglamentarios. Hasta ahí, todo normal y esperable.

Pero lo sorprendente era que, antes de mandar encarcelar a Bach, se había visto al duque de Weimar con el embajador de Rusia en Dresde y con cierto músico o director de orquesta con marcado acento francés, los mismos que acudieron a palacio tras hacerse efectiva la orden de arresto de Bach. Igual era sólo casualidad, pero desde luego se trataba de información política sensible e importante que había que trasladar urgentemente al príncipe Leopold.

Siglos más tarde, el hotel Elephant será el lugar elegido por Adolf Hitler para alojarse en más de cuarenta ocasiones. Desde su balcón dará sus terribles discursos a masas de nazis enardecidas. Pero eso ya formará parte de otra historia.

Federico el Músico, quien sería más tarde apodado el Grande por su triunfo en la guerra de los Siete Años, fue quizás el monarca más ilustrado de todo el continente europeo. Aparte de su astucia militar, al rey de Prusia se lo conocía por su amor a las artes, en particular, a la música.

Desde su corte de Sanssouci, en Potsdam, llegó a pilotar uno de los centros neurálgicos de la cultura europea de mediados del XVIII. Pero si algo definió el carácter y la inquietud del monarca fueron su incansable inconformismo y su amor por la innovación… y por la música.

Por su corte pasaban todas las semanas sabios, pensadores y grandes hombres. Gente que estaba llamada a cambiar el destino de las naciones y redefinir la civilización tal como se conocía. Gente como Voltaire lo visitaba con asiduidad, porque sabía que allí podía leer, escribir y debatir con todo lujo, amparo y comodidad, o gente como el eminente matemático Leonhard Euler, que llegó a pasarse veinticinco años bajo su mecenazgo y protección para poder elaborar sus teorías.

Pero si había alguien a quien Federico admiraba sobremanera, ése no era otro que Johann Sebastian Bach. Sus composiciones y su nombre ya habían viajado de corte en corte imperial y, de algún modo, se había convertido en el gran buscado por cualquier hombre ilustrado y cultivado que se preciase.

Federico tocaba la flauta travesera, ordenaba a sus músicos que le despertasen tocando en su habitación cada mañana y hasta hacía sus pinitos en armonía, melodía y composición. Como casi todos, no obstante, admiraba el genio de Sebastian y por eso conocerlo en persona habría sido algo así como un sueño hecho realidad. Para él y para su paje y secretario personal más próximo, Peter Karl Christoph Keith, con quien todo el mundo sospechaba que disfrutaba de algo más que una íntima amistad.

El príncipe Leopold, como buen músico aficionado y ahijado del rey, sabía todo eso, y de ahí que no dudase en acudir a él en el momento en el que más lo necesitó.

La audiencia se produjo una fría mañana invernal, cuando el monarca acababa de superar uno de sus múltiples y dolorosos ataques de gota.

—Mi queridísimo Leopold, qué alegría verte. ¿Qué te trae nada más y nada menos que desde Köthen? ¿A qué debo el inesperado honor de tu visita?

—Majestad, con vuestra cálida acogida me doy más que por compensado.

—Siempre has sido un gran príncipe, un gran soldado y un gran… embaucador. Los embustes no hacen justicia a esa cara de deidad griega que tienes.

Los cortesanos allí presentes sofocaron alguna que otra risa. El secretario real arqueó una ceja.

—Vamos, hombre, que tu padre y yo hemos combatido juntos. Que soy tu padrino. Que te he visto gatear por este palacio. Puedes contarme la verdad. Todo un príncipe de Anhalt-Köthen no se desplaza casi ciento veinte kilómetros sólo para experimentar mi hospitalidad. ¿Qué ocurre, mi buen amigo? ¿Hay algo que te inquieta, te atormenta, te perturba?

—Siempre habéis sido muy *cattivo*. Enseguida os pongo al día, *majestät*. Pero antes permitidme obsequiaros con un pequeño detalle.

—¿Me has traído un regalo?

—Modestamente, os he traído mucho más que eso. Os he traído el futuro. Seguro que ya conocéis el pianoforte de Bartolomeo Cristofori, el que ha desarrollado en Italia y que algunas cortes empiezan a utilizar ya en lugar del clavicordio.

—Ajá…

—Bien, pues os traigo el primer pianoforte desarrollado por Silbermann, nuestro maestro de maestros en la construcción de órganos, el mejor del imperio y, desde luego, auténtico referente en la manufactura detallista y perfecta en todos y cada uno de sus instrumentos.

En ese momento, un grupo de diez criados llevaron en volandas el instrumento, que ocupó buena parte de la estancia y ante el cual nadie en la corte logró reprimir un gran y sonoro «oooh».

El piano era totalmente negro, si bien con incrustaciones y filigranas en oro y plata. Una auténtica joya a la altura de un rey.

—¡Mi querido Leopold…! ¡Es precioso! —exclamó el rey rodeándolo una y otra vez cual adolescente rodeando un Lamborghini a las puertas de cualquier hotel—. ¡¡¡Me encanta!!!

Los cortesanos aplaudieron el gozo real.

—Enseguida lo pruebo. Pero antes, me han dicho que te casas, ¿es cierto, Leopold?

—Ah, sí, bueno, eso parece, majestad.

—¿Contra quién?

—No la conocéis, pero espero que podáis conocerla pronto, antes de la boda.

—Déjame enseñarte algo. Ven conmigo.

Leopold no acabó de comprender la propuesta del monarca, pero lo siguió a una sala contigua y oscura, ya sin gente. En cuanto los lacayos abrieron las contraventanas y entró la luz, lo entendió todo.

Allí, expuestos y relucientes, había no uno ni dos, sino ¡catorce! pianos Silbermann perfectamente colocados como si del aparcamiento de un Mercadona un sábado a mediodía se tratase.

—¡¡¡Igual no es el primero, pero sí es el único que me has regalado tú!!!

—Y el único que deberéis volver a aprender a tocar, *sire*.

Fue entonces, al entrar los lacayos en la sala con el presente, cuando el monarca reparó en el pianoforte que le estaba regalando Leopold. En apariencia era igual a cualquier otro pianoforte, sin embargo, había algo que lo hacía especial: las notas graves se encontraban a la derecha del teclado, mientras que las agudas se encontraban a la izquierda, es decir, al revés que en cualquier otro instrumento que hubiera visto hasta la fecha. De igual manera, la cola del piano crecía hacia la derecha, y la tapa se abría al revés que los demás.

—Este instrumento le recordará a vuestra majestad que siempre, para entender las cosas, hay que ponerse siempre en el lugar del otro. Traspasar el espejo. Escuchar al prójimo. Que al final, uno sólo puede sostener la mitad de cualquier historia. En definitiva, un instrumento único para un soberano irrepetible —apuntó Leopold.

—¡Fabuloso! —exclamó el monarca.

Tras inspeccionar y admirar uno a uno los otros catorce pianofortes reales, Federico y Leopold se habían retirado al despacho real, donde el monarca sólo recibía a sus más allegados colaboradores. Allí, a ambos lados de una imponente mesa de roble macizo, y a salvo de las indiscretas miradas cortesanas, podían dejar de ser rey y príncipe para volver a ser viejos amigos de batalla.

—¿Qué ha pasado, Leopold? Me tienes preocupado.

—Majestad...

—Federico.

—Bien, Federico, sabes que te aprecio y te quiero por encima de todas las cosas.

—Lo sé, no hace falta que me lo recuerdes porque tu padre y tú me lo habéis demostrado miles de veces en situaciones de vida o muerte.

—También sabes que jamás soportaría que nadie conspirase a tus espaldas. Tú eres mi rey y a ti te debo lealtad.

—¿Quién está conspirando?

—Aún no sé si se lo puede llamar «conspiración». Pero sí sé que se ha producido una reunión... digamos que peligrosa.

—¿Entre quiénes?

—El embajador de Rusia, conde de Keyserlingk, y el duque de Weimar.

—¡¡¡Ese malnacido de Wilhelm Ernst!!! Siempre supe que no iba a conformarse con un ducado. Mira lo que le hizo a su propio sobrino tras la muerte de su hermano. ¡¡¡Es un tirano!!!

Jamás permitiré que ese sucio cerdo sajón siente sus posaderas en mi trono.

—Bueno, aún no entres en cólera. Tenemos información.

—¿Qué información?

—Información fresca que me ha traído Alfred, mi lacayo más fiel.

—¿Y qué dice esa información?

—Que el duque de Weimar estaría planeando algo y que estaría moviendo hilos para obtener la ayuda del mismísimo gran zar Pedro I.

—Y por eso ha llamado al embajador de Rusia. ¡¡¡Será bastardo!!!

—Bueno, espera. Lo que no saben son dos cosas. Uno, que lo sabemos.

—¿Y dos?

—Dos, que sabemos cuál es el precio que ha puesto el embajador para acceder a colaborar.

—¿De cuánto estamos hablando, Leopold? ¿Cuánto vale la cabeza de un rey para ese desgraciado?

—La pregunta no es cuánto…, sino quién.

La cara del rey se volvió un signo de interrogación.

—No se trata de un precio, sino de un rehén. Keyserlingk no ha pedido una cantidad, sino a una persona.

—¿A quién?

—A Johann Sebastian Bach.

—¿El genio? ¿El pequeño de los Bach de Erfurt?

—Bueno, no. Éste nació en Eisenach y ya no es tan pequeño, majestad. Este año cumple treinta y seis.

—Te he dicho que aquí no me llames «majestad». ¿Y dónde está Bach ahora?

—Arrestado.

—¿¿¿Cómo???

—En estos momentos se encuentra en las dependencias judiciales, en los calabozos de la Bastilla de Weimar para ser exacto, a la espera de la misericordia del duque, misericordia que no va a llegar pues parece ser que es el botín que ha negociado con Keyserlingk.

—¿Keyserlingk también lo quiere preso?

—No, en absoluto. El embajador lo que quiere es que Bach no pueda cortejar a la hija de los Wilcken, una humilde familia también de músicos. Bach y esa joven empezaban a verse, eso llegó a oídos del embajador y se propuso privarlo de libertad de inmediato. Pero al embajador le da lo mismo dónde se quede Bach, lo que quiere es tenerlo fuera de circulación, y ¿dónde mejor que en un calabozo?

—¿Y cuánto lleva allí?

—Casi un mes. Veintisiete días, para ser exacto. Yo he hecho todo lo posible para sacarlo, hasta el momento sin éxito.

—Y ahí es donde entro yo.

—Exacto. Como bien sabes, únicamente el rey puede solicitar la venia ducal, en cuyo caso se levantaría todo castigo si y sólo si va acompañado de una nueva función en alguna corte. Si solicitas su presencia, el duque de Weimar no tendrá más remedio que dejar a Bach en libertad.

—¿Y para qué voy a solicitar su presencia? ¿Con qué excusa?

—¡Ni que necesitaras excusas! ¡Eres el rey, carajo! Dile cualquier cosa... Mira, dile que quieres que pruebe tus quince Silbermann. Como probador de órganos, tiene que saber concretarte también cuál de tus pianofortes suena mejor, e incluso puede que te los afine...

—Ah, eso estaría bien. Además, me muero por conocerlo. Estoy ahora estudiando algunas de sus cantatas. Un momento... ¿Y qué ganas tú con eso, Leopold?

—Jajajajajaja, siempre tan suspicaz, ¡como todo buen rey! Pues… no te voy a mentir, Federico, yo había llegado a un acuerdo con Bach para llevármelo a Köthen, junto a muchos de los músicos que tú despediste en Berlín.

—¡Qué pena me dio! Mira que son buenos… Pero la guerra no entiende de arte. Al final, el dinero viene de donde viene. Oye, pues me alegro de que tú les hayas dado cobijo.

—Lo sé. El caso es que, de pronto, cuando ya habíamos negociado todo, me he encontrado con que estaba encarcelado. Nada más y nada menos.

—Menuda faena.

—Pues sí. Pero ahora es muy sencillo: tú liberas a Bach, él te deleita con tus pianos, lo conoces, desarmas el pacto entre el duque y Rusia, yo me lo llevo a Köthen y, de momento, ganamos algo de tiempo para obtener más información sobre los términos en los que se estaría preparando la alta traición.

—Suena razonable, Leopold.

—Lo es.

Tres cosas hay en el mundo que la mujer no comprenderá nunca: libertad, igualdad y prosperidad.

GILBERT K. CHESTERTON

BWV 428

D orian Rice, de los mejores detectives privados del continente y expolicía con años de experiencia, despertó entre
aturdido y dolorido en un sillón, avergonzado de no haberse
anticipado a una agresión tan previsible. Miró a su alrededor y
vio que estaba aún en el despacho de Moser. Frente a él, justamente, Andreas Moser ofreciéndole una taza de té.

—Tome, le sentará bien.

—Gra... gracias —dijo Rice aceptando con cierto recelo el
ofrecimiento.

—Bien, ¿y ahora me contará quién le ha enviado a robar-
me, señor... Rice? —Moser sostenía la cartera de Rice entre las
manos—. ¿O tengo que llamar a la comisaría, que, por cierto,
está a menos de un minuto de aquí?

—¿Por qué me ha agredido? No vengo a robar nada.

—Entonces ¿qué es esto? —Moser le mostró las partituras
y notas que el propio Rice había recogido antes de ser agredido—. ¿Por qué estaban en su bolsillo?

—Porque son pruebas.

—¿Pruebas? ¿De qué? ¿Quién es usted?

—Me llamo..., como ya sabe, me llamo Dorian Rice, soy

detective privado e investigo la desaparición del ataúd de Bach del laboratorio del doctor Wilhelm His, que es mi cliente.

—Jajaja, ¡otro par de inocentes! —dijo Moser lanzándole la cartera a los pies del sillón.

—¿Disculpe?

—A ustedes también les ha engañado, ¿eh?

—¿Quién?

—Grieg.

—¿Cómo sabe...?

—Cómo sé ¿qué? ¿Que Grieg les ha engañado? Porque a mí también me la pegó. Seguro que les ha dicho que no tenía nada que ver con el robo. Que se apuntó por error en la Sozietät. Que todo fue un penoso malentendido y que somos unos antisemitas a los que él detesta. ¿A que sí, señor Rice?

—¿Dónde está el ataúd de Bach?

—En algún lugar de Canadá.

—¿Cómo lo sabe?

—Lo único que sé es que llegó hace unas semanas por valija cultural al puerto de Toronto. Lo sé porque fue bajo el servicio de envío de obras de la Sozietät. Y de ahí, que un tal John David Holman lo recogió y ya no sé más.

—¿No han seguido la pista?

—¿Nosotros? ¿En Toronto? ¡Si no tenemos a nadie allí! Primero tendríamos que conseguir convencer a las autoridades de que un envío nuestro, realizado por uno de nuestros miembros, es fruto de un robo. Sería como autoincriminarnos. Y total ¿para qué? ¿Para recuperar una pieza robada que ni siquiera puede ser denunciada en Europa? Cuando cualquier pieza robada cruza la frontera ya no se llama «robo», sino «expolio». Y eso ya no hay ley que lo controle.

—Ustedes nunca fueron a por el ataúd. ¿A que no?

—¿Cómo?

346

—Sí, lo del ataúd no les importa. En realidad, ha sido todo una tapadera. Un señuelo para ocultar otro robo mucho más importante.

—¿Ah sí? ¿Cuál, detective Rice? Ilústreme.

—Ustedes iban a por el cuadro de Bach. El que pintó Haussmann.

Andreas Moser se quedó callado.

—La idea era sencilla: armar un jaleo con el tema del ataúd, hacer creer a todo el mundo que la pérdida era importantísima, tener a la policía ocupada investigando el asunto y, de ese modo, hacerse con el único cuadro encargado por el mismísimo Bach.

—En cualquier caso, ni aunque así fuera, no se trataría de un robo…, sino de una restitución.

—Sí, ya sé que ustedes creen que ese cuadro les pertenece. Por eso dijeron al doctor His que no era el auténtico.

—Y no lo es. Entiendo que usted no sepa de música. Pero para su información, un canon a SEIS voces necesita ser plasmado en SEIS pentagramas. Y el cuadro de Haussmann sólo contiene tres. Eso significa que NO es el cuadro auténtico. Es una falsificación.

—No, no es ninguna falsificación. Y ahí está la gracia, que para resolver ese enigma que dejó planteado Bach no hace falta ser músico, ni matemático, sino simplemente un poco aficionado a los acertijos. ¿Por qué es un canon a seis voces, si en la partitura sólo aparecen tres? Pues porque las seis voces salen de combinar las tres que ve el espectador del cuadro… y las tres que veía Bach desde su perspectiva. Basta con ponerla ante un espejo, que es como seguramente la compuso, y entonces aparecen todas las voces del canon. El orden de las cosas no deja de ser nada más que una convención. Las cosas que pensamos vienen dadas por nuestras ideas preconcebidas. Y una vez superado el prejuicio, la primera impresión y el convencionalismo, es entonces cuando uno está preparado para conocer y disfrutar de verdad. Lo mismo ocurre con los libros y sus autores. Somos esclavos de lo que pensamos de los segundos para juzgar los primeros. En definitiva, Bach nos plantea un enigma, un guiño a que no todo está presente, a que para entender las cosas hay que ponerse siempre en el lado del otro. Traspasar el espejo. Escuchar al prójimo. Que al final, uno sólo puede sostener la mitad de cualquier historia.

—Bravo. Y ahora, ¿qué tiene que ver eso con…?

—Lo que pasa es que por el camino la historia se les complicó. Edvard Grieg no fue el pelele que ustedes necesitaban para llevar el robo a cabo, señor Moser. La policía dio carpetazo enseguida, y el revuelo no impidió que el doctor Wilhelm His siguiese utilizando un cuadro que ustedes creen de su propiedad.

—Usted no tiene ni idea.

—El cuadro que Edvard Grieg tenía en su hotel sin enmarcar me hizo pensar en otra opción mucho más interesante: ¿qué pasaría si hubiera sido ése el verdadero objetivo de Grieg? ¿Qué ocurriría si mientras todos mirábamos el ataúd él hubiera perpetrado otro robo? Sin duda sería el mejor momento para sustraer cualquier cosa de cualquier lugar. Es más, ¿qué pasaría si ese cuadro no fuese de su exesposa, como quiso hacerme creer, sino de alguien crucial en todo esto? Total, ustedes tampoco lo condenarían, pues, de hecho, no les vendría mal.

—Ése tampoco sería ya nuestro problema, detective Rice.

—Sí. Ya sé que tienen otros problemas. Concretamente, tres.

—¿A ver…?

—El primero, fomentar el antisemitismo en nuestro país. Usted lo reconoció abiertamente en el laboratorio del doctor

His. Y lo ha puesto negro sobre blanco en esas notas que me ha arrebatado. Hacer creer a la gente que los judíos americanos nos están robando algo que es nuestro, esa herencia ancestral de la que tanto alardean, la importancia de esos «triple A», los ha llevado a promulgar que los judíos nos están invadiendo por la vía financiera, urbanística y social, que nos están degenerando porque, en el fondo, ustedes creen que son una clase inferior de seres humanos. Ojalá que eso algún día sea considerado un delito, pero mientras tanto es algo que, tarde o temprano, nos puede pasar factura.

—Eso lo ha dicho usted.

—Sí, lo he dicho yo. El segundo problema es que para justificar sus ideas se han subido a hombros de un gigante de la talla de Johann Sebastian Bach, tratando de hacernos creer que entre sus notas los números les daban la razón. He consultado a matemáticos expertos en gematría y sólo el canon del cuadro contiene más de ciento veinte soluciones distintas según los cálculos combinatorios. Eso significa que le puedo hacer decir lo que yo quiera. O sea, que adivinar fechas sumando numeritos como a uno le conviene es tan pueril y tan fácilmente desmontable que ahora mismo, si lo desea, le encuentro diez obras de Bach que anticipaban que usted y yo íbamos a encontrarnos en tal fecha como hoy.

—¿Otro delito?

—No, tampoco éste es un delito, aunque también debería serlo. Utilizar las obras de arte, con el poder de persuasión y de emoción que conllevan, para hacer llegar otros mensajes tan distantes y diferentes del original, debería considerarse una apropiación indebida, una ocupación del espacio universal que nos pertenece a todos y, por lo tanto, un crimen contra el resto de la humanidad. Otra manipulación más digna de ser estudiada... y castigada. Pero es que para colmo, por el camino, han pretendido algo aún más vergonzoso. Y ése sería el verdadero motivo por el que ustedes tampoco condenarían el robo del cuadro en posesión de Grieg.

—A ver, ilústreme.

—Mire —dijo Rice cogiendo a Moser un trozo de papel amarillo de las manos—. ¿Qué lee aquí?

Moser sonrió.

—Nombres propios.

—¿De quiénes?

—De músicos.

—De músicas, señor Moser.

—Bueno, es lo mismo.

—No, no es lo mismo, y usted lo sabe mejor que yo. Puede que yo no sea músico, pero le aseguro que no soy idiota.

A Andreas Moser se le nubló la sonrisa mientras el detective Dorian Rice leía el primer nombre de la lista del papel amarillo.

—Fanny Mendelssohn Hensel, hermana de Felix Mendelssohn, extraordinaria compositora. De hecho, según los expertos, ella podría haber sido de las grandes de la historia, si no fuese por la insistencia para que se casara y tuviese hijos por parte de su propio hermano y de su padre, ambos curiosamente ilustres miembros de la Sozietät.

—Mendelssohn era judío. ¿Cómo podríamos ser antisemitas con un miembro judío entre nosotros?

—Muy sencillo, señor Moser: él no era judío. Tenía orígenes judíos, sí, pero eso no lo supieron ustedes hasta que otro reconocido miembro de la Sozietät, un tal Richard Wagner, publicó *Das Judenthum in der Musik*, un panfleto antisemita con el que ustedes decidieron llevar una vergonzosa purga dentro de la institución.

Moser bajó la mirada y la fijó en su taza de té.

—El segundo, Alma Schindler, igual a mucha gente no le suena de nada, pero si uno sigue las crónicas de sociedad sabe perfectamente quién es su prometido, el gran Gustav Mahler, también miembro muy activo dentro de la Sozietät; de ella se dice, asimismo, que empezaba a componer hasta que su futuro esposo la convenció de desistir.

Tras una breve pausa, Rice remató:

—Y el tercer nombre es Nannerl. Sólo ha existido una Nannerl famosa en la historia de la música, y es nada más y nada menos que la hermana mayor de Wolfgang Amadeus Mozart, tan dotada para la música que hasta su propio hermano le escribió una carta en la que plasmaba su deseo de poder componer como ella algún día. También en este caso tanto su padre como su hermano, ambos miembros de la Sozietät, le procuraron pronto un marido y una vida dedicada al cuidado de su prole.

—Bien, y aunque todo eso fuera cierto, no sé qué prueba, inspector Rice.

—Lo que prueba es lo que, bajo la apariencia de una asociación musical, han estado haciendo ustedes durante los últimos ciento cincuenta años: apartar de la vida pública y de la profesión musical a su principal enemigo. Y no son solamente los judíos, señor Moser, no se confunda. También lo son las mujeres. Mujeres de un extraordinario talento a las que ustedes no dejaron brillar. Porque tenían que ser meras conejas, animales parturientos, y cualquier cosa que las apartase de su función de parir hijos debía ser evitada, extirpada, arrancada de sus vidas. Aunque se tratase de su gran sueño. Aunque por el camino las aniquilasen como personas.

Moser miraba por la ventana.

—De hecho, no me extrañaría nada que a la pobre Anna Magdalena Bach también la hubieran defenestrado, empujado o tapado, apropiándose de sus obras, de su memoria u ocultando su legado bajo la firma de su marido. Los considero capaces hasta de eliminar su imagen de cualquier lienzo. Vaya usted a saber... Con la legislación actual, no creo que puedan llegar a incriminarlos por todo esto. Aunque lo peor de este asunto, en realidad, no es eso. Lo peor es que nadie vaya a juzgarlos. Que hayan escrito la historia los hombres y no las mujeres jugará siempre a su favor. Y que esos hombres rara vez sean judíos acaba exonerándolos a ustedes de toda posible responsabilidad.

Rice se levantó con no poco esfuerzo para dirigirse a la puerta.

—En fin, señor Moser, me temo que el único juicio que operará con el tiempo será el de su propia conciencia. Y lo que ocurra a partir de todos sus actos. Porque sólo espero que sus ideas no les sobrevivan. Que algún día el mundo se haya olvidado de ustedes y de todo lo que pensaban. Adiós, señor Moser. Que la conciencia le sea leve.

Dorian Rice intentó accionar el pomo de la puerta, pero se dio cuenta de que no atinaba a cogerlo. De pronto, se miró la mano y la vio doble. Miró a Moser y la taza de té que éste le había dado.

Pero no. Enseguida se recuperó de esa pequeña bajada de tensión. «Menuda mierda de sociedad secreta», pensó. Por no ser, no había sido ni siquiera capaz de envenenarlo.

Mi amada Anna Magdalena:

Te escribo esta carta imaginaria sin papel ni pluma, existe sólo en mi cabeza y seguramente jamás podrá salir de ahí. Pero te mentiría si te dijese que no pienso en ti cada segundo que paso aquí encerrado. Así que he decidido escribirte sin escribirte, tan sólo para ordenar lo que pienso y, por el camino, descubrir lo que siento.

Tengo la sensación de que hemos estado juntos desde que nos conocimos, en aquel apartamentucho de Hamburgo. O incluso antes.

Tu voz me recuerda a algo que no he vivido. Y eso es nuevo para mí. Debería existir una palabra para la nostalgia de las cosas que jamás vivimos. Porque eso es lo que me pasa con cierta música... y contigo.

Llevo tu voz clavada en mi garganta. Como si pudiese replicarla o quizás evocarla tan sólo soltando el aire adecuado. Cuando los dos sabemos que jamás será así.

Llevo tus ojos en mis retinas cansadas. Como en un juego de espejos, cuando se reflejan dos sobre sí mismos. Que lo que encierran se vuelve infinito. Pues así me siento cada vez.

Sé que todo esto igual no tiene ningún sentido. Pero lo cierto es que las cosas que sí lo tuvieron tampoco me han salido mejor.

Parece que tú y yo somos, de momento, una *viola d'amore*, un instrumento cuyas cuerdas inferiores están separadas eternamente de las superiores, pero cuando estas últimas son tañidas, todas resuenan por simpatía. A distancia, sí, pero a la vez.

Así que yo estoy dispuesto, si tú lo estás. A ponerme el mundo por montera. A proclamar nuestro amor a los cuatro vientos si acaba produciéndose, como siento que se producirá.

Y ahora me gustaría re decirte tantas mi sol cosas que soy incapaz de la mi re do si. Así que lo mejor será sol do mi sol la si do re.

Re mi mi do fa. Fa sol do si re. Re mi mi do fa (fa do sol). Fa sol do si re (sol la re la do si, si bemol -la -do -si).

La música es el ejercicio aritmético oculto de una mente inconsciente que está calculando.

GOTTFRIED WILHELM LEIBNIZ

BWV 666

Cuando la sala de plenos de la Sozietät estaba vacía aún se veía más imponente, dejando libres sus baldosas ajedrezadas y su enorme plomada en el centro, rodeada por diecinueve retratos de músicos ilustres, todos miembros de la sociedad secreta. En un lateral, junto a un atrio, Lorenz Christoph Mizler ofrecía el primer manuscrito de su *Lusus Ingenii de Praesenti Bello* a un caballero de extraordinarios ropajes y con un acento y unos modales un tanto afrancesados.

—¿Y decís que aquí, en vuestras partituras, el mensaje no se emite a través de las palabras sino de las notas? —preguntó el francés.

—Así es, monsieur.

—Y si no me lo cuentan, ¿cómo puedo percibirlo?

—Existe una conexión perfecta entre música y matemática, que no deja de ser el lenguaje de la naturaleza. Es a través de ella que recibimos el verdadero mensaje de la obra de Dios —respondió el Pequeño Lorenz.

—Pero, *mon ami*, yo también compongo muchas obras que no son sacras, cuyo único propósito consiste en provocar sentimientos y emociones en mi público. ¡Para eso contrato a los mejores libretistas de París!

—Sí, pero lo hacéis a través de palabras, y la palabra puede ser tergiversada. La palabra es voluble y peligrosamente volátil. Mirad lo que le ocurrió al maestro Martín Lutero.

—¿Qué le ocurrió? ¿Que murió? ¿Como todos?

—Vos no sois luterano, pero los que sí lo somos hemos tenido que asistir con pesar a la degradación progresiva de su mensaje. Un mensaje con el que trascenderé en este puñado de composiciones a través de las notas y no de las palabras. Para que nadie pueda modificarlo nunca más.

—¿Y cuál era su mensaje?

—Lutero no soportaba a los judíos.

—¿En serio? —preguntó el francés—. ¿Estáis seguro?

—Monsieur Marchand, me ofendéis con la duda. Lo dejó escrito negro sobre blanco.

—Y si lo dejó escrito, ¿por qué hoy no se conoce?

—Porque cuando una secta se convierte en religión lo primero que hace es eliminar todo aquello que le molesta. Pero ahora se conocerá.

—Bueno, de cualquier modo —dijo Marchand— imagino que no me habéis traído aquí para hablar ni de vuestro manuscrito, ni de los judíos ni de religión.

—No, apreciado Louis. Tenéis toda la razón. Si os he llamado hoy no es para hablaros de una obra, sino de un autor.

—Bach.

—¿Cómo lo sabéis?

—*Mais non!* Tampoco hay que ser muy listo... Me informaron sobre vuestra visita a la cárcel de Weimar. Justo mientras veía al duque esos días.

—¿Y eso?

—Casualidad. El duque gusta de mis conciertos en privado. Y yo de visitar a un amigo y ganar buenos táleros por añadidura. Pero si vais a pedirme que lo libere, estáis perdiendo el tiempo.

—Yo sé que no le tenéis en gran estima desde el incidente en Dresde...

—¡No tiene nada que ver con Dresde!

—¿Entonces...?

—Mirad, si Johann Sebastian Bach fuese menos arrogante, igual no se habría metido en el lío en el que está. Lo malo de ser inoportuno es que te llevas los palos que ni siquiera eran para ti. Sebastian se encuentra en medio de algo muy gordo. Y la verdad, me apetece poco o nada echarle una mano.

—Todavía le guardáis rencor.

—El rencor es algo que acaba destruyendo a quien lo practica. Lo mío es más parecido a la apnea. Aguantar sin aire sabiendo que, en algún momento, respirarás. Llevo muchos meses pensando en cómo devolverle semejante humillación. Y ahora que empiezo a ver que respiro no voy a hacer nada para evitarlo. Los enemigos no siempre hacen cosas para perjudicarnos. A veces, sólo hace falta que no hagan nada. Y ésa es mi situación. Pienso ser un verdadero obstáculo por omisión. Nunca antes hacer nada me produjo tanto placer.

—Pues ha cursado solicitud para ingresar en la Sozietät.

—Lo he visto. Ése es él, el del cuadro nuevo, ¿no? Está muy mayor... ¡Qué mal lo ha tratado el tiempo!

—Es que ésa es la cara del pintor, Haussmann, porque Sebasitan aún no ha podido posar.

—Ah, bueno... En cualquier caso, no me parece bien que ingrese. Sebastian será un gran músico, pero a todos los miembros se nos exigió una composición publicada previa a la admisión, y él no ha publicado nada oficialmente hasta la fecha.

—Nos prometió que nos la remitiría para la inclusión en su cuadro.

—Ah, ¿en vez de publicar por imprenta le dejamos que la publique en un cuadro?

—Así es.

—Pues aun así, esa partitura que sostiene en el cuadro está en blanco…

—Sí, pero prometió que me la enviaría en cuanto la hubiera improvisado.

—Querréis decir «creado».

—No, no, me dijo «improvisado», literalmente. Quiere que sea lo primero que toque cuando salga de la cárcel.

Bach compuso una cruz yacente con el tema de la fuga en do sostenido menor (do sostenido -si sostenido -mi -re sostenido), que puede extraerse uniendo con líneas las notas primera con la cuarta y segunda con la tercera.

KLAUS EIDAM,
La verdadera vida de Johann Sebastian Bach

BWV 1076

Sebastian despertó de un jarro de agua fría en plena cara. Se trataba del funcionario de prisiones, que venía con buenas noticias, y ésa era su forma de compensarlo.

—Bach, andando.

Las dos palabras que había estado esperando durante veintisiete días. Esas palabras que tanto había oído dirigidas hacia otros presos por fin eran para él, y qué bien sabía la libertad.

—¿A casa?

—Jajajajajaja, ¿aún no lo sabes?

—Saber... ¿qué?

—Pobre infeliz, ya te puedes ir arreglando y aseando... ¡Te vas a Potsdam, nada más y nada menos!

—¿A qué?

—¡Te reclaman en Sanssouci, el mismísimo rey!

Viajar de Weimar a Potsdam, más de doscientos kilómetros en carruaje, no era precisamente la experiencia que un preso ansiaba para estrenar su libertad. Sin embargo, a la vez que se agotaba sólo con pensarlo, también había una parte de él que sentía una curiosidad infinita por los motivos que habrían llevado al monarca a liberarlo «con carácter de urgencia», como rezaba el edicto real.

Tras más de doce horas de viaje, al anochecer del mismo día el carruaje que transportaba a Sebastian entraba por la Nauener Tor, la puerta de las murallas de la ciudad imperial de Potsdam.

La intención de Sebastian era pasar por el albergue para asearse y adecentarse antes de plantarse ante el monarca, quizás a la mañana siguiente. Sin embargo, en cuanto cruzaron las murallas, una división de la guardia real los escoltó sin pedirles permiso hasta el propio palacio de Sanssouci, residencia del rey músico. Federico había dispuesto que Sebastian no se fuese a dormir sin antes visitarlo. Por muy tarde que se produjese su llegada. Así lo había dispuesto el soberano, y así se hizo.

Al llegar a palacio, Sebastian fue conducido directamente a la estancia de los pianofortes de Silbermann. Sendas filas de seis lacayos cada una con las manos a la espalda flanqueaban un largo pasillo central. A ambos costados, el paraíso de cualquier intérprete: quince piezas de museo, obras de arte que cristalizaban todas en las mismas ochenta y ocho teclas.

Allí fue cuando el rey se presentó y pidió a Sebastian que probase sus piezas de museo. Federico añadió que sólo pretendía saber cuál era, a su juicio, el mejor, cuál estaba mejor fabricado, en cuál debería poner todo su empeño y, sobre todo, cuál era el mejor para posar sus reales dedos.

Para el resto de los mortales, cualquiera de esos pianofortes habría sonado igual de bien que los demás. Pero para aquel intérprete, cada pianoforte era una respuesta distinta a las mismas preguntas de siempre. Preguntas que llevaba formulándose desde hacía décadas, como otros antes que él durante siglos. Preguntas que dejaron planteadas los verdaderos protagonistas de aquella noche en el palacio de Sanssouci. Respuestas que él debería intentar hallar.

Primer piano: «Demasiado tosco».

Segundo piano: «Suena a lata».

Tercer piano: «Pedal salido. Odio el pedal, sólo lo usan los que no saben tocar para disimular su falta de expresión».

Cuarto piano: «Aquí ya hay algo interesante... Pero no. Los armónicos no acaban de sonar del todo puros».

Quinto piano: «Pulsación dura, le falta asentarse».

Sexto piano: «No tiene mordente».

Séptimo piano: «¿En serio esto es un Silbermann?».

(...)

Décimo primer piano: «Nada del otro mundo».

Décimo segundo piano: «Silbermann debería haberse esforzado un poco más».

(...)

Décimo quinto y último: «Ñé...».

—¿Por qué no probáis éste? —La pregunta procedía de un lacayo sin uniforme, sexagenario y sonriente, señalando el único que tenía las notas cambiadas de sitio.

—Ya lo he probado, era el décimo cuarto. Interesante el ejercicio de cambiar las notas de lugar. Me ha hecho pensar que al final, el orden de las cosas no deja de ser una convención. Sin embargo, una vez probado, se acostumbra uno enseguida. Y deja de sorprenderse.

—Sí, por eso mismo.

—¿Qué queréis decir?

—Quiero decir que los pianofortes son como los libros. A veces no es el ejemplar, sino uno mismo quien los encuentra en el momento incorrecto. Basta con tener la humildad de volver sobre él más adelante para descubrir que, simplemente, no estábamos preparados la primera vez que lo leímos. Además, las cosas que pensamos vienen dadas por nuestras ideas preconcebidas. Y una vez superado el prejuicio, la primera impresión y el convencionalismo, es entonces cuando uno está preparado para conocer y disfrutar de verdad. De nuevo, lo mismo ocurre con los libros y sus autores. Somos esclavos de lo que pensamos de los segundos para juzgar los primeros.

Los lacayos se miraron entre sí abriendo mucho los ojos. Sebastian miró fijamente al hombre que le había hablado, quien le devolvió una sonrisa.

—Leámoslo.

Sebastian se puso a los mandos del décimo cuarto pianoforte que había probado. Reparó también en su situación dentro de la sala: era el único que se encontraba ante un espejo. Y con los tres primeros compases ya lo tuvo claro.

—Maravilloso.

—Jajaja... ¿Lo veis? —dijo el lacayo.

—¡Fantástico! —apostilló el rey.

Los lacayos se pusieron a aplaudir de forma un tanto exagerada.

—Ahora, querido Bach, ya que tenemos el pianoforte, sólo falta que nos interpretéis una de vuestras famosas composiciones con él.

—Disculpadme, majestad, pero en vez de algo ya compuesto, dada mi inmensa gratitud y como muestra palpable de reconocimiento, sólo se me ocurre corresponderos con lo que sé hacer, así que me gustaría improvisar para vos una fuga, con el motivo que deseéis.

—¿Cómo? ¿Yo os propongo unas notas sueltas y vos las convertís en fuga? ¿Aquí, espontáneamente?

—A seis voces.

—¡Qué locura! Pero no es posible, mi querido amigo, una fuga de ese calibre no se puede improvisar. Mis músicos reales apenas pueden improvisar fugas a tres voces, ¿¿¿y vos queréis inventar aquí, para mí, una fuga con SEIS voces???

—Así es, majestad. Los gestos extraordinarios merecen recompensas extraordinarias.

El monarca miró a su ayuda de cámara y a su *kapellmeister*. Ambos levantaban una ceja, incrédulos. Federico se acercó al Silbermann número catorce y tocó dieciséis notas aleatorias en la escala de sol mayor: sol, fa sostenido, mi, re, si, do, re, sol, sol, fa sostenido, mi, re, si, do, re, sol.

Sebastian cerró los ojos. El rey se levantó del piano. Sin abrir los ojos, Sebastian se sentó al teclado y comenzó. Lo que ocurrió a continuación dejaría sin habla no sólo a los presentes, sino a todos los músicos y melómanos que vinieran después.

Una secuencia de contrapuntos absolutamente perfectos, una cadencia pausada pero firme, que poco a poco iba complicándose añadiendo una voz, luego dos, después una cuarta voz, y cuando parecía que ya no iba a tener manos para seguir complicándola llegaron la quinta y la sexta. Voces que no sólo complementaban a las anteriores, sino que eran diáfanas, claras, distinguibles entre sí. Una obra de arte, de ingeniería y de matemática a la vez. Era como ir rellenando un frasco de vidrio primero con piedras grandes, luego con piedras más pequeñas, y cuando parecía que no cabía nada más llegó la arena e incluso después llegó el agua. Y todo, por supuesto, interpretado sin el más mínimo fallo o corrección.

Cuando Sebastian pulsó la última nota, se hizo el silencio que solía acompañar el final de todas sus obras. Pero en esa ocasión, sin duda, había sido distinto. No sólo porque era la primera vez en su vida que había estado veintisiete días sin tocar desde que aprendió a hacerlo, sino porque la impresión que había causado en el rey fue como un pasaporte diplomático a partir de entonces. Jamás nadie volvería a pensar siquiera en privarlo de libertad. Sin llegar a ser *kapellmeister* real, a partir de entonces Sebastian gozó de todos sus privilegios a ojos de Federico. Y, por supuesto, por fin obtuvo un salvoconducto real para poder ir adonde estaban su casa, su mente, su presente, su futuro y su corazón: a Köthen.

Lo que el Hammerclavier de Silbermann contó a Sebastian

Un clavicémbalo de martillos. Eso fue lo primero que pensó Sebastian cuando probó el primer piano, invento que Silbermann había copiado del florentino Cristofori. Algo así como cuando, un siglo más tarde, los primeros trenes de la historia serían vistos por sus contemporáneos como coches de caballos hechos de hierro. Una deformación de algo que ya existía.

Un sonido mucho más apagado, menos brillante y, por lo tanto, que había que compensar con interpretaciones que incluyesen notas más agudas. Además, justo esas notas, las de las últimas octavas, sonaban ostensiblemente más bajas de volumen, con lo cual el intérprete debía golpearlas con mayor intensidad si quería equipararlas al resto.

Por último, es cierto que los martillos, por contraposición a los martinetes, permitían muchos más matices en la pulsión de cada tecla de las que permitía, por ejemplo, el clavecín. Pero tampoco era menos cierto que las dinámicas de las piezas compuestas hasta entonces apenas contemplaban esa opción, con lo que era una funcionalidad del todo inútil para el tipo de música que a Sebastian le interesaba y pretendía interpretar.

En definitiva, un invento notable, un ingenio curioso, pero

absolutamente innecesario para la composición. Aún faltaban varias décadas para que los románticos hicieran de la dinámica de cada tecla su sello de identidad, expresando en cada nota, con cada pausa, un estado de ánimo cada vez más afectado y pomposo que el anterior.

Contrariamente a lo que pensaban los pietistas de Sebastian, él odiaba el artificio, lo exagerado y lo poco natural. Por eso no se interesó demasiado por el nuevo cachivache. Debió de pensar que a veces lo nuevo no es por fuerza mejor que lo anterior.

Es cierto que escribió a Silbermann relatándole su experiencia, que le propuso elevar el volumen de las notas agudas y alguna que otra mejora técnica más. Pero lo hizo más por deferencia hacia su viejo amigo de Freiberg —quien además se ponía muy irritable cuando se sentía ignorado— que porque pensase utilizarlo o porque a él le entusiasmara la innovación.

Y es que a veces, pensó Sebastian, el progreso no va hacia delante, sino hacia atrás.

Irónicamente, medio siglo después sería su hijo Johann Christian quien diera el primer concierto en público para pianoforte de la historia.

QUINTA

{Fantasía}

Durante mucho tiempo, todo lo que atañe a la alianza
estuvo sometido a una vigilancia meticulosa, ante todo
en los pueblos, pero también en los barrios urbanos. El
momento de reproducción doméstica no es sólo asunto
de los parientes cercanos, sino también de los vecinos y,
sobre todo, de los jóvenes del mismo grupo de edad.
Este control se ejercerá seguidamente en toda la trayec-
toria de los esposos, cuidará de definir todo «lo que no
se hace» y lo censurará, si es necesario.

ARIÈS y DUBY,
Historia de la vida privada

P: Su grabación de las *Variaciones Goldberg* le convirtió en una celebridad de la noche a la mañana. ¿Qué
significa para usted el éxito como pianista, que asegura no haber buscado?

R: Bueno, esa grabación tuvo mucha importancia para
mí, pero también me ha creado muchos problemas.

Entrevista de Bernard Asbell a Glenn Gould
para la revista estadounidense *Horizon*

BWV 908

Era el 16 de junio de 1955. Cuarto y último día de grabación del disco de Glenn Gould. Cuatro, ocho, dieciséis. Negras, corcheas y semicorcheas. Las medidas clásicas de cualquier obra de Bach. No había mucho más, ni podía decirse mucho más con menos. Con esos átomos de información podría reconstruirse casi todo el universo bachiano. Tan sencillo y tan complejo a la vez.

La grabación comenzó pronto. Finalizaba la reserva del estudio, y nadie quería demorarse más allá de lo rentable. El día anterior había sido de descanso, y Frannie había regresado a Toronto para otra de sus *soirées* artísticas.

Cuando llegó Glenn, se encontró a Walt Homburger y a Noah Johnson discutiendo acaloradamente junto a la mesa de mezclas.

—No pienso retocar ni una sola de las cintas. No sin la aprobación del artista.

—Pues entonces me temo que la grabación tendrá que terminar aquí.

—¿Qué ocurre? —preguntó Glenn.

Tanto Johnson como Walt se mostraron ruborizados y sorprendidos, como dos chiquillos a los que un inminente castigo fuera a dejar sin chocolate.

—Nada, Glenn, el señor Johnson y yo, que discutíamos ciertas… discrepancias creativas.

—¿Qué discrepancias?

—Bueno, supongo que al señor Johnson no le importará explicártelas, ya que es él quien las ha planteado.

Ahora eran mánager y representado quienes miraban a aquel hombrecillo.

—Sí. Ningún problema. Estaba diciendo a tu *repre* que tendríamos que proceder a limpiar la grabación de ruidos.

—¿Ruidos?

—Sí, los ruidos.

—Pero ¿qué ruidos?

—Desde los ruidos de la silla de madera hasta los murmullos que haces cuando tocas, Glenn —interrumpió Walt—. TODO ese… ruido.

—Ah, ¿eso?

—Sí, el señor Johnson no cree que sea aleatorio ni casual.

—¿Cómo?

—Señor Gould, el Departamento de Seguridad Nacional de Estados Unidos ha tenido la oportunidad de analizar los ruidos de la silla y los murmullos que usted realiza, y hemos encontrado ciertos… patrones.

—No entiendo…

—Piensan que estamos enviando un mensaje a los rusos. ¡¡¡Comunistas, nosotros, Glenn!!! ¡¡¡Es de locos!!!

—Bueno, y si lo fuéramos, ¿qué?

—No, no, no, Glenn, con eso no juguemos —le dijo Walt llevándoselo aparte—. Que aquí el caballero nos parecerá todo lo que quieras, pero con un chasquido de sus dedos nos encarcela a todos y vete tú a saber cuándo y cómo acabamos el disco, si es que nos dejan acabarlo...

Glenn vio a su mánager más asustado que nunca. Y le hizo gracia, así que decidió tirar millas.

—A ver, señor Johnson, ¿qué tipo de... patrones han identificado sus chicos de Langley?

—Para empezar, la elección del autor es toda una declaración de intenciones.

—Sí, lo de la RDA y todo eso, ya. Pero ¿qué hay de los patrones?

—Cuando le preguntamos por qué debía ser esta obra, si no podía ser otra del mismo autor, usted declaró que no daba igual, que tenía que ser ésta y ninguna otra. Resulta que hemos investigado y hemos hallado el motivo para el que fue compuesta.

—Uuuh han investigado y han encontrado... ¿qué? ¿Que fue compuesta para que el conde de Keyserlingk pudiese echarse una cabezadita?

—No era un conde cualquiera, señor Gould. Era el embajador de Rusia en el Sacro Imperio Germánico. ¡Embajador de Rusia, nada más y nada menos!

—Vaya, culpable. Pero ¿ese tipo de composición no viajaría en valija diplomática?

—Glenn, no lo cabrees...

—En serio, Walt, me interesa. ¿Y los patrones?

—Señor Gould, supongo que su moral no se verá resentida sabiendo que trabaja en la obra de un comunista para otro en el que, además, intervino un homosexual declarado, tanto en su inspiración como en su ejecución.

—Mi moral... Es gracioso el hombrecillo este.

—Ya, ya imagino que su relación... abierta con la señorita Frances Batchen, ¿o debería llamarla Faun?, no contempla condenar ciertas tendencias, pero aquí, en Estados Unidos, se respetan y mucho las buenas costumbres sociales, ordenadas y con arreglo a la ley de Dios. Por eso tenemos que investigar perfiles como el suyo, señor Gould, y por eso, salvo que nos dé una explicación coherente a esos gemidos y ruidos en medio de las grabaciones, que insisto, reproducen un patrón que quizás sea hasta un mensaje, no podemos autorizar este tipo de actividades en suelo estadounidense.

Glenn miró a Walt, que le devolvía la mirada como una súplica para que no saltara, más aún, que ni siquiera respondiese. Fue inútil.

—Usted no sabe nada. Ni de mí. Ni de música. Ni de matemática. Ni de relaciones. Ni de cultura. Ni de amor. ¡De nada!

—Glenn.

—Ah, ¿no?

—No, usted, señor Johnson, es un inculto con ínfulas de poder. Eso es lo que es.

—Conozco más música de la que usted cree. Eso sí, música moderna.

—Eso no es tener cultura.

—¿Y por qué no?

—Eso es tener información. Noticias. Actualidad… Tener cultura es superar la fecha de nacimiento de uno. Hacer cultura es superar la fecha de defunción. Y usted ni la crea ni la consume.

—Glenn, por favor —intentó mediar Walter.

—No sabe el daño que hacen las personas como usted, que clasifican y persiguen a la gente en función de su origen, de su raza, de su orientación sexual. No sabe lo que es que cuando tienes nueve años tu familia se vea obligada a cambiarse el apellido sólo para que dejen de señalaros como judíos apestados. Quizás por eso se permite el lujo de ir por la vida censurando y juzgando a los demás. Como si todo el mundo pudiera o debiera someterse a su ignorancia, por el mero hecho de tener un carnet que le habrá otorgado otro tipo aún más obtuso que usted.

—Lo que Glenn quiere decir es que...

—Lo que quiero decir es que el único patrón que veo aquí es la osadía de su miseria mental, señor Johnson. El de la ignominia de su propia nación. Puede que tengan todo el dinero del mundo, puede que algún día el mundo les devuelva el favor de haberlo rescatado de dos guerras mundiales, pero le aseguro que lo que están construyendo aquí es una nación de idiotas. Idiotas que creen que ser homosexual es algún tipo de pecado. Idiotas que creen que cualquier cosa que no sea capitalismo feroz es propia del demonio. Idiotas, en definitiva, que creen a idiotas como usted. Y no es porque esa gente sea menos cualificada que en otras partes del mundo, ¡qué va! Son así porque ustedes los prefieren así. Nación de borregos criados por lobos. Eso es lo que buscan y eso es lo que obtendrán.

—¿Y las *Variaciones Goldberg*?

—Las *Variaciones Goldberg* le quedan a usted tan grandes que debería lavarse la boca antes siquiera de pronunciar su título.

—Glenn, te lo ruego...

—En su supina idiotez, no se da cuenta de que, además de retraso, sufre apofenia.

—Que sufre... ¿qué?

—Apofenia, Walt. Cualidad propia de paranoicos. La percepción de patrones donde no los hay. Ver secuencias o fraseos cifrados donde no hay más que casualidad. Ni mis gemidos ni los ruidos de una inofensiva silla interfieren en nada ni emiten ningún código encriptado, por eso no me ha dicho nada sobre ningún patrón, porque no han encontrado nada, si no es a oídos de gente que está mal de la cabeza.

—No, si ya verás...

—Algún día —continuó Glenn hablando a Johnson, cada vez más cerca de su cara—, algún día en su retiro dorado junto al lago en el que construya su choza, igual, de pronto, una chispa de sabiduría lo ilumina y descubre usted lo que hay detrás de las treinta variaciones y un aria de las *Goldberg*. Igual para entonces usted, mientras acaricia su medallita por cincuenta años de fiel servicio a la mezquindad, se da cuenta de que lo que estuvo a punto de vetar no era ningún panfleto comunista, sino más bien todo lo contrario.

Gottlieb Goldberg y Bach llegan a Köthen. Anna Magdalena mira a Sebastian de lejos mientras éste baja del carruaje y lo mismo hace Caspar con Goldberg.

—Igual descubre lo que ni siquiera el conde de Keyserlingk pudo evitar, porque él sólo quiso tener ocupado a Bach, alejado de la posibilidad de cortejar a Anna Magdalena, como usted a sus borregos, que los quiere bien alejados de la verdad y la libertad. Por eso le encargó la obra al príncipe Leopold, y le pidió específicamente que fuese Bach y no otro quien la compusiera e interpretase para él cada noche en su alcoba. Pero como Sebastian no era ningún borrego y como estaba ya cegado y vendido, delegó en su discípulo Goldberg el hecho de interpretarlo cada noche en la cámara del conde. Toda una condena para el verdugo.

Keyserlingk llorando en su cama mientras Goldberg interpreta al piano las Variaciones.

—Pero lo que realmente motivó que el genio aceptara el encargo fue nada más y nada menos que construir un canto al amor libre entre esas cuatro personas, que al enamorarse acaban elevándose al cuadrado y construyen su propio dieciséis. Como toda cruz, se construye a partir de cuatro puntos distantes, una obra maestra que fuese más allá de aquellos que sólo buscan censurar.

Caspar Wilken se añora de amor en un café, desconsolado y rodeado de amigotes, sin hacerles ningún caso.

—Igual entonces se da cuenta, señor Johnson, de que por eso es una obra infinita, sin principio ni final, porque cuando dos personas adultas del sexo que sea se enamoran no hay nadie que esté cualificado para dar fin a eso.

Bach acariciando la piel de Anna Magdalena a la luz de la luna. Leyendo su piel a través de sus dedos.

—Igual entonces se da usted cuenta de que cada nota, cada compás, cada modulación de las *Variaciones* contienen más belleza de la que ustedes serán capaces de destruir en los años que dure su triste legislatura. No tiene nada que ver con un somnífero. Más bien al contrario. Suenan notas de alegría, de gozo, de amor que empieza y arranca y vuela, son dieciséis partes por compás echando de menos la otra melodía que aparece y desaparece para hacerlo todo más complejo y alucinante. Es la obra de un superdotado saltando por encima de las cabezas de tarugos como la de usted, señor Johnson. Si eso le hace dormir, es que usted está tan tarado como el conde de Keyserlingk. Ni se habrá fijado, ni en cien vidas lo descubriría usted, pero el retrato más famoso de Bach es, en realidad, un anticipo de las *Variaciones*.

Haussmann añadiendo las notas que faltaban a la partitura que aparece en el cuadro colgado en la sala de plenos de la Sozietät.

—En el cuadro de Haussmann... Igual ni ha visto el cuadro, igual no sabe ni de qué cuadro estoy hablando.

—S... sí..., lo conozco.

—Ya. Claro. La partitura que allí aparece, el *Canon triplex a seis voces* BWV 1076, ¿se ha fijado en el último compás? ¡Qué va a fijarse! El último compás no es otro que el bajo continuo de las *Variaciones*. Es como si Bach quisiera anticiparnos a todos que él ya sabía que esa obra pasaría a la historia. Y nos lo estaba anunciando antes incluso de que pudiéramos conocerla, estudiarla o amarla. Ahí tienen ustedes otro verdadero patrón, delante de sus narices. Y ni se lo habían olido, ¿a que no? Porque hasta el más mediocre de los creadores es mejor que el más cruel de los verdugos. Y ni usted ni todo su Comité de Actividades Antiestadounidenses podrá con el genio de un Johann Sebastian Bach. Hacen falta cientos de miles de grises funcionarios como usted para esparcir tanta mediocridad. Sin embargo, basta con un solo Bach para inundarlo todo de belleza y genialidad.

Heinrich Zielschmerz, alumno de Sebastian, se lleva la partitura de Anna Magdalena a un rincón y escribe sobre la portada: «*Composée par monsieur Jean Seb. Bach*». Y más abajo, donde ponía «*par madame Bachen*», añade antes de esas palabras: «*écrite*», de tal manera que acaba leyéndose «*écrite par madame Bachen*».

—No hay nada más antiestadounidense que su Comité de Peleles. Porque no hay nada más antiestadounidense que prohibir pensar por uno mismo. Eso es lo que los jode. Que jamás podrán ser tan convincentes como un solo compás de las *Variaciones*. Que su mensaje necesitará millones de comités, de mentiras y de dólares para poder llegar a la gente oprimida de su país de borregos. Porque no es capaz de provocar la empatía de nadie, porque hay que imponerlo, y eso sale siempre muy caro. Y que, mientras tanto, un tal Johann Sebastian Bach seguirá inspirando a millones de personas en todo el mundo desde su tumba y con sólo un arma: una pluma y un papel. Por eso ustedes fracasarán y por eso Bach ya ha triunfado.

Heinrich entrega la partitura adulterada a Lorenz Mizler en la sala de plenos de la Sozietät. Éste la mira y asiente satisfecho mientras la guarda con el resto de las partituras de los miembros, pasando a formar parte del paquete de la asociación.

—Viva usted a gusto con su vida de mierda, señor censor. Aquí vamos a rendir el tributo que se merece a un genio. Le agrade o no a usted y a sus lamentables secuaces de la CAA.

El hombre es un milagro sin interés.

JEAN-JACQUES ROUSSEAU

BWV 758

Estamos en el principado de Anhalt-Köthen. El autoproclamado oftalmólogo real John Taylor ha sido llamado con carácter de urgencia a la corte del príncipe Leopold, donde acude desde Suiza, país del que tuvo que salir por patas y al que no podrá regresar nunca más. Por suerte para él y para desgracia de la humanidad, nadie en Köthen lo sabe aún y, encima, todavía conserva consigo un ejemplar de su libro autoeditado: *The Life and Extraordinary History of the Chevalier John Taylor, Ophthalmiater Pontificial, Imperial, Royal.*

Pese a lo que le habían anunciado, el príncipe no recibe a John Taylor, pues se halla enfrascado en los preparativos de su propia boda, así que en su lugar la audiencia se llevará a cabo con Georg Erdmann, músico y abogado que explica a John Taylor el encargo por el que ha sido llamado.

La idea es operar de inmediato al *kapellmeister* Bach, en cuanto pise el palacio, para que el postoperatorio comience lo antes posible y así poder gozar de un músico de la corte con la vista totalmente sanada.

Por los síntomas que Georg Erdmann hace saber a John Taylor, el supuesto *ophthalmiater* concluye que se trata de una afección bastante común, por la que, según explica a Georg, ya ha intervenido a ilustres pacientes, entre ellos un papa y varios reyes. Así que, en principio, no hay por qué preocuparse.

Curiosamente, el presunto galeno insiste en dos cosas: primero, cobrar el ciento por ciento de la operación por adelantado en táleros contantes y sonantes, y segundo, que sus caballos, así como su pintoresco carromato de viajante trasnochado, queden apostados fuera de las puertas palaciegas. Peticiones ambas bastante extrañas, pero que son satisfechas con amabilidad por los lacayos y funcionarios del príncipe Leopold.

Una vez aceptadas ambas peticiones, el autoproclamado doctor Taylor baja al carro a por su instrumental, pues quiere estar listo para cuando Bach llegue, que, según le han dicho, será esa misma tarde. Una criada que había trabajado en el hospital de la ciudad se ofrece como ayudante, pero Taylor rechaza su colaboración alegando que siempre trabaja «solo y junto a una salida».

—Y cuando hablo de una salida, no querréis que me refiera a vos...

La mujer se aleja del individuo alegrándose de no tener que pasar más tiempo con ese sujeto. De cualquier modo, dos fornidos lacayos del príncipe Leopold permanecen en todo momento junto a Taylor, «por si necesitara cualquier cosa», aunque todo el mundo sabe que es un protocolo habitual para que los desconocidos no roben nada de palacio.

Hacia las cinco de la tarde llega el carruaje con Bach. Los lacayos acompañan al *kapellmeister* directamente a la sala donde Taylor aguarda junto a sus instrumentos. Instrumentos que no suenan, pero que, mal usados, harían cantar a cualquiera.

Georg habla con Sebastian, y algo de lo que le dice lo convence de que seguir adelante con la intervención es la mejor opción de todas las posibles.

Sebastian se sienta en una improvisada silla reclinada mediante unas toallas colocadas debajo de sus dos patas delanteras. El paramédico le pide que se relaje.

Lo primero que le echa en los ojos es un aceite que le hace perder totalmente la visión a la vez que, en teoría, la sensibilidad en esa zona. Taylor agarra un bisturí, que de inmediato limpia de sangre seca con su propia saliva. Se acerca al ojo izquierdo de Sebastian, y con un gesto decidido realiza una incisión bajo la córnea, provocando un grito de la ya víctima y un derrame de sangre y fluidos por toda la sala. Los dos lacayos se esfuerzan por mantener a Sebastian inmóvil, pero no es fácil. Su cuerpo se convulsiona como el de un gorrino en la matanza.

Taylor se le acerca de nuevo con el mismo bisturí, ahora apuntando al otro ojo. La misma incisión, pero esta vez el instrumento se le desvía un poco hacia la córnea, que se desprende al instante como un reloj de agua roto. Sebastian ha pasado de ver poco a no ver nada. Y de sentir muchísimo dolor a no sentir nada más que un intenso mareo, como un dolor de cabeza repentino y muy fuerte, y cae desmayado.

Cuando se despierta, una venda le cubre media cara. Por la rigidez del paño, intuye que está ensangrentada. La voz de Georg suena muy cerca de su rostro:

—Tranquilo, ya ha acabado todo, Sebastian. El doctor Taylor se ha ido, porque de pronto le ha entrado mucha prisa, pero nos ha dicho que en dos semanas ya estarás bien. Ahora, cuando quieras, cuando te sientas con fuerzas, nos vamos a casa.

De dos mil táleros fue la factura del presunto médico.

Lo que Sebastian tardaba en ganar cinco años.

Vive como lo harías para no avergonzarte en el caso de que se divulgara lo que haces, aun en el caso de que fuera mentira lo que se divulga.

Johann Sebastian Bach

BWV 27

No hay cantina sin borracho ni café sin conspiración que valga. En la mesa del fondo del *caffé* de Köthen, como cada viernes, se habían reunido dos de los alumnos de Sebastian y, por la expresión corporal de ambos, nada bueno se tramaba allí.

—Me ha dicho que el *meister* Bach ya ha vuelto. ¡Y que el rey lo ha indultado! —susurró a gritos Heinrich Zielschmerz.

—Sí, Lorenz Mizler ha hablado con mis padres —dijo Stefano— y, por lo visto, ha conseguido que lo acompañe un alumno suyo, Gottlieb Goldberg, que ha vuelto con él.

—Aaah... ¿Gottlieb?

—Sí, el mismo que lo ayudaba en Weimar.

—Caspar estará contento.

—¿Caspar? ¿Caspar Wilken? *Ma perché?* —preguntó Stefano.

—¿No lo sabes? Pero ¿no te lo conté?

—No. ¿Qué pasa?

—Los pillé en Weissenfels haciendo... sus cositas —dijo Heinrich.

—¿A Caspar y a Goldberg? ¿Qué cositas?

—Cositas de pervertidos. En el río.

—¡Puaj! *Santa Madonna! Ché sgradevole!*

—A mí no sé qué me da más asco, si las inclinaciones de Caspar Wilcken o el gusto del *meister* por su hermana pequeña.

—Pero ¿están juntos? *È vero?*

En ese momento, Heinrich dio un puntapié a Stefano por debajo de la mesa. Había entrado alguien en el local y se había acercado lo suficiente para oírlos.

—¿Quiénes están juntos? —preguntó Friedemann, que llegaba con su hermana Catharina Dorothea.

—*Nessuno...* Nadie —dijo Stefano.

—La pequeña de los Wilcken y vuestro padre —contestó de pronto Heinrich con regocijo.

Friedemann se los quedó mirando con una mezcla de rabia, sorpresa y frustración. Catharina puso los ojos en blanco y suspiró. Friedemann valoró muy seriamente la idea de pegar a los dos, pero sabía que eran más fuertes que él por separado, así que imagínate juntos.

—¿Quién os ha dicho...? ¿Quién osa manchar el nombre de mi pa...?

—Lo sabe todo el mundo, Friedemann. —Heinrich ofreció asiento y bebida al joven Bach—. Anda, siéntate y relájate, que estamos de tu parte.

Friedemann tomó asiento, aire y —pese a no tener edad para estar allí— un sorbo. Catharina Dorothea hizo lo propio, pero sin beber. La gente la miraba mal, era la única niña en el local.

—A nosotros tampoco nos gusta que un viudo, por famoso que sea, se nos lleve una de las pocas jóvenes núbiles que nos quedan en la comarca.

—*Scandaloso.*

—¿Sabes que ella le ha compuesto un preludio?

—¿A mi padre?

—Sí, me lo ha mostrado esta mañana. Una bagatela, una tontería en do mayor, simplísima, para el cuento ese de la afinación temperada. Cuando el *meister* la escuche seguro que se la tira a la cabeza. ¡Me encantaría verlo!

—*Oltraggioso.*

—Pues a mí ella me gusta —dijo Catharina Dorothea.

—Porque se lleva siete años contigo, ¡claro que te gusta! Para ti debe de ser como la hermana mayor que nunca has tenido. Pero él debería haberse casado con la hermana de tu madre, con Friedelena, que tiene una edad más... adecuada.

—Pero ¡si mi tía tiene cuarenta y seis y mi padre treinta y cinco! Para el caso, es lo mismo —dijo Catharina Dorothea.

—No es lo mismo, es lo que marca la tradición, las buenas formas, lo correcto, Dorothea —siguió Heinrich—. Como si fuese tan fácil encontrar muchachas de nuestra edad, en edad de casarse, y que no den arcadas con sólo mirarlas. Para una que nos sale aceptable, va y nos la quita un viudo, un viejo de treinta y cinco años, medio ciego y encima padre, que por muy padre tuyo que sea, ¿cuánto podrá copular al año..., una vez? ¿Cuántos hijos son eso? Y lo peor, ¿en qué estado de salud nacerán, con la simiente ya gastada? ¡Qué vergüenza para la familia y para todo el pueblo...! Créeme, nos gusta tan poco como a ti, Friedemann. Que se te nota que no tragas a tu nueva madre.

—No es mi madre.

—Bien, no lo es todavía, pero si esto avanza, si acuden al reverendo y les da la bendición, en algún momento lo será. Y ¿cuántos años te lleva a ti, Dorothea..., ocho?

—Siete —respondió la joven—. Y jamás será mi madre.

—Fíjate, se lleva menos de la mitad de tiempo contigo que con tu padre. Aunque es verdad, jamás será tu madre... No si se lo impedimos.

Los otros dos se quedaron mirando a Heinrich, esperando la continuación. Heinrich bajó la voz lo justo para que sólo sus interlocutores pudieran oírlo en medio del gentío.

—Tengo un plan. Pero necesitamos al pervertido.

Una relación es un conjunto de frecuencias. La frecuencia con la que os veis, con la que discutís, con la que hacéis el amor... Cambia alguna de esas frecuencias y estarás cambiando la relación.

JOHANN AMBROSIUS BACH

BWV 926

Documentado por primera vez en 1115, Köthen era la residencia oficial del diminuto principado de Anhalt-Köthen desde 1603. Como ocurriría a más territorios, la región de Anhalt, entre la cordillera de Harz y el río Elba, había sido dividida en esa fecha en varios principados de similar extensión rodeados por territorios prusianos y sajones, Anhalt-Zerbst, Anhalt-Dessau, Anhalt-Plötzkau, Anhalt-Bernburg y Anhalt-Köthen. Y tras esa división territorial, como suele ocurrir, había una familia, también dividida. En este caso, la familia del príncipe Leopold, siempre a la greña con quien hubiera heredado la corona. Su madre, luterana, había ostentado la regencia hasta que el príncipe pudo hacerse cargo del principado. Y su hermano, calvinista, no llevaba bien que no le hubiera caído el título de príncipe a él, mucho más formado y preparado para la guerra que Leopold. Así que entre los dos se encargaron de hacer la vida imposible al joven príncipe, que no era para nada un guerrero, sino un profundo amante del baile y que, por sus graves problemas de salud, había tenido que conformarse con tocar música.

Aquél sería el nuevo refugio de Sebastian, su nuevo hogar, el principado que lo acogería a él y a su familia durante los próximos años y el lugar al que, según todos los documentos, habría llegado exhausto, famélico, ciego y prácticamente moribundo.

Pasaron los días y poco a poco Sebastian fue recuperando algo de vista. Tampoco es que mejorara, pero al menos podía ver sombras, atisbar contornos y moverse con cierta autonomía. Aun así, por precaución y para evitar escalones innecesarios, decidieron que durmiese en la planta baja, junto al clavicordio, en vez de en su cama del primer piso, donde se acomodaría su fiel amigo Georg.

Köthen es el lugar donde Sebastian encontraría por fin la felicidad. Al menos, momentáneamente. Es también donde alcanzaría el máximo rango en lo que a su cargo se refiere: *kapellmeister* de la corte de nada más y nada menos que un príncipe que, encima, era melómano. Se sintió tan honrado, tan orgulloso y tan valorado que lo primero que hizo fue diseñar él mismo un sello que lo acompañase adonde fuera. El sello constaba de sus tres iniciales, JSB, inclinadas cuarenta y cinco grados y superpuestas, pero espejadas, de tal manera que formaran una hermosa malla; una red, por cierto, con catorce intersecciones y aristas. Sobre esa malla, una corona con cinco piedras engastadas, tal como dictaban las leyes de la heráldica —cinco para los príncipes, seis para los reyes, siete para los emperadores—. Este sello lo utilizaría en cartas, en baúles, en puertas, en todas partes. Por eso sabemos que no sólo quiso, sino que necesitó contar a todo el mundo el honor y el orgullo de la posición que, por fin, había alcanzado.

En cuanto a las partituras, Sebastian se sintió por fin liberado de la música sacra. Estar obligado a preparar todas las semanas más de veinte minutos de música para coro y orquesta, después estudiarla durante ocho horas con el coro y tener ocasión de ensayarla tan sólo dos horas con orquesta, y todo para reproducirla cada domingo sin excepción, consumía demasiada energía para poder crear otras cosas.

Quizás por eso llegó a componer más de trescientas cantatas a lo largo de su vida. Lo que nunca se nos ha dicho ni se nos dirá es cuántas obras de otro tipo nos habremos perdido por esa dedicación. Y sobre todo, en ciertos momentos, un Sebastian enamorado e ilusionado lo último en lo que pensaba era en cantar a Dios o a sus misterios. Sus intereses se centraban en cuestiones más... terrenales. De ahí que su relación con Picander fuese a más; cada vez se entendían mejor y surgían nuevas ideas. Su colaboración tendría que dar aún sus mayores resultados, como la *Cantata de los campesinos*, la *Pasión según san Mateo* o el *Oratorio de Navidad*. Pero en el centro de todas sus notas, ya fueran sacras o laicas, siempre, de algún modo, estaría ella.

Y es que los encuentros entre Sebastian y Anna Magdalena fueron cada vez más frecuentes, más a la luz del día, cada vez menos discretos y, por tanto, cada vez más comentados. Los amantes que pierden el miedo a ser vistos se enfrentan siempre a la incomprensión y a los prejuicios de los demás. La gente hablaba, y lo hacía con una mayor sensación de impunidad y, peor aún, de legitimidad. La pareja disfrutaba de hacer cosas juntos, y la gente disfrutaba de criticarlos allá donde fueran vistos.

—Sebastian, una relación es un conjunto de frecuencias —le había enseñado su padre, Ambrosius—. La frecuencia con la que os veis, con la que discutís, con la que hacéis el amor... Cambia alguna de esas frecuencias y estarás cambiando la relación.

Vivieron frecuencias de amor y música. Quizás las mejores de sus vidas. Ella por fin pudo enseñarle *El clave bien temperado*, y eso llevó a Sebastian a amarla y a inspirarse todavía más. Quedó tan impresionado que hasta la propuso como miembro de la Sozietät, para que tuviera acceso a la publicación de sus obras. Para ello encomendó a Heinrich Zielschmerz que inscribiese las partituras y a Haussmann que inmortalizase sus enormes ojos azules en el único cuadro que Anna Magdalena tuvo en vida, gesto que ella calificó de muy bonito, pero seguramente inútil.

De cualquier modo, junto a ella, gracias a ella o por ella firmó sus obras, que acabarían siendo las más conocidas, reconocidas y universales. Finalizó los seis *Conciertos de Brandemburgo*, las *Variaciones Goldberg* o la *Suite en mi menor para laúd* que contendría la *Bourrée*, la misma que utilizaría un tal Paul McCartney dos siglos más tarde para componer otro tema universal de nombre *Blackbird*.

Las mujeres no son otra cosa que máquinas de producir hijos.

BWV 121

Como cada día a la misma hora, la mujer de Georg Erdmann, Faustina, entró en casa de Sebastian cargando un barreño de agua. Habían acordado compartir vivienda las dos familias mientras Georg estuviera allí, para ayudar también con las tareas domésticas.

Al otro lado de la pared se oían las mismas cuatro notas una y otra vez: si bemol, la, do, si natural.

—¿Esta niña no sabe tocar otra cosa?

Georg miró a Faustina y sonrió.

—¿Qué niña?

—Sabes perfectamente de quién hablo.

—Ah, Anna Magdalena... No es una niña, es mayor de edad y... estará practicando, yo qué sé.

—¿Te crees que soy idiota? Sé lo que significan esas cuatro notas. Si bemol, la, do, si natural. B-A-C-H. ¡Está llamándolo!

—Sí, bueno, ¿y qué? Mejor eso que una campanilla.

—¿Cómo que una campa...? Tú eres su mejor amigo, Georg, ¿vas a permitir que pierda todo su prestigio por esa cría?

—¿Su prestigio? No creo que esté en juego su prestigio.

—¿Ah, no? Que no, ¿eh? La gente habla, Georg, y no precisamente bien. ¿Sabes cómo los llaman?

—¿Cómo los llaaaman?

—Romeo y su nieta.

—Qué ingenioso.

—Incluso he oído que los mozos están organizando algo en contra de esa unión. No creo que los dejen casarse. El reverendo ya ha sido consultado al respecto. ¡Se ve que ella ha pedido ignorar a su padre, que ya había comprometido su mano nada más y nada menos que al conde de Keyserlingk! Imagínate, pudiendo ser condesa, la chiquilla prefiere ser la esposa de un músico... En fin, total, da igual, como tampoco se lo van a permitir...

—¿Por qué no les van a dejar, mujer? Si es perfectamente legal, lícito y hasta sagrado. Ella tiene casi veinte años; si se aman, ¿por qué no van a poder casarse? Ya sabes lo que pienso. Lo que no es delito es envidia.

—¿Envidia? Vale, puede que sea mayor de edad, pero ¡se llevan demasiados años! Eso no puede salir bien.

—¿Ah, no? ¿Y por qué no?

—Pues por sus números, Georg, ¡porque los números no salen!

—¿Ah no? Entonces ¿tú juzgarías la relación de dos personas adultas por los centímetros de altura que midiesen cada una?

—No.

—¿O por los kilos que pesaran?

—Jamás.

—¿Entonces...? ¿Por qué permites que los juzguen por el número de años que se llevan? Afortunadamente, ninguno de nosotros estamos reducidos a un mero guarismo, jamás un solo número ha representado la complejidad, la belleza y la problemática de cualquier ser humano. Pero lo peor no es el reduccionismo absurdo e infantil que eso supone. Lo peor es todo lo que uno deja fuera. Quien juzga a otro por un simple número se pierde todo lo demás.

—Pues en el pueblo todas las mujeres piensan que no van a durar.

—Dime una cosa: ¿a que son todas mujeres mayores que ella?

—Sí, claro, con más madurez y experiencia.

—Y con más miedo.

—¿Miedo? ¿Miedo a qué, Georg?

—Miedo a que funcione, Faustina. Miedo a que les vaya bien como pareja. Miedo a que el éxito de Sebastian sea una invitación al resto de los maridos para que hagan lo mismo: irse con otra más joven. Ojo que tampoco los culpo, que a mí me pasaría lo mismo si tú te planteases irte con uno más joven, más guapo y más talentoso que yo. Es un aviso a navegantes. Se sienten amenazadas y por eso condenan la relación. Mira, tienes razón, no es sólo envidia, es proteccionismo. Autarquía moral y emocional. Miseria, al fin y al cabo.

—No es cierto.

—Te reconozco que tuve mis recelos al principio, o miopía, no sé, imagino que únicamente intentaba proteger a mi amigo de un posible desengaño. Pero sólo respóndeme una cosa: ¿alguna de esas juezas del tribunal ético supremo se ha tomado siquiera la molestia de hablar con Anna Magdalena, de conocerla, de saber cómo es y cómo piensa? O lo que es peor, ¿alguna supo anticipar la cantidad de relaciones con edades similares que con el tiempo tampoco han acabado bien? Entonces ¿de qué estamos hablando, querida? Sebastian y Anna Magdalena durarán lo que tengan que durar. Como cualquier otra pareja.

Mientras se producía esa rutinaria discusión conyugal —reproducida de forma casi idéntica en más de un hogar de Köthen durante esos días—, a pocos metros de allí, en el *caffé*, otra reunión más clandestina sentaba las bases de lo que después tomaría la forma una tragedia que todos acabarían por lamentar.

—A ver, repasemos las instrucciones —dijo Heinrich Zielschmerz—. Caspar, en cuanto haya vía libre y estén durmiendo, tú nos das la señal. Friedemann, tú nos abres la puerta.

—Pero no le haréis daño, ¿verdad? Es sólo un susto, me lo has prometido, Heinrich.

—Que sí, hombre, tranquilo, que tu padre no sufrirá. Las cencerradas no tienen por qué acabar siempre mal, gozan de muy mala fama, pero eso es porque hay gente que no mide. ¿Cómo vamos a provocarle heridas, si sigue siendo nuestro querido *meister*? ¡El lunes lo tendríamos de nuevo en clase! Es una broma, Friedemann. En última instancia, sólo se trata de que se lo piensen…, mejor dicho, que se lo piense todo el pueblo, que todos vean que eso de casarse con una cría no está bien, seas quien seas, que los demás mozos siempre estaremos vigilantes para que algo así no vuelva a ocurrir en Köthen. Bueno, decíamos que Friedemann nos abre la puerta y ahí entramos los demás, lo envolvemos con el saco que nos traerá Stefano… ¿Lo tienes controlado, Stefano?

—*Certo.*

—Bien, pues lo envolvemos, lo sacamos entre todos y entonces, sólo entonces, es cuando tocamos los cencerros, camino al río, que lo oiga bien todo el mundo. ¿De acuerdo?

—Sí, cuando lo tengamos bien embutido, ¿no? —preguntó Caspar.

—Exacto.

—¿Y después? —inquirió Friedemann.

—Después ¿qué?

—Sí, después de llevarlo hasta el río, ¿qué hacemos, Heinrich?

—Bueno, pues no sé, improvisamos, ya veremos… Lo dejamos allí o… yo qué sé. En realidad, lo que pase en el río da un poco igual, porque allí el pueblo ya no nos ve ni nos oye. Así que, por mí, como si lo dejamos en la orilla y nos vamos corriendo. Ah, importante, ¿tenemos los antifaces? ¿Goldberg? ¡Gottlieb!

—Sí, sí, los tenemos, los he cogido de la tienda de mis padres. Si mi padre se entera me mata.

—Tu padre tiene cosas más serias por las que matarte —dijo Heinrich con sorna.

Gottlieb Goldberg y Caspar Wilken se miraron un instante, ambos avergonzados de participar en ese aquelarre a cambio del silencio de un bárbaro. Contar tu secreto más preciado a alguien es sentarte tú en la silla eléctrica y ceder el interruptor a esa persona.

Nunca sabes ni cómo ni cuándo va a accionarlo.

¡Un catedrático de instituto de treinta y cuatro años (cumplidos unos días antes) que se casaba con una muchacha de quince [límite legal en esa época para contraer matrimonio]! ¡Un corruptor de menores! Además, para colmo, según Carpintero, un grupo de estudiantes universitarios en vacaciones, «hijos de familias respetables y conocidas», había convertido la ceremonia en «una carnavalada» que luego siguió aquella tarde en la estación con el concurso de otros elementos chulescos. Machado nunca olvidaría aquel martirio, aquella afrenta.

IAN GIBSON
Ligero de equipaje. La vida de Antonio Machado

BWV 224

Los músicos de la corte de Köthen eran como una familia disfuncional, lo que es, en realidad, como decir que funcionaban como cualquier familia. Sus miembros no habían decidido la presencia de los demás, pero sí decidían día a día quedarse en ella.

Además, todos sabían que habían sido seleccionados entre lo mejor de lo mejor del imperio, la mayoría procedente de la antigua orquesta de Berlín, que el rey de Prusia Federico Guillermo I, padre de Federico el Grande, tuvo que disolver para poder dedicar más recursos a sus campañas militares.

Aquí se jugaba la Champions musical, y todos querían quedarse en la plantilla del primer equipo. También sabían que cualquier fallo podría ponerlos en la picota, así que había que ganarse cada jornada al míster, que no era otro que Sebastian. Sus partituras eran el principio regulador, los partidos a jugar, el listón que ponía a prueba el talento de la formación. Si no eras capaz de interpretar a primera vista lo que saliese de su cabeza, con el rigor y la rapidez que te exigía el *kapellmeister*, estabas fuera. Y fuera hacía mucho frío. Había muchos músicos en el resto del imperio que ansiaban ese puesto, un empleo fijo y bien pagado a las órdenes de un genio exigente y con temperamento, pero un genio al fin y al cabo.

En ese grupo de privilegiados figuraban verdaderas estrellas como el prestigioso gambista Christian Ferdinand Abel o el virtuoso violinista Joseph Spiess, auténticos Messi y Cristiano de la interpretación, unos fuera de serie con los que cualquier corte europea habría soñado. Todos los demás tenían que intentar estar a la altura. Todos, incluido Johann Caspar Wilcken, padre de Anna Magdalena.

De la noche a la mañana, Johann Caspar había pasado de ser un trompetista más en la pequeña corte de Weissenfels a ser el probable suegro del jefe de los músicos de todo el principado de Anhalt-Köthen. Y eso, indefectiblemente, trajo sus consecuencias. Personales y profesionales.

—¿Vienes a tomar algo después del ensayo?

La proposición procedía de Angus, buen amigo de Johann Caspar y violinista tercero de la formación.

—No puedo, he de ir a casa, mi hija ha hecho planes con mi mujer. No me ha explicado cuáles, pero pinta que tendré que quedarme a cargo del hogar.

—Venga, hombre, anímate, será un rato nada más. Si acabamos pronto, pásate por el *caffé*, donde siempre, estarán todos los chicos, y creo que está bien que te vean ahí con todos.

—¿Y eso?

—Bueno, ya sabes cómo son las malas lenguas. Dicen que desde que tu hija va con el *kapellmeister* tú ya no te dignas mezclarte con el populacho.

—Ajá. ¿Y quién lo dice?

—¿Qué más da, Caspar?

—¿Spiess? Es Joseph Spiess, ¿verdad?

—No te lo voy a revelar.

—Seguro que es Spiess. Desde el principio no ha soportado

que mi hija tuviese un sueldo superior al suyo. Estoy muy harto de sus risitas y de sus comentarios satíricos. Como si la hubieran contratado por ser «la novia de». ¡¡¡Pero si nos contrataron antes siquiera de que ellos dos se conocieran!!! En fin, ya puedes decir a ese divo que no es culpa de mi hija que tenga tanto talento que hasta un príncipe tan melómano e instruido como Leopold deba pagarle esa cantidad para retenerla. Porque, te lo aseguro, si no estuviera aquí a mi hija la contratarían en cualquier corte de Europa.

—Eso ya lo sé. No creo que tenga nada que ver con que tu hija posea talento. Lo que no aguanta la gente como Spiess es cobrar menos que una mujer.

Acabaron pronto. Pero igualmente, Johann Caspar decidió irse a su casa, no quería llegar tarde pues se lo había prometido a Anna Magdalena. La relación con ella no era mala, aunque, desde el episodio del conde de Keyserlingk, tampoco era buena. Su hija sabía que en realidad había intentado casarla con el conde para evitar que se desposara con Sebastian. Había sido descubierto, precisamente, por haber ido en contra de sus propios principios.

Que una hija desobedeciese el mandato de un padre no era sólo una deshonra para la hija, era una afrenta pública para el padre. Era colocarse en una situación comprometida, el hazmerreír de los padres del lugar. ¿Cómo habría educado a su hija si ésta no le hacía caso en algo tan nuclear y fundamental como los desposorios?

Por el camino, Johann Caspar pensaba en eso y en que, en el fondo, se sentía un poco orgulloso. En realidad, para eso había educado a Anna Magdalena, para que tomase sus propias decisiones. Y eso era lo que estaba haciendo. Contra la voluntad de su propio padre, y de todo el mundo. La había educado para algo para lo que ni él estaba preparado.

Lo único que no acababa de entender era por qué se empeñaba en casarse tan pronto. ¿No había aprendido nada de sus hermanas? ¿No veía que ése no era el camino para ser feliz? ¿De qué había servido educarla de un modo diferente, si al final iba a tomar el mismo sendero que sus otras hijas?

Johann Caspar iba haciéndose esas preguntas cuando pasó cerca del *caffé* donde se encontraban sus compañeros de trabajo. Decidió entrar; disponía de un momento para tomarse algo y llegar a tiempo a casa.

Fue cuando entró que vio algo que prefirió no haber visto nunca. Allí, en medio del local, a la vista de todos, varios compañeros suyos se mofaban y se reían de una teatralización que, lamentablemente, le resultó muy familiar.

—*Meister* Bach, *meister* Bach —decía un músico con una servilleta en la cabeza a modo de sombrero de mujer y con un mantel como supuesta falda.

—Dime, hija mía.

—¿Qué es esto tan duro que noto aquí?

Carcajadas y aplausos de los demás.

—¿Eso es un bastón… o estás contento de verme?

—Es el bastón de mi suegro. Lo compartimos, que somos de la misma quinta.

Más carcajadas.

—Ay, *meister*, méteme de todo menos miedo…

—¡Espera, porque si hay césped —dijo el bufón levantando la supuesta falda al otro bufón—, se juega el partido!

La cara de Johann Caspar fue desactivando el jolgorio a medida que los presentes reparaban en ella. Uno a uno, todos fueron dándose codazos, hasta que sólo quedaron los dos intérpretes, en medio del local, que al volverse descubrieron por qué los demás se habían callado.

Angus se acercó a Johann Caspar. Éste lo miró con más

desprecio aún que a los demás. Ahí estaban todos, los que siempre le ponían buena cara, los que jamás le habían comentado nada de frente; ahí estaban, siendo cómplices de la peor de las traiciones, la que implica la pérdida de cualquier amistad. Toda la admiración y el respeto que les había tenido hasta ese momento se esfumó en un segundo. Todo aquello que habían estado comentando a sus espaldas se hizo patente ante sus ojos en un instante.

No hubo palabras. Tampoco hicieron falta.

Johann Caspar Wilcken renunció al día siguiente a su plaza como músico fijo en la corte de Anhalt-Köthen, y es el único que no figura en sus archivos ni en ninguno de sus registros, pese a que estuvo contratado por el príncipe Leopold y por Johann Sebastian Bach.

Al cabo de pocas semanas regresaría solo a Weissenfels, donde seguiría ejerciendo de trompetista de la corte hasta su muerte.

La alegría es la antesala de la tristeza. Cualquier periodo feliz llega siempre para anunciar que algo no tan bueno está a punto de pasar. Nadie sabe lo que duran las cosas buenas, pero lo que todo el mundo sabe es que nunca duran para siempre. Como escribiría siglos más tarde un tal Vinícius de Moraes, la tristeza no tiene fin, pero la felicidad sí.

Poco a poco, el hijo mayor de Sebastian, Wilhelm Friedemann, había dejado de dirigir la palabra a su padre. Poco a poco, lo que antes fueron palabras de complicidad se vieron sustituidas por incómodos silencios. Y como todo el mundo sabe, el silencio es la medida de distancia universal entre dos personas.

A Sebastian le dolía más eso que cualquier penuria que hubiera sufrido durante los últimos meses. La sensación de perder un hijo es durísima, pero la sensación de perderlo en vida puede que sea la siguiente en intensidades de crueldad. Porque, aunque sabes que tu hijo existe, no puedes comunicarte con él. Porque, aunque sabes que se lo perdonarías todo, no sabes cómo hacerlo para aligerar tanta culpa, tanta pena, tanta contradicción de estar viviendo algo maravilloso pero ensuciado por la reacción adversa del ser humano al que más quieres en el mundo, sangre de tu sangre, ahora convertido en juez.

Y ahí andaban padre e hijo, evitándose desde el dolor, tratando de no explicarse demasiadas cosas, o de no coincidir en esos silencios compartidos para mostrarse aún algo de respeto, que es la única forma de quererse cuando uno cree que el otro está profundamente equivocado.

Un día, volviendo de recoger leña, Friedemann se quedó perplejo, paralizado incluso ante lo que vio. Alguien había realizado una inscripción junto a la puerta de casa: ¿ELLA ES MUY MADURA PARA SU EDAD? ¿O TÚ MUY PEDÓFILO PARA LA TUYA? Su tía Friedelena, la que fuera hermana de la primera mujer de Sebastian, se afanaba ya en borrarla con un paño humedecido.

—¿Quién ha sido? —le preguntó Friedemann.

—¿Acaso crees que se dejan firmadas estas cosas? —contestó Friedelena.

—Pero ¿no has visto a nadie? ¿Cuándo ha sido? La pintura parece fresca…

—Yo qué sé… Deben de haberlo hecho durante la noche. Cosas como ésta se hacen siempre rodeadas de oscuridad. Esto nos pasa por no seguir la tradición, por no respetar las normas. Cuando un hombre de la edad de tu padre enviuda, debería casarse con la primera mujer en edad núbil de la misma familia.

—En edad… ¿qué?

—En edad de casarse.

—¿Ésa no eres tú? O sea, que mi padre debería casarse contigo, según tú. Un momento… ¿Por eso sigues con nosotros, ocupándote de la familia? ¿Porque esperas que mi padre se case contigo?

—Anda, deja de decir tonterías, Friedemann. Pon aquí la leña y ayúdame a borrar esto antes de que tu padre vuelva.

—¿Dónde está?

—En la capilla. El príncipe Leopold le ha pedido un concierto privado para su prometida. No tardará, debe de estar a punto de acabar, lleva ya un buen rato. Toma —dijo dándole el paño—, sigue tú, que estoy agotada.

A pocos metros de allí, en la capilla, Sebastian acariciaba las teclas del órgano completamente ajeno a la conversación y a la angustia de sus hijos. Su angustia, además, era otra muy distinta. Era la de ver tan claro lo que a sus seres queridos les costaba tanto atisbar. La peor ceguera, pensaba, no era la de la vista, sino la del corazón.

El príncipe Leopold era de los pocos que sí habían apoyado desde el principio la relación de Sebastian y Anna Magdalena. Les había dado la oportunidad de estar juntos, a él lo había liberado de la cárcel y luego les había concedido libertad total para crear. Igual era porque también el príncipe estaba enamorado, y también pensaba en contraer matrimonio. En su caso, era con Friederike Henriette, princesa de la casa Anhalt-Bernburg y a la sazón prima hermana de una tal Marie-Angélique.

La princesa se había encaprichado del músico hasta niveles casi improcedentes. Todo el mundo en la corte comentaba que Sebastian acabaría siendo su amante, quisiera él o no, pero lo cierto es que aún no había habido ni un solo conato de tensión sexual entre ellos. Simplemente, Henriette le encargaba obras sin ton ni son, para los más exóticos eventos, como marchas militares para la Asunción de la Virgen, o igual lo obligaba a tocar en la capilla hasta altas horas de la madrugada sólo para su deleite personal y el de su prometido, sin más interés que el puramente artístico. O al menos así había sido hasta ese momento.

Ese día Sebastian improvisaba una invención en la menor al órgano, en el primer piso, mientras los novios Henriette y Leopold escuchaban, como de costumbre, desde abajo, sentados en los bancos de la capilla. El príncipe siempre cerraba los ojos cuando Sebastian tocaba porque decía que así no interferían los ojos en la audición. Las notas, según él, entraban de esa forma más puras en sus oídos.

En ese momento, Henriette, cuando parecía que iba a limitarse a disfrutarlo desde los bancos, dio un beso en la mejilla a su prometido y se dispuso a subir por la escalera de madera que llevaba al coro y, por lo tanto, al órgano. Leopold ni siquiera le devolvió el gesto.

Entre las notas, Sebastian oía perfectamente el crujido de los escalones. Alguien ascendía por ellos en su dirección, y por la cadencia de los pasos no era alguien que lo hiciera de forma habitual.

Cuando llegó arriba, Henriette se sentó sigilosamente al lado de Sebastian. Ahí el *kapellmeister* levantó por primera vez la mirada del teclado. Tenía el rostro de ella tan cerca que distinguió sin esfuerzo que se llevaba el índice a los labios, indicándole que guardase silencio y complicidad. Sebastian siguió tocando.

Mientras el maestro modulaba el tono de la invención de la menor a do mayor, las manos de la princesa modularon la entrepierna de Sebastian buscando su erección. Abajo, Leopold seguía con los ojos cerrados entrando en éxtasis por la variación melódica del contrapunto. Arriba, Sebastian cerraba los ojos y tomaba aire ante la excitación que le producía el trabajo manual de la princesa, quien le susurró al oído:

—Esto nunca te lo hará la putita esa de Weissenfels.

Abajo, Leopold movía las manos como si dirigiese un coro de arcángeles al compás de la fuga. Arriba, Sebastian usaba de tanto en tanto la mano libre para dar un manotazo a las manos de la princesa, que agarraban el miembro erecto del organista y pretendían conseguir su eyaculación. El chaval ayudante de órgano que daba a los fuelles del órgano miraba la escena muy atento, más pendiente de la película porno que de dar aire al instrumento. Abajo, Leopold llegó a ponerse en pie con la aceleración del tempo que estaba llevándolo al más absoluto nirvana. Arriba, la princesa bajó la cabeza para meterse el otro órgano de Sebastian en la boca.

Y ahí fue donde Sebastian dejó de tocar. De pronto, la capilla se vació de música y se llenó otra vez de luz.

Leopold abrió los ojos. Sebastian bajó a toda prisa la escalera y abandonó la capilla. El príncipe no acabó de entender la situación, pues estaba disfrutando mucho del concierto. «Cosas de artistas», pensó.

A partir de ese día, Sebastian dejó de obedecer cada vez que era llamado a capilla. Y la princesa se lo tomó como algo tan personal que empezó a castigarlo. Comenzó a encargarle cada vez más marchas militares. Y en lugar de conciertos, le ordenaba acudir a los desfiles sólo para marcar el paso a sus tropas.

Bach, con el tiempo, llegó a bautizarla como «amusa», lo contrario de una musa. Años más tarde llegaría incluso a abandonar Köthen, según algunos, por el acoso sexual jamás correspondido que tuvo que aguantar por parte de la princesa Henriette.

Todo eso al mismo tiempo, todo eso sin pestañear o sin pedir permiso. Porque es lo que tiene la vida, que viene siempre de golpe.

Nada importante avisa. Ésa es la única verdad.

Lo que el cuerpo de Sebastian contó a Anna Magdalena

Su cuerpo, como tal, no me dijo gran cosa. Pero claro, he conocido a gente no demasiado atractiva que, poco a poco, ha ido embelleciéndose con cada gesto y también, por supuesto, al revés. Y ojo, eso no significa que no tenga que gustarme físicamente esa persona para tener algo con ella. A mí, si no me motiva, olvídalo. Si en algún momento no siento unas ganas irrefrenables de acostarme con él, ni se me pasa por la cabeza plantearme nada más. Lo que digo, en resumen, es que esa sensación no depende sólo de lo que vea en su cuerpo.

A los cuerpos, como a los instrumentos, hay que juzgarlos en movimiento. Por cómo vibran. Y, sobre todo, por cómo hacen vibrar. Como en la *viola d'amore*. Es una reacción puramente física.

Y si seguimos en el plano físico, ya no te digo cuando interviene la palabra. Que ahí ya todo se complica. Para bien y para mal. Pero aún no estamos en ese punto. Estamos sólo en los gestos, el movimiento, el olor, las cadencias, el tono de voz, su tesitura, la forma de cerrar los ojos, de inclinar la cabeza para escuchar lo que digo o de humedecerse los labios antes de contestar. Son cosas que, por lo general, pasan desapercibidas o ignoradas durante cualquier auditoría física de cualquier persona. Y sin embargo, cuánto afecta al concepto que tengamos de ese alguien si de lo que hablamos es de gustar.

Todo en Sebastian era acompasado y temperado. Todo respondía a una cadencia. A una coreografía jamás ensayada. A un tempo muy estudiado y a la vez absolutamente natural. El aire bailaba alrededor de sus manos para dejarles el hueco justo que iban a ocupar. Ni más, ni menos. Todo medido, todo exacto, todo bien. Porque ésa era la sensación que tenías al hablar con él. La sensación de que, pasara lo que pasase, entre nosotros todo iba a estar siempre bien.

Su presencia, no sé, olía como a incienso. No un incienso religioso, ni puritano ni litúrgico, sino uno de esos inciensos que te ponen en los lugares caros. Uno de esos por los que estás dispuesta a gastar.

Y mientras me entraba todo eso por los sentidos, sentía también un profundo sentido de la responsabilidad. Aunque no supieras nada de música, desde el primer minuto de conversación con ese hombre tan bien temperado sabías que estabas hablando con alguien clave. Alguien importante. Alguien crucial. Y no porque él se las diese de nada. Sino, justamente, por lo contrario. Porque te escuchaba, porque te medía, porque te estudiaba, porque sabía hacerte sentir alguien que tú sabías que aún no eras. Su autoridad residía en cómo te dejaba mandar. Cómo dejaba que escribieses tu partitura en cada uno de sus silencios. Y cómo los remataba él, siempre con la nota justa, afinada, genial. Nunca nadie pudo levantar la voz a Sebastian. Y mira que lo intentaron príncipes, condes y duques. Dio igual. Porque sabían que no hablaban con alguien común y corriente, como nosotros. Porque sabían que detrás de sus actos y de sus palabras había siempre algo más. Era la voz de la Naturaleza. Era el ritmo de los planetas en el Universo. Era, en definitiva, la Paz.

Desde el primer minuto deseé que me penetrase. O mejor dicho, que nos penetráramos juntos. ¿Cómo haría funcionar esos dedos maravillosos bajo mi falda? ¿Cómo debería ser alcanzar el éxito junto a un ser tan armónico, pero a la vez tan terrenal? Eso es lo que su cuerpo me dijo y lo que yo no paraba de pensar, la verdad. Pero claro, eso no era algo que una joven luterana de provincias pudiese reconocer abiertamente ante nadie, mucho menos publicar.

SEXTA

{Fuga}

Buscando las causas que pudieron dar origen a este uso, nos ha parecido necesario detenernos en ésta: en un tiempo en que había seguramente menos mujeres que hoy, los hombres, llevados por el deseo de ligar cada uno una mujer a su suerte, debieron de ver con disgusto que quien ya se había cobrado un tributo sobre el sexo quisiera hacerlo de nuevo, en detrimento de los que abrigaban esa dulce esperanza. Como no podían oponerse a ese empeño sin violar las leyes, decidieron exponerlo a la burla del público con el fin de que al menos cualquiera que se atreviese a imitarlo quedara disuadido por esta amenaza.

Capitán de infantería Deville,
Anales de la Bigorre, Tarbes, 1818

Si es arte, no es para todos, y si es para todos, no es arte.

Arnold Schönberg

BWV 867

David Oppenheim posaba su mirada sobre un Manhattan que se hacía chiquitito bajo sus pies mientras en el giradiscos sonaba el primer planchado del primer vinilo de Glenn Gould. Al otro lado de la mesa de metacrilato, en silencio, se hallaba un Walter Homburger más nervioso que un gatito en una convención de bulldogs veganos.

Para ser francos, al directivo de la Columbia Masterworks Records no le entusiasmó la primera escucha. Efectivamente, pensó en música para dormir. Y lo siguiente que pensó fue en lo que se habían gastado en la grabación, en el estudio, en los técnicos, en los gastos de Glenn y en sobornar a un funcionario de la CAA para que dejara de tocar las narices, funcionario que justo después se retiró y con la mordida se construyó una casita junto a un lago desde la cual envió una postal a Gould.

En total, veinte mil discos, ése era el objetivo. Porque Oppenheim lo medía todo en discos. Habría que vender esa cantidad para recuperar lo invertido. Y tratándose del álbum debut de música clásica interpretada por un desconocido, no parecía difícil; parecía, directamente, imposible.

Después de las grabaciones, Glenn también se retiró solo a su casita junto al lago Simcoe. Una casita de madera, un refugio, que su padre había construido con lo poco que su suegro le enseñó de carpintería.

Allí tenía su pequeña barquita, de nombre Arnold S. —por Schönberg—, con la que se dedicaba a espantar a los peces —y «salvarles la vida», solía decir— cuando veía pescadores merodeando por la zona. No es que Glenn fuera especialmente animalista, pero la aversión al trabajo de su padre, peletero, le había hecho desarrollar una repulsión a todo aquel que capturase cualquier tipo de animal. Allí se acordó del funcionario de la CAA, que, bien mirado, no era tan distinto a él. Los dos huían de ruidos diferentes, pero ruidos al fin y al cabo.

Un día, mientras conducía por la interestatal 390 en dirección sur, Glenn puso la radio y empezó a sonar la emisora KSMW, donde alguien estaba interpretando una de las *Variaciones*. Como la pilló empezada, no oyó la presentación, así que se perdió el nombre del intérprete. Se pasó toda la pieza tratando de identificar al pianista que, por cierto, lo hacía bastante mal, pensó. «¿Quién está destrozando mis *Variaciones*? —se preguntó—. Con lo que me han costado a mí, y este capullo está destripándolas». Hasta que llegó el final de la pieza y el locutor de la KSMW dijo: «Acaban ustedes de oír las *Variaciones Goldberg* interpretadas por el pianista canadiense Glenn Gould». Y por fin comprendió las palabras de su amiga Barbara Hendricks: «La música no son las notas, la música son los silencios que dejas entre ellas. La música son los silencios. Las casas son los espacios. Y las personas son los huecos que dejan cuando se van».

Al final, la grabación neta y completa de las sesiones de 1955 duró treinta y un minutos y treinta y cuatro segundos. Veintiséis años de silencios más tarde, en 1981 —un año antes de su muerte—, Glenn Gould volvió a grabar las *Variaciones Goldberg*, pero esa vez el mismo disco duraría cincuenta y un minutos y dieciocho segundos, es decir, que Glenn Gould volvería a interpretarlas hasta un sesenta y cuatro por ciento más lento. Para que nos hagamos una idea de la diferencia entre los veintidós y los cuarenta y ocho años, sería como cuando la prisa la tiene uno y cuando la prisa la tiene la vida o, lo que es lo mismo, como entre empujar y tirar. Cuando tienes las suficientes ganas y la suficiente experiencia, aprendes que las segundas oportunidades pueden ser incluso mejores que las primeras.

Glenn volvió a verse con Frannie tres o cuatro veces más. Ella siguió organizando sus veladas artísticas bajo el nombre de «Francesca's salons» en el número 46 de la avenida Asquith en el distrito de Midtown de Toronto, y él volvió a sus conciertos en directo, actividad que tanto detestaba. Sólo en 1955 dio catorce recitales. Catorce tenían que ser. Veintitrés en 1956. Y llegó a los treinta y seis en 1957. Justo después canceló todas sus giras pendientes.

Muy pocos volverían a verlo tocar en directo.

Jueves, 4 de febrero de 1745. El señor Baudran, curtidor de la villa de Sommières, de sesenta y cuatro años, se ha casado en Aubais con la señorita Thérèse Batifort, de cuarenta y cuatro años; suman entre los dos, si se juntan sus edades, ciento ocho años. [...] El varón es viudo; la juventud de Aubais le ha dado la más extraordinaria cencerrada del mundo. El novio no ha tenido la libertad que debía. Por causa de esta mezquindad que les ha ofendido, los jóvenes, en número de ciento diecisiete, se han agolpado y han hecho barreras para que los novios no pudieran salir del pueblo; han desmontado las ruedas [...] del carro de Venus. [...] Los más viejos del pueblo han asegurado que jamás en el lugar se había visto hacer tantas afrentas como estos novios antañones. Todo el pueblo de Aubais salió de sus casas para recrearse con este espectáculo humillante.

ARIÈS y DUBY,
Historia de la vida privada

BWV 360

En ocasiones, los días más aciagos, tristes e inolvidables comienzan con las anécdotas más insulsas e irrelevantes. Todos recordarán para siempre el día en que Anna Magdalena entró en casa blandiendo tres papeletas amarillas como quien espanta moscas imaginarias.

—¡Mamá, llama a Faustina! ¡Esta noche nos vamos las tres al teatro!

—¡Cariño...! —exclamó la señora Wilcken secándose las lágrimas—. ¿Y eso?

—¡Noche de chicas! ¡Mira, aquí tengo las entradas!

—Pero, hija, te habrán costado un riñón...

Ahí fue cuando Anna Magdalena vio que había interrumpido una conversación importante entre sus padres. No sabría nada del contenido hasta horas más tarde, cuando su progenitor dejaría la ciudad para siempre.

—Bueno, me las ha conseguido Heinrich, ¡qué detallista!... Pero de haberlas tenido que pagar yo, el precio habría dado igual, que para algo gano mi propio dinero, para gastarlo en lo que me apetezca, ¿no?

—¿Y los hombres? ¿Qué cenarán?

—Eso, ¿qué cenaremos? —apostilló Caspar.

—Que se espabilen. Además, la obra acaba tarde, así que no tendréis más remedio que es-pa-bi-lar. —Las cuatro últimas sílabas las había acompañado de toquecitos con las entradas sobre la nariz de Caspar.

—¡Pues mira, me gusta la idea, hija! ¡Hoy necesitaba una buena noticia! —dijo la señora Wilcken mirando a su marido, todavía con lágrimas en los ojos—. ¿Y qué vamos a ver?

—Es una compañía de cómicos que hace parada sólo esta noche en Köthen. Interpretan *El avaro* de Molière. Un ricachón viejo y avaro, Harpagón, que trata de que su hija Elisa no contraiga matrimonio con quien ella desea, y por el camino hace infelices a todos los demás.

—Qué sutil, hija —respondió su padre.

En cuanto salieron por la puerta, el hermano de Anna Magdalena, Caspar, colocó una lumbre en la ventana del último piso. Ésa era la señal acordada. Ése fue el principio del fin de la familia Wilcken.

HARPAGÓN. ¡Ah, hija malvada! ¡Hija indigna de un padre como yo! ¿Así es como pones en práctica las lecciones que te he dado? ¿Te enamoras de un infame ladrón y te comprometes con él sin mi consentimiento?

Bien entrada la noche, cuando todos los hombres dormían y las mujeres disfrutaban del último acto de la obra, Heinrich Zielschmerz y los demás salieron de un oscuro callejón y se dirigieron a la casa de los Bach. Friedemann, solícito traidor, les abrió desde dentro la puerta y salió de la casa. No quería ver nada de lo que allí iba a pasar.

ELISA. (De rodillas ante Harpagón). ¡Ah, padre mío! Mostrad unos sentimientos más humanos, os lo ruego, y no llevéis las cosas a los últimos extremos de la potestad paterna. No os dejéis arrastrar por los primeros arrebatos de vuestra pasión y emplead algún tiempo en reflexionar sobre lo que queréis hacer. Tomaos el trabajo de ver mejor al que consideráis ofensor vuestro. Es totalmente distinto de lo que se figuran vuestros ojos, y os parecerá menos extraño que me haya prometido a él cuando sepáis que sin él no me tendríais ya hace mucho tiempo.

La manada entró por la puerta de la casa abierta, todos encapuchados y enmascarados, de tal manera que nadie supo quién hacía qué, como en un pelotón de fusilamiento cuando el individuo se esconde detrás del grupo para así ocultar su propia cobardía. Sin mediar palabra, sin hacer ruido, subieron al primer piso, donde enseguida encontraron el dormitorio principal y la cama de Sebastian. Allí, uno de los encapuchados asestó un golpe en la cabeza a la víctima con un candelabro que agarró de la misma habitación.

—¿Qué haces?

—¡Así no gritará!

—Pero ¿no ves que le has abierto la cabeza?

—Tampoco le he dado tan fuerte...

—¿Está muerto?

—No se mueve.

—Y tampoco respira.

La sangre empezaba a teñir rápidamente las sábanas y el colchón.

—¿Y ahora qué hacemos?

—Lo envolvemos con las sábanas y nos lo llevamos de aquí.

ANSELMO. El Cielo, hijos míos, no ha vuelto a traerme entre vosotros para que contraríe vuestros anhelos. Señor Harpagón, claramente comprendéis que la elección de una joven recaerá en el hijo antes que en el padre; vamos, no hagáis que os diga lo que no es necesario que escuchéis, y consentid, como yo, en este doble himeneo.

—¡Al río con él!

—¿Y los cencerros?

—¡A la mierda la cencerrada! Ni un solo ruido haremos. ¡Nadie debe saber lo que ha pasado aquí!

La conmoción en el pueblo fue enorme. A la mañana siguiente, nadie se explicaba cómo había llegado el cuerpo de Georg Erdmann hasta el río, aunque lo que sí quedó claro fue que había sido asesinado en la cama de Bach. En lo que sí hubo consenso fue en que había sido un golpe seco con un candelabro, asimismo hallado junto a la orilla. La policía interrogó a los mozos del pueblo, que callaron y pactaron un silencio que también se llevarían a la tumba.

Desde la *Componir-stube* de la planta baja, Sebastian pudo oírlo todo. En un principio pensó que se trataba de alguien del servicio, que habría vuelto acompañando a las chicas del teatro y hacía demasiado ruido para ser tan tarde. Pero cuando oyó los golpes, y sobre todo los pasos apresurados hacia la calle, saltó de la cama y gritó un ¡¡¡eeeh!!! a la nada. Porque no veía nada.

Se acercó a la puerta de la calle y la tocó. Estaba abierta de par en par. Aún a tientas, y no sin tropezar en cada escalón, subió al primer piso, hasta su propia habitación, donde sólo palpó sábanas húmedas de algo viscoso que, enseguida, identificó por el fuerte hedor a hierro mojado. Era sangre. La sangre de su amigo.

Se sentó en el suelo y gritó.

En el funeral de Georg, Sebastian lloró como casi nunca había llorado. La viuda, Faustina, lo miraba desde una distancia física y emocional, con una cara de acusación entre la rabia y la impotencia. Todo lo que no lloraba ella lo lloró él. Y cada lágrima que él derramaba era otro obituario clavado en ella. «Mi marido no debería estar en esa caja —pensaba Faustina—, debería haber estado él». «Yo no debería haber ido al teatro», se culpaba, porque toda muerte deja siempre su rastro de culpabilidad. Y luego la miraba a ella, a Anna Magdalena, la verdadera causa de todo. El origen de todos sus males. La última razón por la que discutió con su marido, con Georg. Una discusión interrumpida por la muerte es una discusión que jamás se cierra, continúa para siempre y doliendo del mismo modo.

Aparte de a su viuda, a nadie importó tanto la muerte de Georg como a Sebastian. De hecho, fue él quien pagó de su bolsillo la sepultura en ataúd de roble y a tan sólo seis metros de la entrada de la iglesia de San Juan de Leipzig, camposanto carísimo de la iglesia donde su mejor amigo se había casado con Faustina y donde sabía que a Georg le habría gustado debutar como el músico que jamás fue.

Sebastian estuvo muchos meses sin levantar cabeza. No recibía a nadie, no le apetecía componer ni dar clases, y fue todo un reto para Anna Magdalena, que además de soportar los continuos dimes y diretes del pueblo ahora de pronto también tuvo que luchar contra la repentina ataraxia de su prometido.

Pero si uno quería realmente fustigarse con el qué dirán, el mejor lugar para enterarse de lo que uno no deseaba saber era la fuente pública. Allí se concentraba toda la maldad que jamás reconoceríamos en público si bien dejamos salir siempre que nos encontramos en *petit comité*. La cola que se formaba para

cargar agua era siempre un buen punto de reunión y de conspiración, la gente acudía con tiempo para enterarse de lo que
en verdad pasaba en el pueblo. Fuera o no fuera cierto, allí
todo se contaba con pelos y señales, sin el menor rigor. Anna
Magdalena no quería más que agua, pero de regalo se llevó la
última actualización de la Radio Macuto de la época.

—... Y dicen que en realidad pretendían asesinarlo, a Bach.

—¿Quién?

—Gente. Por ahí se dice.

—No, que quién quería asesinarlo.

—Ah, bueno, lo que he oído es que fue alguien de muy arriba.

—¿¿¿El príncipe???

—Más al lado.

—No me digas.

—Sí.

—¿¿¿La princesa???

—Todos saben la querencia que la princesa Friederike Henriette tenía por el *kapellmeister*. Que habían tenido algo más que
palabras era público y notorio. Pues, por lo visto, ella quiso
que Bach siguiera tocándole otro tipo de teclas y él la rechazó.

—¿En serio?

—Sí, y como no logró conquistarlo, decidió que, si no era
para ella, no sería para nadie. Lo que pasa es que los sicarios
no contaron con que en su cama ya no dormía él, sino su amigo Georg Erdmann, que al final se llevó la peor parte. Pero
vamos, que iban a asesinar a Bach, que no fue un error,

—Es que la prometida del *meister* es demasiado cría. ¿Qué
sabrá ella de la vida, si aún no sabe ni lo que es llevar una casa?

El codazo de la contertulia interrumpió de golpe la retrans-
misión. Anna Magdalena tenía más agua de la que había ido a
buscar a aquella fuente, pero en los ojos.

El 3 de diciembre de 1721, herr Johann Sebastian Bach, viudo, *kapellmeister* de Su Alteza el príncipe, y la señorita Anna Magdalena, hija menor y legítima de herr Johann Caspar Wilcken, trompetista de la corte de Sajonia-Weissenfels, se casaron en casa, por orden del príncipe.

Extracto del registro de capilla del
castillo de Köthen

BWV 1043

Presionado por altas instancias palaciegas, el reverendo calvinista finalmente dio su bendición a un enlace luterano, siempre y cuando en el registro constase que se había producido en el domicilio privado del *kapellmeister*. Un luterano como Sebastian ni podía ni debía pisar una capilla de un principado calvinista, menos aún para casarse. Aunque esa capilla fuese luterana, pues era la que había mandado construir la madre de Leopold.

El príncipe accedió y decidió regalar a los prometidos los festejos, que para honrar la memoria de Georg deberían celebrarse inmediatamente después de que el duelo hubiera finalizado. Ni un día después.

—Las cosas buenas hay que salir a buscarlas y celebrarlas, Sebastian, que las malas ya has visto que vienen solas —fueron sus palabras previas al bando principesco.

La fecha señalada para el enlace sería el primer miércoles de diciembre de 1721.

Y así se hizo.

El pueblo entero se implicó en la preparación de los festejos, que por el hecho de salir de un luto tuvieron que organizarse sin prácticamente tiempo. Cualquiera que los hubiera visto desde fuera habría pensado que se trataba de un principado bipolar, pasar del luto al fasto sin apenas transición no era lo más común ni lo más conveniente, a buen seguro.

Pero el día llegó y, sorprendentemente, todo, hasta el último detalle, parecía preparado con meses de antelación. Incluso el sol hizo su aparición, aunque tímida.

De todas partes del imperio también hicieron acto de presencia condes, duques y hasta el mismísimo rey de Prusia, quien dejó sus continuas trifurcas con los reinos vecinos para darse un respiro y así apoyar a su ahijado más admirado.

Momentos antes de la ceremonia, en la sacristía, el novio templaba sus nervios en compañía de sus hijos y de Picander.

—Georg y yo robábamos el vino de sacristías como ésta... cuando formamos parte de los *Mettenchor*. Éramos unos críos y cantábamos por un mísero groschen... Luego, por las noches, nos íbamos por los pueblos a cantar los *Kurrenden*, por las almas de cada lugar..., y ahora es justamente su alma la que me hace falta.

—Vamos, Sebastian —dijo Picander.

—No sé, esto va a ser muy duro.

—Creo que estás siendo injusto.

—¿Injusto? He perdido a mi mejor amigo... Lo asesinaron. E iban a por mí, así que encima me salvó la vida.

—Sí, todo eso es cierto, pero también lo es que ahí fuera estás a punto de comprometerte con la mujer que está dispuesta a darlo todo por ti y a amarte para toda la vida. Ella no tiene la culpa de que en el mundo haya tanto desgraciado.

Friedemann, también presente, bajó la mirada.

—Y ella, al igual que tú, merece que el día más importante de su vida no se vea ensombrecido por aquellos que querían veros bajo tierra. No dejes que os ganen, Sebastian. Hoy no. El día de hoy tiene que significar vuestro triunfo sobre el de ellos. El del amor por encima de la muerte.

—Qué bien hablas, querido Picander. Deberías dedicarte a eso —dijo Sebastian esbozando un atisbo de sonrisa.

—Ahí llevas razón. Debería dejar de perder el tiempo contigo y ofrecer mis libretos a un compositor de verdad, como Haendel.

—¿Ha venido?

—Padre, *meister* Haendel ha excusado su presencia, por motivos... personales —contestó Friedemann.

—¿Y Heinrich?

—¿Quién?

—Heinrich Zielschmerz, tu compañero, alumno mío.

—Ah, lo he visto hace un rato, debe de estar en la capilla. ¿Quieres que lo llame?

—Sí, por favor.

—¿Puedo preguntar para qué? —se interesó Picander mientras Friedemann salía en busca de Heinrich.

—Él tiene mi regalo para Anna.

—¿Tu regalo?

—Sí, le he hecho un regalo para toda la vida.

—¿Se puede saber? ¿O es secreto?

—La he inscrito en la Sozietät.

—Muy bien, gran regalo, la haces miembro de un club al que ella nunca se postuló. No dejas de sorprenderme, Sebastian.

—No tienes ni idea. No es por el club. Es por sus publicaciones. Anna compuso una maravilla para clave bien temperado que yo he inscrito con su nombre, y si finalmente la aceptan acabarán publicando la pieza. Igual no es hoy, ni mañana, pero si la publican la autora tendrá asegurada una asignación para toda la vida. Y ése es un derecho que Anna Magdalena se ha ganado por méritos propios. Me refiero al derecho a no tener que depender de nadie, ni un príncipe, ni un duque, ni un conde… ni un marido. Nadie. No estoy regalándole una membresía. Estoy regalándole su libertad. La libertad que yo jamás tuve. La que se llevó a mi querido Georg por delante.

—Y ojalá acabe siendo así, *kapellmeister* —dijo Heinrich entrando en la sacristía.

—¿Cómo? ¿No la has inscrito ya?

—He cursado la inscripción, pero como bien sabéis, aún deben aceptarla todos y cada uno de sus miembros. Es un caso especial, al tratarse de una mujer…

—¿Y qué más da eso? ¡Es una compositora extraordinaria! ¡Y ése era mi regalo de bodas! ¿Qué voy a darle ahora?

—Con el debido respeto, amigo mío —dijo Picander—, le estás dando mucho más. Le estás dando un nombre. Y no cualquier nombre. Estamos hablando de uno de los nombres más prestigiosos del continente. Te guste o no, lo que la gente murmura tiene su parte de verdad. El día que tú faltes, que nadie lo desea, pero que si todo va como tiene que ir será antes de que falte ella, la conviertes con esta boda en tu viuda y heredera. Al mismo nivel de prerrogativas que tus propios hijos. Y eso, como letrado y recaudador de impuestos, te digo yo que no es una minucia. Seguro que Anna Magdalena se llevará un buen pellizco de la fortuna que acumules hasta el día en que te mueras, por no hablar de las partituras originales que, llegado el momento, podría empeñar, si lo necesitara. Sé que ella no lo hace por eso. Sé que la gente malpiensa por malpensar. Pero a nadie se le escapa que pobre, lo que se dice pobre, frau Bach nunca lo será.

Los votos de Sebastian

Sí, quiero que me manches los anteojos cuando te enfadas. Sí, quiero que me castigues sin clavicordio. Tú. A mí.

Sí, quiero ver cómo tu armario crece aún más rápido que tus admiradores, que ya es decir. Y cómo el mío se hace cada vez más pequeño, irrelevante y monocromo.

Sí, quiero abrazarte y que des esos saltitos de ilusión y rabia a la vez.

Sí, quiero que sigas endosándome tu copa de vino cuando no te apetece beber más. Y que hagas lo mismo con la comida. Y que, encima, hagas creer al posadero que fui yo quien no se la acabó.

Sí, quiero todas tus lágrimas de felicidad. Las que tienes ahora y las que derramas hasta en los pregones.

Sí, quiero mirarte a esos ojazos y que me sorprenda todavía de que me estén mirando a mí.

Sí, quiero besar tus tatuajes. Todos. Aunque no estén hechos con mi letra.

Sí, quiero Hamburgo; sí, quiero Halle; sí, quiero Leipzig.

Sí, quiero que nos quedemos dormidos durante el mejor concierto del mundo. Pero también las fajitas que nos prepara Friedelena.

Sí, quiero ruiditos de barriga. Y caras de culpabilidad.

Sí, quiero tu forma de jugar con mis hijos, de haberles hecho sentir lo importantes que son, y vuestra forma de quereros, que ya es vuestra y de nadie más.

Sí, quiero cada una de nuestras reconciliaciones, porque siempre se producen un pasito más allá.

Sí, quiero que el más maduro sea el que más tiene que madurar. Sí, quiero hacerte reír con mis achaques. Y con mis manías.

Sí, quiero tu manera de decirme que, en realidad, la vieja eres tú.

Sí, quiero los momentos duros, los malos, los que ya hemos tenido y los que vendrán.

Sí, quiero aprender a quererte cada día un poquito mejor, que no más porque es imposible.

Sí, quiero seguir acallando bocas a base de amor, de sexo y de amistad.

Sí, quiero decir al mundo que el amor no entiende de género, de raza o de religión, como tampoco le importa la edad.

Por todo eso me hace MUCHA gracia la pregunta de si quiero casarme contigo. Porque el amor NUNCA pregunta.

El amor llega y te responde lo que ni te habrías atrevido a plantearte. Acaba con tus «yo nunca», se carga tus «yo jamás».

Por eso, sí, quiero pasar el resto de mi vida contigo. Porque no es que me sienta como en casa.

Porque es que, cariño, mi SITA, mi casa… eres tú.

El alma de la mujer ¡qué vale! Si dentro de ella no hay un alma de madre.

JACINTO BENAVENTE

BWV 31

Yo era una niña. Algunos dirán que sigo siéndolo, que sigo representando lo que para ellos sería una criatura caprichosa, consentida y malcriada. Y puede que hasta tengan razón. Pero lo que está claro es que por aquel entonces, y te hablo del año 1720 o 1721, yo era todavía más cría.

Sebastian y yo nos casamos en el palacio de Köthen el miércoles 3 de diciembre de 1721. La boda, organizada por el príncipe Leopold, fue muy bonita, pero también muy extraña.

Faltó una figura tan importante como la del padrino, Georg. Su silla vacía atestiguaba que sólo podría haberla ocupado él. Aunque nadie le dio la opción de elegir, acabó dando su vida por Sebastian. Y era el **único** que la habría dado una y mil veces. Faltó también mi padre. Faltaron muchas de las damas de honor. Sus familias biempensantes no las dejaron asistir. Y sin embargo, acudió gente que habría preferido que no asistiera. Como el conde de Keyserlingk. Como la princesa Henriette, la «amusa», como la llamaba Sebastian. O el exorganista francés Louis Marchand. O el rey. También vino mucha gente que nos daba igual o que nunca deseó vernos juntos. Ah, por supuesto no faltaron todos aquellos que sólo vinieron para seguir criticando. Y luego estuvo Faustina, la viuda de

Georg. Sin quitarme ojo durante toda la ceremonia. Jamás me quiso bien.

No sé por qué la maldad dura siempre más que la bondad. Por qué va cambiando de forma, pero no de intención. Supongo que porque tiene un objetivo, que es destruir. Y eso, al final, la hace indestructible.

Pero lo que nadie esperaba es que, con cada ataque, con cada crítica, con cada pintada en la puerta de casa, con cada burla en la plaza Mayor, la relación no se hiciera más débil, sino más fuerte. Porque no hay nada que vincule más a dos seres humanos que compartir un enemigo común, injusto y perseverante. Gracias a él no hubo forma de olvidarse de la razón que nos mantenía unidos, porque su odio, su militancia y su obcecación nos hizo renovar nuestros votos todos y cada uno de los días durante el resto de nuestras vidas.

El hecho es que, para sorpresa de todos menos seguramente de mi padre, elegí a Caspar para acompañarme al altar. Una de las mejores personas que conocí, la única que supo casi mejor que yo lo que significaba amar y no poder gritarlo al mundo, ni compartirlo ni ser. La única que me entendió, me apoyó y me quiso con todos mis errores. Y con los suyos, que también los tuvo.

Catharina Dorothea, la hija mayor de Sebastian, que siempre me quiso bonito, me confesó que mi hermano había formado parte de la cencerrada, y me lo contó justo antes de recorrer el pasillo de la capilla. Lo abracé. Le dije: «Ya has sufrido bastante, hermanito». Lo perdoné en ese momento y sigo perdonándolo cada día desde entonces. Y es que es así de injusto y asimétrico. Quien traiciona traiciona una vez. Pero quien perdona esa traición se ve obligado a perdonar todos los días. Porque ese tipo de perdones tienen que renovarse cada veinticuatro horas. Porque dejan de valer, porque se pudren, como las frutas. Y yo el mío sigo renovándolo hoy en día. Caspar tuvo mujer e hijos. Fue infeliz toda su vida.

Me di cuenta de que hay ocasiones en las que debemos empujar una relación que, hasta hacía poco, había tirado de nosotros. Que somos responsables de cuidar lo que en su día nos cuidó. Que hay cadenas que vuelan y alas que atrapan.

De la noche de bodas recuerdo, primero, llorar mucho junto a mi marido. Nuestro primer encuentro íntimo estuvo inundado de agua y sal. Es curioso como tu día más ansiado, el que se supone que tiene que ser el más feliz de tu vida, puede llegar a convertirse en el más amargo al mismo tiempo. Las experiencias más salvajes de tu existencia serán siempre lo mejor y lo peor a la vez. Como nacer. Como enamorarse. Como tener hijos. Como morir.

Nuestro lecho nupcial aún tenía restos de sangre de Georg, que se habían impregnado en la madera para siempre y que Sebastian prohibió quitar. Y nuestros cuerpos, desnudos y fríos, se hallaban por fin solos, con todo el derecho del mundo a estarlo. Hicimos el amor. Él ya casi no me veía, pero me tocó como jamás tocaría nada más. Como jamás me tocaría nadie más. Pasamos días de sólo sexo, chocolate y clavicordio. La gente siguió hablando. Nosotros, mientras tanto, creamos un lugar donde el amor se prosa. Y eso, queridos míos, eso sí es poesía.

Juntos tuvimos trece hijos, de los cuales siete se nos murieron entre las manos antes siquiera de saber decir: «Mamá». Dolor. Eso es lo primero que me viene al pensarlo. Eso, y una locura que se instala en tu mirada para siempre. Porque la locura depende de los metros cuadrados en los que se desenvuelve. Hay locos muy locos que, como yo, andamos siempre libres y parece que no lo estemos.

Parece.

Todo lo iguala la muerte.

CLAUDIANO

BWV 430

orian Rice volvería a Leipzig con buenas y malas noticias. Jamás se encontraría el ataúd perdido. Sin embargo, tenía respuestas para todo lo demás. Bueno, para casi todo. Wilhelm His moriría a los pocos meses sabiendo quién tenía en su poder el cuadro de Anna Magdalena, pero jamás conoció el paradero del ataúd de Bach ni la identidad exacta de sus compañeros de sepultura. El detective tampoco llegó a tiempo de facturarle todos los tíquets. Tuvo tiempo de operarse de cataratas, eso sí, a manos de uno de los herederos de John Taylor, un oftalmólogo americano que lo dejó ciego y que huyó a Inglaterra justo después de la intervención conduciendo el primer automóvil matriculado en Alemania y pagado con el dinero de otros incautos como él.

Andreas Moser siguió impartiendo sus clases con total normalidad y de forma regular en la Musikhochschule de la Universität der Künste Berlin durante décadas. En 1925, la facultad de Filosofía de la Universidad de Berlín le otorgó el título de doctor *honoris causa*. Todo lo que sabía se lo transmitió a su hijo, Hans Joachim Moser, que sirvió en la Primera Guerra Mundial —la cual empezó un 28 de julio—, fue profesor de musicología en la Universidad de Halle y escribió contra los judíos y a favor de defenderse de sus «ataques degenerados».

En 1938, precisamente Moser hijo fue nombrado por el Partido Nazi representante musical para el Ministerio de Propaganda, donde ocuparía el puesto de secretario general. A pesar de que todo eso se supo y que también perteneció a la Ahnenerbe, la Sociedad de la Herencia Ancestral Alemana —una rama de las SS—, en 1963 le concedieron la Medalla Mozart de Viena «por sus aportes a la musicología».

La Sozietät, a medida que la mujer fue conquistando derechos, y sobre todo tras la tragedia sufrida después del Holocausto, cada vez obtuvo menor aceptación entre los músicos e intérpretes de la élite, y languideció lentamente hasta que acabó escindiéndose en sendas asociaciones culturales públicas sin secretismos, ni intereses políticos ni sociales, primero en la Bachgesellschaft (Sociedad Bach) y más tarde, en la Neue Bachgesellschaft (Nueva Sociedad Bach).

Hoy, en el lugar donde estaba su local de plenos, hay un Primark.

Crecer es aprender a despedirse.

ANNA MAGDALENA BACH

BWV 259

Treinta años juntos son imposibles de glosar. ¿Cómo explicar las anécdotas que nunca sabes que lo serán hasta que ya han pasado, o el poder sanador de las rutinas que sólo echarás de menos cuando ya no estén? ¿Cómo contar a la gente que nuestro día a día fue extraordinariamente normal, que los días, meses y años se nos fueron acumulando bajo la piel, aunque no darían para ninguna trama, pues casi nada pasó mientras todo ocurría? Al final, los años felices son aquellos que pueden resumirse en una frase: «Fuimos felices». Dos palabras y listo. Una relación como otra cualquiera, con sus altibajos, con sus momentos de zozobra, con sus dudas y con sus claroscuros. Pero una relación, al fin y al cabo. El problema, solía decirme Sebastian, estaba en la palabra que utilizábamos para referirnos al vínculo sentimental: si lo llamáramos «etapa» en vez de «relación», todo sería mucho más sencillo.

Lo que sí aprendimos —y digo «aprendimos» porque para Sebastian también eso fue nuevo— es que toda relación suficientemente larga tiene como sustento tres pilares, que funcionan como las patas de un taburete. Si alguno falla, se va todo al traste.

El primer pilar fue la dirección. El rumbo del navío. No es

tanto el «dónde» estuvimos situados, porque él y yo siempre partimos de sitios muy distintos, sino más bien el «hacia dónde» queríamos ir. Los dos teníamos clara nuestra prioridad: construir un proyecto conjunto, al que muchos llamarían «familia», aunque a nosotros el nombre nos daba igual. Nos importaba que fuese un lugar único, lleno de amor y armonía, un lugar seguro al que volver después de los zarpazos que nos diese la vida o los desengaños a los que nos sometieran los demás. Y nosotros lo mantuvimos durante tres décadas. El rumbo que pone una pareja es crítico, porque mantenerlo es lo que más esfuerzo requiere. Habrá otros destinos posibles que se presentarán por el camino, y si uno de los dos da un golpe de timón sin avisar al otro, o avisándolo pero sin contar con él, ya está, se irá todo al traste. A mí se me presentaron mil oportunidades de sentirme fascinada, y estoy segura de que a Sebastian muchas más. No obstante, ambos supimos dejar fijo nuestro rumbo. Al final, se habla mucho de los pecados de la carne, de las ofensas al Altísimo que suponen el adulterio y la traición. Pero poco se habla de la traición aún mayor que supone enrolar a alguien en una aventura vital de la que tú fuiste la primera en apearte. Y ya no digamos desviarte. Como todo el mundo sabe, no se puede dividir un barco en plena navegación. Tarde o temprano la relación empezará a resquebrajarse, a hacer aguas y ese barco está condenado a servir de banco de coral en el fondo del mar.

El segundo pilar fue la discusión, mejor dicho, estrenar discusiones cada vez que se producían. Aquí también hizo falta mucho esfuerzo por ambas partes. Porque discutir, discutimos como todas las parejas que pretenden serlo, pero en nuestro caso cada vez que lo hicimos sabíamos que no acabaríamos en el mismo punto. Empezar a discutir desde un pasito más allá, esa sensación de que la pareja avanza a golpe de desajuste fue fundamental. Porque regresar al punto de partida es lo que vuelve a las discusiones circulares y a las relaciones muertas. Nadie puede viajar a ningún sitio sin salir de una rotonda.

Y el tercer pilar fue el amor. Se habla mucho del amor y por supuesto que es primordial quererse. Pero el amor está hecho de otra cosa, un ingrediente básico que en nuestro caso fue importantísimo para que nuestra historia sobreviviera tres décadas y un funeral: la admiración. Y si lo fue para el amor, ya no digamos para el sexo, mejor dicho, para la atracción. Si no admiras a tu pareja, o si dejas de admirarla en algún momento, si hay alguien a quien decides admirar más —porque, tampoco nos engañemos, admirar es como ser feliz, una decisión— estás condenada al fracaso. Y en mi caso fue tremendamente fácil, pensaréis, pues estaba con un genio. ¿Quién no admira a un genio? Pero es que las razones por las que admiraba a Sebastian fueron cambiando, mejor dicho, enriqueciéndose. Cada vez que lo vi criando a nuestros hijos. Repasando con ellos la lección. Jugando a cambiar las letras de las canciones. Riéndose con ellos por las ocurrencias durante las conversaciones. Pero también cada vez que, cuando ya todos dormían, me hacía el amor. La emoción del primer día. La calidez de sentirse amando en casa. La complicidad con la que nos observábamos cuando pensábamos lo mismo. Su manera de mirarme incluso cuando ya ni me veía. Todo ello me hacía pensar que no me había equivocado ni de marido, ni de pareja ni de amante. Y sigue haciéndomelo pensar hoy.

Por supuesto que los dos renunciamos a muchas cosas estando juntos, sacando adelante un proyecto tan complicado como nuestra extensa y extraña familia. Pero es que sin renuncia no hay compromiso. Y sin compromiso, la vida se desperdicia. Sin compromiso, la vida te viene grande. Sin compromiso, la muerte es ya.

Viví con Sebastian casi tres décadas de felicidad interrumpida, hasta su último suspiro, a las ocho y cuarto de la tarde del 28 de julio de 1750. Algunos lo considerarán un triunfo del amor. Otros dirán que ya se veía venir, que ellos ya lo decían, que una relación como la nuestra tarde o temprano tenía que acabarse. Hoy, cuando cualquier rincón está escrito con sus recuerdos, me duele todo lo que viví.

Viví tener que enterrar a siete hijos. Una de esas experiencias a las que nadie nunca logra acostumbrarse. Estamos preparados para sobrevivir a nuestros padres, pero no para sobrevivir a nuestros hijos. Cada hijo que moría nos dejaba un hueco en el alma imposible de rellenar con nada, un abismo negro y compacto que se tragaba todo lo que le pusieras dentro.

Pero también viví el hecho de gestarlos junto a la única persona en mi vida a la que realmente amé. Porque Sebastian estuvo ahí conmigo, desde el principio, hasta el final. Incluso cuando había perdido casi totalmente la vista, él insistía en cuidarme a mí.

Y a partir de su defunción, lo viví también todo. Lo bueno, lo malo y lo regular. Al final, es cierto lo que decía mi madre, que no conoces a alguien hasta que ya no tiene ninguna obligación de estar contigo.

Justo después de la muerte de Sebastian llegó la guerra de los Siete Años, un conflicto que se libraba muy lejos y a la vez muy cerca, y que entre otras muchas penurias cortó de cuajo mis pingües subsidios de viudedad.

Viví la indiferencia de los hijos mayores, Friedemann y Carl Philipp, que se desentendieron de mí como si nunca hubiera formado parte de sus vidas. Ésa fue quizás la parte que más me dolió. Saber que yo los quería como a hijos míos y que ellos jamás me querrían ni siquiera como una pariente lejana.

Pero también viví la experiencia de verlos crecer y convertirse, uno a uno, en grandes personas y mejores músicos. Hacer carrera. Montar sus propias familias. Progresar. A veces me desplazaba hasta donde estaban sólo para escucharlos tocar, en secreto, sin que supieran que yo estaba ahí. Carl Philipp llegó a ser clavecinista en Potsdam y Friedemann maestro de órgano en Halle. Sebastian habría estado tan orgulloso...

Viví cómo todos nuestros amigos se iban alejando. A medida que se me acababa el dinero, sus visitas iban espaciándose más y más. Hasta que me volví pobre, pobre de solemnidad. Tuve que empeñar los instrumentos e irme a vivir a un piso más modesto, para poder alimentar a mis hijos pequeños. Sus hermanos mayores ya eran músicos reconocidos, pero ignoraron todos y cada uno de mis ruegos para con mis otros hijos. Picander me dejó algo de dinero que jamás pude devolverle. Y eso que a él tampoco le sobraba, precisamente.

Viví cómo la gloria, el prestigio y el nombre de mi marido nos habían llevado por todas partes, nos habían abierto todas las puertas y nos fueron regalando momentos únicos para los dos, como visitar cortes, deslumbrar a príncipes, duques y condes, y saborear las mieles del éxito. Cuanto menos veía Sebastian, más triunfó. Parecía como si, poco a poco, fuera donando la vista al mundo, para que se dieran cuenta de lo que él era capaz de vislumbrar.

Eso sí, en contraste, tuve que vivir cómo la figura de mi marido iba desvaneciéndose. Durante años, tras su muerte, cualquiera diría que Sebastian jamás existió. Ya nadie tocaba su música. A nadie parecía interesarle. Vinieron nuevos y buenísimos músicos. Algunos de ellos, descendientes directos de mi Sebastian. Johann Christian Bach, sin ir más lejos, hizo carrera en Londres como compositor de ópera, e incluso llegó a dar clases a un prometedor niño de cinco años, un tal Wolfgang Amadeus Mozart, que —decían— tenía mucho potencial.

Y yo, mientras tanto, fui apagándome como una vela. Jamás me aceptaron en ninguna sociedad musical, lo cual me habría permitido al menos publicar alguna obra y ganar algún dinero. Hubo sólo una que sí editó mi *Preludio en do mayor*, el de las dieciséis notas, y en un principio me hizo mucha ilusión, pero cuando lo vi publicado en la revista *Musikalische Bibliothek* le habían cambiado el nombre y Sebastian aparecía como compositor, lo cual no me dio derecho alguno para cobrarlo. Friedelena, la cuñada de Sebastian, tuvo que hacerse cargo de mis niños durante mis últimos años, cuando ya no tenía ni para comer. Preferí darlos a otra familia que pudiera alimentarlos, pues conmigo sólo hallarían miseria. Eso también me provocó dolor. Saber que moriría sola.

Completamente sola.

Miseria, soledad y partituras. Porque si algo me acompañó durante todo ese tiempo, estuviera donde estuviese, fueron las partituras de Sebastian. Me propusieron subastarlas en más de una ocasión, que seguro que me darían un buen dinero por ellas. Pero me negué rotundamente. Temía que acabaran en el cajón de algún noble, inservibles, o compradas a peso o en una charcutería envolviendo viandas y embutidos, olvidadas, directamente.

Su recuerdo, diluyéndose para los demás, fue cada día más intenso en mí.

Quiere el destino que sea yo, un judío, quien dé a conocer al mundo la obra más grande de la música cristiana.

FELIX MENDELSSOHN

BWV 225

Sebastian fallecería el 28 de julio de 1750, a las ocho y quince minutos de la tarde. Las causas de la muerte, aparentemente, tuvieron que ver con una diabetes aguda no tratada que acabó provocándole neuropatía, encefalopatía, inflamación del nervio óptico, glaucoma, cataratas e incluso ceguera total. En un último intento de aliviarle el dolor, volvieron a pedir al pseudocirujano John Taylor que lo operase de nuevo. La intervención, que incluyó frotar los ojos abiertos con un cepillo y llenar media taza con la sangre de la cuenca ocular, acabó debilitando del todo al paciente, que ya no se recuperó jamás.

La tasación de su herencia fue de mil ciento veintidós táleros y dieciséis groschenes (sí, dieciséis), unos cien mil euros al cambio actualizado hoy, cantidad que hubo que repartir entre los nueve hijos supervivientes y la viuda.

Anna Magdalena gastó casi todo lo que recibió en un sepelio con ataúd de roble incluido, muy caro y poco común en aquella época. Falleció apenas diez años después que su marido, en febrero de 1760, en la más absoluta soledad e indigencia. En los registros de Leipzig aparece como *almosenfrau*, literalmente, «mujer que vive de la caridad».

Casi cuarenta años más tarde de la muerte de Sebastian, en 1789, un músico salzburgués que se encontraba de paso por Leipzig oyó, por casualidad, un motete para doble coro que lo dejó paralizado, tanto que hizo callar a cuantos lo rodeaban, y le dio ideas para su inminente recital. Se trataba de algo antiguo pero contemporáneo a la vez. Se trataba de algo que nunca había escuchado, una forma de componer que lo llevó a exclamar:

—¡Por fin algo de lo que se puede aprender!

El motete era *Singet dem Herrn ein neues Lied*, y había sido compuesto por Sebastian la friolera de sesenta años atrás.

El músico era Wolfgang Amadeus Mozart.

Dieciséis años más tarde (sí, dieciséis), el 18 de abril de 1805, un joven compositor de treinta y cinco años —misma edad a la que Sebastian conoció a Anna Magdalena— envió una carta a su editor, curiosamente desde Leipzig. En ella detallaba quién y cuándo debería cobrar los emolumentos generados por su *Sinfonía opus 55*. La receptora, en caso de que se llevaran a cabo conciertos con esa obra, debería ser una mujer de sesenta y tres años, prácticamente en la más absoluta indigencia, de nombre Regina Susanna y de apellido Bach. Se trataba de la hija menor de Anna Magdalena y Sebastian, y no sabemos ni cómo ni cuándo pidió ayuda. Lo que sí sabemos es que el músico que firmaba esa carta era nada más y nada menos que Ludwig van Beethoven.

Años más tarde, también en Leipzig, otro joven músico que regresaba de acompañar a su madre al carnicero reparó, ya en casa, en que la carne estaba envuelta en partituras manuscritas.

Al interpretarlas al piano, se dio cuenta de que eran partituras de Johann Sebastian Bach. Volvió a la carnicería y preguntó al dependiente de dónde las había sacado. Éste le dijo que se las había encontrado en una buhardilla que acababa de alquilar. El joven le compró todo el material.

El 11 de marzo de 1829, ese mismo joven, llamado Felix Mendelssohn, dirigió a la orquesta en la primera interpretación importante y pública de Bach desde su muerte. Sus palabras aún resuenan en la conciencia de los fanáticos:

—Quiere el destino que sea yo, un judío, quien dé a conocer al mundo la obra más grande de la música cristiana.

En 1925 salió publicado, de forma anónima, el libro *La pequeña crónica de Ana Magdalena Bach*. En él se hacía un retrato ficcionado y romántico de una joven absolutamente entregada y embelesada por el genio del gran músico. Durante muchos años, y a raíz de la versión que vendieron los miembros de cierta sociedad musical, se pensó que la autora del manuscrito habría sido la propia Anna Magdalena. Sin embargo, debido a su inefable éxito y a la insistencia de su verdadera creadora, Esther Meynell, acabó pudiéndose certificar la auténtica autoría, aunque casi diez años más tarde.

La primera edición de *Das Wohltemperierte Klavier*, o *El clave bien temperado*, ya había aparecido en Zúrich en 1800, publicado por Nägeli, pero el autógrafo principal de la primera parte resultó dañado por una inundación del Danubio, en la población húngara de Pest, hacia 1850.

No fue hasta 2011 que el profesor Martin Jarvis, de la Universidad David Darwin de Australia, publicó el resultado de estudios grafológicos según los cuales la verdadera autora de *Das Wohltemperierte Klavier* sería Anna Magdalena Wilcken, y no su marido. Pese a tratarse de una mera conjetura, los resultados de ese estudio han sido repudiados por prácticamente la totalidad de los expertos en Bach.

En 2018 se estrenó el documental con la misma tesis *Written by Mrs. Bach: Broken Silence*, desde entonces disponible en plataformas digitales de todo el mundo… menos en algunos países, España entre ellos.

Por su parte, el retrato de la mujer de los ojos azules continúa desaparecido hasta la fecha. En el ayuntamiento de Leipzig, al lado del cuadro original de Bach pintado por Haussmann sigue habiendo un espacio en blanco, junto a su marido, para el día que alguien logre recuperarlo.

Su sitio continúa allí. Pero ella no.

A la atención de Mr. John David Holman Grieg
Comunidad de Arthur, Wellington North, Ontario
Canadá

Mi querido primo hermano:

¿Cómo estás? ¿Qué tal Kathy? ¿Y los niños? ¿Cómo están
Willard, Flora y Reuel? ¿Las clases bien? ¿Sigues ejerciendo de
profesor? Voy sabiendo de ti por tus padres, que a veces nos
envían cartas, aunque te confieso que también me gustaría que
me escribieses algo, cuando tengas tiempo, claro.

Bueno, al grano. El caso es que hoy te escribo porque tengo
una petición urgente que hacerte. En pocos días debería llegar-
te a tu nombre un envío especial por valija con remitente Korrespondierende Sozietät der Musikalischen Wissenschaften.
No te asustes, no la rechaces, es de mi parte. Verás que es un
poco aparatoso, e igual te extraña que te envíe ese objeto cuando hace tantos años que no hablamos.

Ya te daré mejores explicaciones en cuanto podamos vernos. Por el momento, vaya por delante que, si fuera por la
gente de aquí, lo que te envío habría sido despachado ya. Y yo
no podía soportar eso. Necesito salvaguardar lo poco que
queda de alguien muy importante para mí. Conservar su memoria. Preservar su legado. Un legado que pretenden adulterar
ahora atribuyendo a la advenediza de su esposa parte de su
mérito, de su genialidad y de sus composiciones. ¿Te lo puedes
creer? Es comparar todo un genio con una simple iletrada.
Una barbaridad.

Hice lo que me pidieron. Tomé prestadas obras de arte.
Hice desaparecer pruebas. Y hasta ayudé a fabricar coartadas
y señuelos. Pero lo que no consentiré es que borren la memoria

de quien construyó los andamios sobre los que quienes vinimos después edificamos nuestras obras.

Bueno, a lo que iba, que me voy por las ramas. Insisto, ya te lo explicaré mejor cuando nos veamos. Pero es que ahora no hay tiempo. Un tal Wilhelm His ha encargado una investigación privada para encontrar lo que te envío. Seguramente para destruirlo o, peor aún, para desterrarlo al fondo de cualquier almacén. Igual ese hombre llega hasta ti, aunque espero que no.

De cualquier modo, si no recuerdo mal, se te daba muy bien la carpintería y la ebanistería cuando éramos jóvenes. De hecho, era lo que realmente te apasionaba en la vida. Siempre decías que la madera te gustaba porque era un material vivo.

Si ése sigue siendo el caso, te pido que transformes el objeto que te envío en lo que tú quieras. Una mesa, un armario, una estantería, una silla para el comedor..., lo que prefieras. Si no te ves capaz, da igual, llévalo a algún sitio DE CONFIANZA para que te lo hagan. Es MUY importante que NUNCA te deshagas del objeto resultante y que JAMÁS cuentes a nadie de dónde sacaste la madera para fabricarlo.

Si todo va bien, en cuanto pueda iré a visitaros y me lo llevaré. Pero por lo que más quieras, guárdame el secreto y transforma lo que te he enviado en un objeto que no se parezca EN NADA al original.

Muchísimas gracias, querido primo. Por favor, da un beso a los niños, en especial a la pequeña Flora, que debe de ser ya toda una artista.

Un abrazo fuerte,

EDVARD GRIEG

Las personas felices no tienen historia.

Simone de Beauvoir

BWV 111

El único regalo que John David Holman Grieg, padre de Flora, hizo a su hija fue una sencilla silla plegable de madera de roble. Fue una Navidad, y ella recordaría siempre las palabras que le dijo al entregársela:

—Hija, la he fabricado con mis propias manos a partir de una fusta muy especial que me envió hace muchos años mi primo Edvard desde la vieja Europa. Por favor, jamás te deshagas de ella. Está hecha de roble del bueno. Noble. Resistente. Y fiable. Como tú, como yo, como la familia. Como todo lo que dura.

Flora así lo hizo. La silla la acompañó durante toda su vida, y si bien al principio la usaba para estudiar, con el paso de los años la silla quedó arrinconada en un desván a merced del polvo y el olvido.

Hasta que un día, varias décadas después, el único hijo del matrimonio formado por Flora y Russell Gold —más tarde Gould— empezó a quejarse de la espalda cada vez que se sentaba al piano. Tendría el pequeño apenas tres años, pues su madre le enseñó a leer partituras antes que libros.

Y entonces, con las quejas de su hijo Glenn, Flora se acordó de aquella silla. La rescató de su ostracismo y la bajó al garaje, donde su marido le recortaría esos ocho centímetros que le sobraban para que su hijo pudiese tocar el piano exactamente a treinta y cinco del suelo, en una posición más rígida pero también más cómoda. El chico tampoco olvidaría las palabras de su madre:

—Aquí la tienes, hijo. Siempre estuvo hecha para ti, sólo que entonces yo no lo sabía.

Hoy esa misma silla, hecha con el ataúd de Bach, se encuentra expuesta junto al piano favorito del hijo de Flora, un Steinway CD 318, en el National Arts Centre de Otawa, Canadá.

No ha vuelto a crujir nunca más.

A muchos kilómetros de allí, en 1997, el pianista Christopher Seed encargó a la empresa holandesa Poletti and Tuinman «el primer piano para zurdos de la historia». Presuntamente. Su argumento era que, como zurdo, su mano izquierda estaba muchísimo mejor preparada que la derecha para la expresión y el sentimiento requeridos para la melodía. El piano, con las notas graves a la derecha y las agudas a la izquierda, fue estrenado en 1999 en el Queen Elizabeth Hall de Londres, con una gran ovación. No se tiene constancia de que ningún otro pianista lo haya preferido.

Que sea infinito mientras dure.

Vinícius de Moraes

BWV 846

Tu última petición fue ser inhumado junto a tu mejor amigo, tu amigo del alma, tu tercer hombro, Georg Erdmann, donde tú y yo también habíamos enterrado a Christiana Sophia Henrietta, fallecida a los tres años, nuestra primera hija, de la que Georg debió ser el padrino, como lo fue de todas tus anteriores hijas.

Recuerdo esa tarde del 31 de julio, me planté frente a tu tumba junto a la iglesia de San Juan y te recé a ti, no a Dios, sino a ti.

Llovía. Olía a tierra que se te llevaba. Y te lloré. Te lloré hasta que se me secaron las ganas. Y entonces me puse a hablar de todo menos sola.

«Ahora sé que tú exististe —te dije—, que Dios te prefiere a su lado y que nada ni nadie volverá a interesarme jamás. ¿Cómo querer a otra persona sabiendo que un día exististe tú? ¿Cómo sonreír a otro ser humano sin pensar en las sonrisas que me arrancaste tú? ¿Cómo pasear, cómo comer, cómo... cómo respirar este aire, sabiendo que un día lo respiraste tú? Me dejas sola, y lo peor, me dejas cada día más enamorada de ti. Porque lo estoy, y no dejaré de estarlo por el hecho de que tú no estés. Sigo enamorada de alguien que ya no está. Una nada que ya jamás podré negar. Si no fuera por esas seis criaturas que me miraban hoy con ojos de auxilio, te juro que me reunía ahora mismo contigo. Te odio, Sebastian. Te odio tanto, cariño...».

Hoy, desde este pequeño apartamento que ya no puedo pagar, tan sólo deseo que alguien, en algún momento, rescate tu música y la lleve adonde siempre mereció estar. Junto a los más bellos altares. En los más prestigiosos auditorios. A la altura de los más grandes. Ojalá algún día alguien te devuelva todo lo que tú nos diste. Ojalá alguien se dé cuenta de la nada que tú negaste.

Te usarán. Como usaron a otros antes que a ti. Como seguirán usando a otros después. Te harán decir cosas que jamás dijiste. Te otorgarán significados que jamás pretendiste. Y te llevarán a lugares adonde jamás quisiste ir. Es lo que les pasa a las mentes grandes, que no caben en las pequeñas. Y siempre hay alguien a quien se le ocurre sacarlas de contexto, que no es más que otra forma de manipular. Lo único que pretendiste fue amar y ser amado en libertad, no hacer daño a nadie y dejar el mundo más bello de como lo encontraste. Como cualquier persona de este mundo. Con una salvedad: que tú no eras cualquier persona de este mundo. Tú eras Johann Sebastian Bach. Un arma demasiado poderosa para dejarla en paz.

A mí, estoy segura de que me ningunearán. Me apartarán de ti, me dejarán como una iletrada, una oportunista o, peor aún, una advenediza que iba a por tu gloria, a por tu dinero o qué sé yo. Dirán que te volviste loco, que te enamoraste perdidamente de una doña nadie y que por eso no pudiste ni ver ni valorar mis múltiples defectos. Lo sé porque lo he visto, lo he notado, lo he sufrido conmigo delante... Imagínate cuando ya no esté. Ensuciarán mi nombre, lo llenarán de dudas, borrarán cualquier aportación mía, cualquier idea, cualquier mérito, los dejarán como un accidente, como una casualidad o como un estorbo para la historia del genio que preferirán contar. Me harán bien pequeña para hacerte aún más grande. Como si eso te hiciera alguna falta.

Alguien, algún día, contará nuestra verdadera historia. Y espero que, para entonces, se deje a los amantes amar. Parece tan sencillo, ¿verdad?

Espero que, para entonces, ya exista una palabra para definir la discriminación, el acoso y el escarnio público a las parejas por su diferencia de edad. Que definan a los que atacan, a los que señalan, a los que matan, porque acaban matando. Que les cuelguen cualquier palabra ridícula y vergonzosa de la que intenten esconderse, como tuvimos que hacer nosotros toda la vida.

Yo me consumo. Pero ahí quedarán para siempre esas dieciséis notas entre tú y yo. Nuestras dieciséis notas, ahora sí, unidas para siempre sobre un pentagrama.

Como siempre fuimos.

Por siempre jamás.

BWV 224

En 1956 salió a la venta el disco *Glenn Gould: Variaciones Goldberg*. En 1960 ya había superado las cuarenta mil copias vendidas. Para 1982, año de la muerte de Glenn, ya alcanzaba los cien mil ejemplares vendidos. Pero lo más grande no fueron sus números, sino lo que éstos provocaron.

Glenn Gould se convirtió, de la noche a la mañana, en un fenómeno que ahora llamaríamos «viral», insólito en el mundo de la música clásica. Gente de todo el planeta, tanto aficionados como neófitos, quedaron fascinados por la personalidad, el talento y las excentricidades de todos y cada uno de sus movimientos. Incluyendo, por supuesto, los inquietantes ruidos inmortalizados en ese disco.

Unos ruidos que comienzan con unos leves quejidos, continúan con algunos murmullos del artista y acaban con el crujir de una vieja silla añadiéndose al ritual.

El 1977, Carl Sagan preparó un vinilo con música para lanzarlo al espacio y, en caso de entrar en contacto con otras civilizaciones, poder explicarles lo más bello y esencial de nuestro planeta. El disco incluía algunas de las *Variaciones* de Gould con todos sus crujidos y gemidos.

Hoy es el objeto fabricado por el hombre más alejado de la Tierra.

Bach habla al universo, Beethoven a la humanidad y
Chopin a cada uno de nosotros.

JOAQUÍN ACHÚCARRO

Nota del autor

A pesar de las polémicas investigaciones del profesor Martin Jarvis y el revuelo mediático causado por la publicación de sus *papers*, no existe consenso académico que respalde la autoría de Anna Magdalena sobre *El clave bien temperado*. El duelo con Marchand no tuvo lugar en 1720, sino en 1717. Sebastian no estaba en Dresde, sino en el balneario de Carlsbad, cuando su primera esposa, María Bárbara, falleció. Georg Erdmann, mejor amigo de Sebastian, que nos conste, tampoco fue asesinado. Poco o nada conocemos sobre la vida sexual o sobre el origen de la silla de Glenn Gould. Y, por supuesto, que sepamos, el primo de su abuelo, el famoso compositor noruego Edvard Grieg, no era ningún delincuente. Y así con un puñado de hechos reordenados o ficcionados que se narran en esta historia y que invito al lector a descubrir por sí mismo a través de la inabarcable bibliografía, en parte anexa.

Aunque fuera una práctica más que habitual en tiempos de Anna Magdalena y Sebastian, tampoco existe constancia de que sufriesen cencerrada alguna, ni siquiera cierto tipo de discriminación explícita por su diferencia de edad, fuera de una reticencia inicial por parte de los hijos mayores de Bach y de algún que otro comentario por escrito en tono despectivo.

Sin embargo, estoy seguro de que todo eso no ha llamado tanto la atención como las continuas referencias extemporáneas al reggae, a la Fórmula 1, a Mercadona, a las expresiones coloquiales contemporáneas o a las novelas que entonces aún no se habían publicado.

Y eso significa que, todavía hoy, leyendo la historia de Anna y Sebastian, nos llaman mucho más la atención las cosas que están fuera de su época que las cosas que deberían estar fuera de la nuestra.

Dramatis Personae

Los nombres en cursiva corresponden a personajes mencionados en la novela pero que no aparecen en ella. Los nombres entre claudátors corresponden a personajes históricos reales mencionados en la novela.

Abraham Mendelssohn Bartholdy (1776-1835). Banquero alemán, padre de Fanny y Felix Mendelssohn, a quienes permitió desarrollar sus estudios musicales al mismo nivel.
[Adolf Hitler (1889-1945). Político, militar y dictador alemán de origen austriaco, líder del Partido Nazi, canciller de Alemania en 1933 y *führer* desde 1934, inició la Segunda Guerra Mundial con la invasión de Polonia y fue artífice del Holocausto judío].
Adrian Lyne (1941). Director de cine británico. Reconocido por numerosas películas de éxito, nominado al Óscar a la mejor dirección por Atracción fatal *en 1988, el fracaso comercial y de crítica de* Lolita *(1997) marcó el fin de su carrera como director.*
Alexandra Grieg (1868-1869). Hija de Edvard Grieg y Nina (Hagerup) Grieg.

Alfred. Lacayo más fiel del príncipe Leopold.

Alma (Schindler) Mahler (1879-1964). Compositora, pianista y editora austriaca, primera esposa de Gustav Mahler, que la obligó a abandonar sus aspiraciones musicales y dedicarse a la vida matrimonial, aunque fue copista y correctora de las obras de Gustav.

Andreas Moser (1859-1925). Director de orquesta y musicólogo alemán, *concertino* en el Teatro Nacional de Mannheim, profesor de violín en la Escuela Superior de Música de Berlín.

Angus. Violinista tercero de la orquesta de la capilla de la corte de Köthen, buen amigo de Johann Caspar Wilcken.

Anna Katharina (Wilcken) Meissner (1688-1757). Hermana mayor de Anna Magdalena Bach.

Anna Magdalena (Wilcken) Bach (1701-1760). Soprano en la corte de Köthen, segunda esposa de J. Sebastian Bach. Desarrolló su carrera de cantante a la vez que ayudaba a Bach a transcribir algunas de sus composiciones. Crio a los hijos de María Bárbara, además de a los trece hijos que tuvo con Bach.

Arnold Schönberg (1874-1951). Compositor, pintor, pedagogo y teórico musical austriaco nacionalizado estadounidense. De origen judío, fue profesor en la Academia Prusiana de las Artes de Berlín hasta la ascensión del nazismo, que le hizo emigrar a EE. UU. en 1934. Pionero de la composición atonal y del método dodecafónico, chocó con la incomprensión del público debido a la ruptura con el sistema tonal que representaba su obra.

Arp Schnitger (1648-1719). Constructor de órganos alemán. Trabajó principalmente en los Países Bajos y Alemania.

[Astor Piazzolla (1921-1992). Bandoneonista y compositor argentino, uno de los artífices de la renovación del tango].

Augusto Luis de Anhalt-Köthen (1697-1755). Hermano del príncipe Leopold, a quien sucedió en el principado de Anhalt-Köthen.

Barbara Hendricks (1948). Soprano lírica, cantante de jazz e intérprete de música de cámara estadounidense nacionalizada sueca.

Bartolomeo Cristofori (1655-1731). Músico italiano, luthier e inventor del pianoforte. Precursor del piano moderno, que inventó hacia 1700.

Benedicto XIV (1675-1758). Nacido Próspero Lambertini, obispo de Ancona y Bolonia, en 1740 se convirtió en el 247.º papa de la Iglesia católica, hábil diplomático y promotor de los estudios científicos.

Benjamin Franklin (1706-1790). Polímata, político, diplomático, editor, músico y científico estadounidense, inventor del pararrayos, entre otros artefactos. Artífice de la independencia de Estados Unidos, fue coautor de la Declaración de Independencia (1776) y de la Constitución de Estados Unidos (1787). Primer embajador de Estados Unidos en Francia.

[Camarón de la Isla (1950-1992). Cantaor flamenco gaditano, revolucionó el cante jondo y es considerado uno de los mejores cantaores de todos los tiempos].

Carl Ludwig Seffner (1861-1932). Escultor alemán, autor de la estatua de J. S. Bach de la iglesia de Santo Tomás en Leipzig. Junto al anatomista Wilhelm His, esculpió una reconstrucción anatómica del cráneo de J. S. Bach.

Carl Philipp Emanuel Bach (1714-1788). Músico y compositor, clavecinista de cámara de Federico II de Prusia en Potsdam, tercer hijo Bach y de María Bárbara.

Carl Sagan (1934-1996). Astrónomo, astrofísico, escritor y divulgador científico estadounidense, profesor de la Uni-

versidad de Harvard y de Cornell. *Fue promotor la búsqueda de vida e inteligencia extraterrestre y se hizo muy popular con su serie de televisión* Cosmos: un viaje personal *(1980).*

Carlos de Habsburgo *(1500-1558). Nieto de los Reyes Católicos, heredó sus respectivas coronas con sus posesiones de América y el Mediterráneo. Junto a su madre, Juana I de Castilla (llamada «la Loca»), reinó España, como Carlos I, desde los dieciséis años y fue coronado emperador del Sacro Imperio Romano Germánico, como Carlos V, en 1520, convirtiéndose en el monarca más poderoso de Europa.*

Caroline (Golder) Steinitz *(1846-1892). Primera esposa de Steinitz.*

Caspar Wilcken (1691-1766). Trompetista y violinista en Zerbst, hermano de Anna Magdalena Bach.

Catalina. *Sirvienta del zar.*

Catharina Dorothea Bach (1708-1774). «Kathy», primogénita de Bach y María Bárbara.

Chamberlain *de Jorge II.*

Christian August Nicolai *(1694-1760). Trompetista, esposo de Dorothea Erdmuthe.*

Christian Ferdinand Abel. *Compositor, violinista y gambista virtuoso alemán procedente de una familia de músicos. Formó parte de la orquesta de la corte de Federico I de Prusia en Berlín y posteriormente ejerció como gambista en la corte de Köthen. Ocuparía el puesto de J. S. Bach en la orquesta municipal de Köthen cuando este se fue a Leipzig.*

Christian Friedrich Henrici (1700-1764), llamado Picander. Poeta alemán, jurista, recaudador de impuestos del príncipe elector en Leipzig y libretista de muchas de las obras de Bach, especialmente las cantatas que escribió en Leipzig.

Christiana Sophia Henrietta (1723-1726). Primera hija de Anna Magdalena y J. S. Bach.

Conde Heinrich Karl Graf von Keyserlingk (1696-1764). Embajador de Rusia en la corte del duque Federico Augusto II de Sajonia.

Condesa de Flemming. Esposa del conde Joachim Friedrich.

[Cristiano Ronaldo (1985). Futbolista portugués que juega como delantero o extremo izquierdo. Capitán de la selección nacional, fue jugador del Real Madrid Club de Fútbol y del Manchester United Footbal Club, entre otros equipos. Es considerado uno de los mejores futbolistas de la historia].

[Damien Rice (1973). Cantante, guitarrista y compositor irlandés de rock indie y folk].

David Oppenheim (1922-2007). Clarinetista y productor musical estadounidense, director musical de la Columbia Masterworks Records.

Dietrich Buxtehude (1637-1707). Compositor y organista alemán de origen danés, organista de la Marienkirche de Lübeck, entre otras. Fue muy conocido por organizar los Abendmusiken, ciclos de conciertos públicos en los que se ofrecían obras instrumentales y vocales.

Dorian Rice. Detective privado.

Dorothea Erdmuthe (Wilcken) Nicolai (1697-?). Hermana de Anna Magdalena Bach.

[Duke Ellington (1899-1974). Músico de jazz, pianista, compositor y arreglista estadounidense, con cuya orquesta triunfó en el Cotton Club de Harlem (Nueva York)].

Dwight D. Eisenhower (1890-1969). Militar y político estadounidense. Durante la Segunda Guerra Mundial, ascendió a general (1941) y destacó por la organización y dirección del desembarco de Normandía. Lo convencieron para entrar en política y representar al Partido Republicano y fue el 34.º presidente de EE. UU. (1953-1961).

Edvard Hagerup Grieg (1843-1907). Compositor y pianista noruego y principal representante de la música nacionalista de su país.

Elias Gottlob Haussmann (1695-1774). Pintor alemán, pintor de la corte de Sajonia en Dresde y retratista oficial en Leipzig. Autor del retrato de J. S. Bach (1746).

Emanuel Lasker (1868-1941). Matemático, filósofo y ajedrecista alemán, segundo campeón del mundo de ajedrez en 1894 al imponerse ante Steinitz.

Emmanuel Lebrecht de Anhalt-Köthen (1671-1704). Padre del príncipe Leopold. Tras la muerte de su padre (el príncipe Emmanuel de Anhalt-Köthen), gobernó bajo la regencia de su madre y luego del príncipe Juan Jorge II de Anhalt-Dessau, hasta su mayoría de edad, en 1692.

Erdmann Neumeister (1671-1756). Pastor luterano, teólogo y escritor alemán.

Ernesto Federico I (1681-1724), duque de Sajonia-Hildburghausen desde 1715.

Ernst August I (1688-1748). Duque de Sajonia-Weimar, cogobernante de Sajonia-Weimar con su tío, Wilheim Ernst. Cuñado del príncipe Leopoldo y copatrono de Bach. Aficionado a la caza y a la música, siendo gobernante, sus extravagancias contribuyeron a la ruina financiera del ducado.

Esposa de Georg Erdmann.

Esther Meynell (1878-1955). Escritora inglesa, autora del libro La pequeña crónica de Ana Magdalena Bach (The Little Chronicle Of Magdalena Bach, 1925), autobiografía ficticia de Anna Magdalena.

Fanny Mendelssohn (Bartholdy) Hensel (1805-1847). Composi-

tora y pianista romántica alemana, hermana de Felix Men-
delssohn. Se casó con Wilhelm Hensel, pintor de la corte pru-
siana en Berlín; a pesar del rol de esposa y madre al que le
destinaba su época, su marido le permitió continuar compo-
niendo canciones y seguir organizando uno de los salones
culturales más famosos de la ciudad.

Federico II de Prusia (1712-1786). Padrino del príncipe Leopold.
Llamado «el Grande» por su éxito en la guerra de los Siete
Años, aunque de joven se había interesado más por las artes y
la música que por las guerras. Conocido, entre otros apodos,
como «el rey Músico», ya que también componía y tocaba la
flauta, fue un rey ilustrado.

Federico Guillermo I de Prusia (1688-1740). Llamado «el Rey
Sargento», fue el segundo rey de Prusia, desde 1713. A dife-
rencia de su hijo y sucesor, Federico II el Grande, sus inte-
reses se centraron más en lo político y militar que en lo ar-
tístico y musical.

Felix Mendelssohn (1809-1847). Compositor, director de orques-
ta, violinista y pianista romántico alemán cuya música funde
elementos clásicos y románticos. Fundó el Conservatorio de
Leipzig y fue director de la orquesta de la Gewandhaus de
Leipzig hasta su muerte. Niño prodigio, sin embargo, tuvo
una muerte prematura poco después del fallecimiento de su
hermana Fanny, que no llegó a superar.

Flora (1867-1888). Hija de Steinitz.

Florence Emma (Grieg) Gould (1891-1975), «Flora». Madre
de Glenn Gould, conocida como pintora de acuarelas.

Frances Batchen, «Faun»/«Frannie». Amiga de Glenn Gould.

François-André Danican (1726-1795), apodado Philidor.
Compositor y ajedrecista francés, considerado uno de los
mejores ajedrecistas de su época. De familia de músicos,
compuso numerosas óperas cómicas. En 1749 publicó el

libro *Analyse du jeu des échecs (Análisis del juego de ajedrez)*, traducido a varios idiomas.

[Frédéric Chopin (1810-1849). Niño prodigio, compositor y virtuoso pianista romántico polaco].

Friedelena Margaretha Bach (1675-1729). Soltera, hermana de María Bárbara Bach. Convivió con la familia Bach desde 1709 y ayudó a J. S. Bach en el cuidado de sus hijos tras la muerte de su esposa María Bárbara.

Friederike Henriette de Anhalt-Bernburg (1702-1723). Al casarse con el príncipe Leopold, con quien tuvo sólo una hija, se convirtió también en princesa de Anhalt-Köthen. A diferencia de Leopold, tuvo poco interés por la música.

General Joachim Friedrich, conde de Flemming (1665-1728). Gobernador de Leipzig y ministro del electorado de Sajonia.

Georg Christian Meissner (?-1730). Trompetista de la corte de Sajonia-Weissenfels, esposo de Anna Katharina.

Georg Erdmann (1682-1736). Músico, abogado y diplomático, amigo íntimo de Bach y compañero de estudios corales en la Escuela de San Miguel de Lüneburg. Fue diplomático al servicio de Rusia y en 1730 fue enviado imperial ruso y consejero privado en Danzig (Polonia), donde murió.

Georg Friedrich Haendel (1685-1759). Compositor alemán, naturalizado inglés, maestro de capilla de la corte del Elector de Hannover (futuro rey Jorge I de Inglaterra).

Georg Philipp Telemann (1681-1767), compositor alemán muy prolífico de música instrumental y vocal, fundador del Collegium Musicum. Fue director de la Ópera de Leipzig, entre otros muchos cargos musicales de prestigio.

George Bähr (1666-1738). Carpintero y arquitecto oficial de Dresde, autor de la Frauenkirche. Primer alemán en adquirir el título de arquitecto.

Gisela Inés de Rath (1669-1740). Madre del príncipe Leopold. Luterana y proveniente de la baja nobleza de Anhalt, se casó en secreto, debido al rechazo general que generaba un posible matrimonio morganático, con el príncipe Emmanuel Lebrecht, que la impuso como princesa de Anhalt-Köthen. Gobernó como regente de su hijo Leopold hasta 1715.

Glenn Herbert Gould (1932-1982), «Spaniel». Pianista canadiense especializado en la obra para teclado de J. S. Bach.

Gottfried Silbermann (1686-1753), organista y fabricante de órganos y pianos, amigo de Bach. Construyó el primer pianoforte alemán en 1732.

Gottfried Wilhelm Leibniz (1646-1716). Diplomático, filósofo, historiador y matemático alemán, inventor de una máquina de calcular y creador de las bases del cálculo infinitesimal. Junto con Descartes, es el más destacado filósofo racionalista. Ejerció de diplomático al servicio del arzobispo elector de Maguncia, así como de consejero del duque de Hannover e historiador de la casa ducal.

Guillermo II de Alemania (1859-1941). Último emperador de Alemania, proclamado en 1888, y rey de Prusia hasta su abdicación en 1918. Nieto de la reina Victoria de Inglaterra y primo hermano de la reina Victoria Eugenia de España.

Gustav Mahler (1860-1911). Compositor y director de orquesta austriaco. Especializado en las sinfonías y los lieder, es considerado uno de los mayores sinfonistas de la historia, a pesar de no haber sido reconocido en su época más que como director de orquesta.

Hans Georg Nägeli (1773-1836). Compositor y editor suizo, propietario de una tienda de música. Gracias a que adquirió un grueso del legado musical de Bach, fue el editor, entre otras obras de Bach, de la primera edición de El clave bien temperado *(1801).*

Hans Joachim Moser (1889-1967). Compositor y musicólogo alemán, hijo de Andreas Moser. Fue profesor de musicología en la Universidad de Halle y director de la Escuela de Música de Berlín. Durante la Segunda Guerra Mundial estuvo al frente del Ministerio de Propaganda del Reich como secretario general.

Heinrich Nicolaus Trebs (1678-1748). Constructor de órganos de la corte de Weimar, colaboró con J. S. Bach, que fue padrino de su primer hijo.

Heinrich Zielschmerz. Alumno de Bach.

Herbert Stein. Encargado de Steinway & Sons Ltd.

[Howard Carter (1874-1939). Arqueólogo y egiptólogo inglés, descubridor de la tumba del faraón egipcio Tutankamón].

Howard Scott (1890-1970). Ingeniero estadounidense. Actuó haciendo de sí mismo en el documental *Glenn Gould: On The Record*.

Jean-Baptiste Volumier o «Woulmyer» (ca. 1670-1728). Violinista y compositor español-holandés, director musical de la corte de Sajonia en Dresde.

Johann Adam Reincken (1643-1722). Compositor, violagambista y organista holandés, organista de la iglesia de Santa Catalina de Hamburgo. Fue muy reconocido por sus improvisaciones, que causaron una gran impresión en Bach.

Johann Adolf Scheibe (1708-1776). Compositor, teórico de la música y crítico musical alemán-danés, maestro de capilla en la corte de Dinamarca. Publicó la revista musical Der Critische Musikus *entre 1737 y 1740.*

Johann Ambrosius Bach (1645-1695). Músico alemán, padre de J. S. Bach, trabajó como violinista y violista en Erfurt y como músico local y trompetista para el Concejo Municipal de Eisenach.

Johann Andreas Krebs. Trompetista en la corte de Zerbst, esposo de Johanna Christina.

Johann Caspar Wilcken (1660-1731). Trompetista de la corte de Sajonia-Weissenfels, padre de Anna Magdalena.

Johann Christian Bach (1735-1782). Compositor alemán, llamado «el Bach de Londres», fue el hijo menor de Bach. Durante su estancia en Milán, se familiarizó con la ópera, que cultivaría después. En 1762 se estableció en Londres, donde ejerció como maestro de música de la reina y compositor del King's Theatre y compuso numerosas sinfonías y oberturas, entre otros géneros.

Johann Christoph Bach (1671-1721). Organista y compositor principal de la Michaeliskirche de Ohrdruf, hermano mayor de J. S., de quien se encargó cuando falleció su padre.

Johann Ernst Bach (1683-1739). Primo mayor de J. Sebastian Bach y organista alemán.

Johann Gottfried Bernhard Bach (1715-1738). Organista en Mühlhausen y en Sangerhausen, cuarto hijo de Bach y María Bárbara.

Johann Gottlieb Goldberg (1727-1756). Compositor y clavecinista alemán, protegido del conde Heinrich Karl Graf von Keyserlingk de Dresde y alumno de J. S. Bach.

Johann Jacob Bach (1682-1732). Oboísta en la capilla de la corte de Estocolmo, hermano menor de J. S. Bach.

[Johann Jakob Frogberger (1616-1667). Compositor, clavecinista y organista alemán, organista de la corte de Fernando III en Viena].

Johann Joachim Heitmann. Organista hamburgués que según se cuenta ganó la «puja» a Bach por el puesto de organista de la iglesia de San Jacobo de Hamburgo.

[Johann Kaspar von Kerll (1627-1693). Compositor y organista alemán, maestro de capilla de la corte del elector de Baviera en Múnich].

Johann Mattheson (1681-1764). Compositor, teórico musical y diplomático alemán.

Johann Moritz Richter (1620-1667). Arquitecto y grabador alemán. Maestro arquitecto de la corte de Weimer, fue el autor de la iglesia y palacio de Wilhelmsburg, residencia de Wilhelm Ernst, destruido en un incendio en 1774.

[Johann Pachelbel (1653-1706). Organista virtuoso y compositor alemán, organista de la catedral de Viena y de la corte de Eisenach].

Johann Samuel Drese (1644-1716). Compositor y organista alemán, maestro de capilla de Weimar.

Johann Sebastian Bach (1685-1759). Compositor, organista, director de orquesta y cantor alemán. Autor prolífico, fue segundo *konzertmeister* en Weimar (donde residiría entre 1708 y 1717), *kapellmeister* del príncipe Leopold de Anhalt-Köthen y *kantor* de la Escuela de Santo Tomás de Leipzig.

Johann Wilhelm Drese (1677-1745), compositor alemán, vice-maestro de capilla de la corte de Weimar desde 1704, sucedió a su padre (Johann Samuel Drese) como maestro de capilla de la corte en 1716.

Johanna Christina (Wilcken) Krebs (1695-?). Hermana de Anna Magdalena Bach.

John David Holman Grieg. Profesor, primo hermano de Edvard Grieg.

John Edgar Hoover (1895-1972). Abogado y político estadounidense, impulsor y primer director del FBI, organismo que reorganizó y modernizó. Fue muy cuestionado por su anticomunismo obsesivo y sus actividades secre-

tas. Acumuló gran poder y acosó tanto a los sucesivos presidentes de EE. UU. como a disidentes y activistas políticos.

John Holman. *Colaborador de la Sozietät en Toronto.*

John Taylor (1703-1772). Charlatán, cirujano y oftalmólogo inglés, médico personal del rey Jorge II de Inglaterra. Se cree que trató, aparte de al rey y a Bach, a Haendel y al papa Benedicto XIV, entre otras celebridades de la época.

[John Williams. Compositor de bandas sonoras de cine].

Jorge II (1683-1760). Rey de Gran Bretaña e Irlanda. Duque de Brunswick-Lüneburg y, por tanto, príncipe elector del Sacro Imperio Romano Germánico.

Joseph Raymond McCarthy (1908-1957). *Político conservador y abogado estadounidense. Senador del Partido Republicano (1947-1957), estuvo al frente de la llamada «caza de brujas», persecución contra políticos, funcionarios, artistas e intelectuales acusados de comunismo y «actividades antiamericanas».*

Joseph Spiess. *Violinista alemán barroco, primer violinista y* konzertmeister *de la capilla de la corte de Köthen. Tuvo una relación muy cercana con J. S. Bach, ya que fue padrino de su hijo Leopold en 1728. Se cree que para él compuso Bach los* Conciertos de Brandemburgo *y tres conciertos para violín solista (BWV 1041, BWV 1042 y BWV 1043).*

Juan Ernesto II de Sajonia-Weimar (1627-1683). *Duque de Sajonia-Weimar, padre de Wilhelm Ernst*

Juan Ernesto III de Sajonia-Weimar (1664-1707). *Hermano de Wilhelm Ernst y padre de Ernst August, gobernó como coduque de Sajonia-Weimar junto a su hermano Wilhelm Ernst, aunque debido a su alcoholismo, no llegó a ejercer realmente el poder, dejándolo en manos de su hermano.*

[Julio Iglesias (1943), cantante, compositor y productor español nacionalizado estadounidense, considerado el artista latino de mayor éxito de la historia].

Kathy. Esposa de John David Holman Grieg.

Lazskó. Primo del conde de Flemming.

Lea (Salomon) Mendelssohn Bartholdy (1777-1842). Madre de Felix y Fanny Mendelssohn. Fue una experta pianista, impulsó la educación musical de todos sus hijos y, como mecenas de la música y la cultura, creó un salón musical en el Reckesche Palais, su residencia en Berlín.

[Leo Messi (1987). Futbolista argentino que juega como delantero o centrocampista. Capitán de la selección nacional, fue jugador del Fútbol Club Barcelona y, actualmente, del Paris Saint-Germain. Es considerado uno de los mejores futbolistas de la historia].

Leonhard Euler (1707-1783). Matemático suizo, desarrolló su carrera en San Petersburgo y en Berlín. Fue uno de los matemáticos más famosos y prolíficos de su época, con importantes aportaciones en cálculo, en terminología moderna y notación matemática. También trabajó en mecánica, óptica y astronomía.

Leonor Guillermina de Anhalt-Köthen (1696-1726). Princesa de Anhalt-Köthen, hermana del príncipe Leopoldo y esposa de Ernst August I, duque de Sajonia-Weimar, con quien tuvo siete hijos.

Leopold, príncipe de Anhalt-Köthen (1694-1728). Príncipe tolerante que permitió a sus súbditos la libertad religiosa. Liberó a Bach de la cárcel de Weimar y lo contrató como maestro de capilla en 1717. Amante de la música, llegó a recibir clases de composición del propio Bach, con quien entabló una sincera amistad.

Leopold Mozart (1719-1787). Compositor, director y violinis-

ta alemán, padre de Nannerl y Wolfgang Amadeus Mozart.

Lorenz Christoph Mizler (1711-1778), «el Pequeño Lorenz». Músico, médico, editor, profesor de historia de la música, compositor alemán. Llamaba «amigo y patrón» a J. S. Bach.

Louis Marchand (1669-1732). Compositor, organista y clavecinista francés de la corte del rey de Francia en Versalles.

Ludwig van Beethoven (1770-1827). Compositor, pianista, profesor de piano y director de orquesta alemán, entre el clasicismo y el romanticismo, profundo admirador de J. S. Bach y Mozart. Reconocido popularmente por sus sinfonías y sus obras para piano y música de cámara. Primer músico independiente que vivió de los encargos que se le realizaban, sin estar al servicio de un noble o aristócrata.

Margaretha Elisabeth (Liebe) Wilcken (1666-1746), «frau Wilcken». Madre de Anna Magdalena.

Maria Anna Walburga Ignatia Mozart (1751-1829), «Nannerl». Compositora y pianista austriaca, hermana mayor de Wolfgang Amadeus Mozart.

María Bárbara Bach (1684-1720). Prima segunda y primera esposa de J. S. Bach, con quien tuvo siete hijos.

Maria Elisabetha Lämmberhirt (1644-1694). Primera esposa de Johann Ambrosius Bach y madre de J. S. Bach.

Marie-Angélique Marchand (1710-1733). Esposa de Louis Marchand.

Martin Jarvis (1951). Violinista y violista australiano, fundador de la Darwin Symphony Orchestra y profesor de música de la Universidad Charles Darwin de Darwin (Australia).

[Martin Lutero (1483-1546). Fraile agustino, teólogo y filósofo alemán, impulsor de la Reforma protestante en Alemania].

Maximilien de Robespierre (1758-1794). Jurista y político francés, uno de los principales líderes de la Revolución francesa, miembro de los jacobinos.

Molière (1622-1673). Dramaturgo, actor y poeta francés. Fundó la compañía teatral L'Illustre Théâtre, con la que recorrió el sur de Francia hasta que consiguió establecerse en París (como la Troupe de Monsieur) en 1658. Trabajó bajo la protección del rey Luis XIV en París y Versalles.

Nina (Hagerup) Grieg (1845-1935). Soprano lírica danesa-noruega, prima hermana y esposa de Edvard Grieg, quien la consideraba la mejor intérprete de sus canciones.

Noah Johnson. Miembro del Comité de Actividades Antiestadounidenses y director de zona de la empresa AWARE.

[Paul McCartney (1942). Músico, escritor, cantante y compositor británico. Miembro de The Beatles, la banda de rock y pop más popular e influyente de los años 60, compuso con John Lennon la mayoría de las canciones del grupo. Tras la disolución de la banda, desarrolló una larga y exitosa carrera en solitario].

Pedro I el Grande (1672-1725). Zar de Rusia, de la dinastía Romanov, desde 1682. Impulsó una política de modernización y occidentalización de Rusia, convirtiéndola en una de las principales potencias europeas.

Peter Karl Christoph Keith (1711-1756). Oficial militar prusiano, paje del rey Federico Guillermo I de Prusia y hombre de confianza de su heredero, futuro Federico II el Grande.

Regina Susanna Bach (1742-1809). Hija menor de Anna Magdalena y J. S. Bach.

Richard Wagner (1813-1883). Compositor, director de orquesta, poeta y teórico musical alemán, compuso casi sólo óperas, pero su aportación fue revolucionaria en el aspecto formal (melodía, armonía y orquestación). Gracias al patrocinio del rey Luis II de Baviera, construyó el Festspielhaus de Bayreuth, dedicado en exclusiva a la representación de sus óperas.

[Robert Schumann (1810-1856). Compositor, crítico musical y pianista romántico alemán, esposo de Clara Schumann, compositora, pianista y principal intérprete de la música de teclado de Robert Schumann].

Russell Herbert Gold (1901-1996), «Bert». Aficionado a la música, padre de Glenn Gould, a quien fabricó la silla que éste usaba siempre en sus conciertos.

Sofía Albertina de Erbach-Erbach (1683-1742). Condesa de Erbach-Erbach, esposa del duque Ernesto Federico I y regente del ducado tras la muerte de éste.

Stuart Hamilton (1929-2017). Pianista, productor de ópera, coach vocal y acompañante de cantantes canadiense, amigo de Glenn Gould.

Tennessee Ernie Ford (1919-1991). Cantante y presentador de televisión estadounidense, destacó como cantante de country, jazz y góspel y su interpretación más famosa fue «Sixteen Tons», de Merle Travis.

[Vinícius de Moraes (1913-1980). Músico y poeta brasileño, uno de los principales representantes de la Bossa nova].

Vladímir Nabokov (1899-1977). Novelista, poeta, ensayista y traductor estadounidense de origen ruso. Exiliado a Gran Bretaña a raíz de la Revolución de Octubre en Rusia y a EE. UU. tras el estallido de la Segunda Guerra Mundial, saltó a la fama como autor de la novela Lolita, *publicada en 1955, que suscitó una gran polémica en su época.*

Voltaire (1694-1778). Escritor, historiador y filósofo francés, uno de los principales pensadores de la Ilustración y colaborador en la Enciclopedia *de Diderot y D'Alembert.*

Walter Homburger (1924-2022). Director de orquesta, empre-
sario, promotor musical y representante de artistas, entre
ellos, Glenn Gould.

Wilhelm Ernst, duque de Sajonia-Weimar (1662-1728). Cogobernante de Sajonia-Weimar, junto con su hermano menor,
Juan Ernesto III, y luego con el hijo de éste, su sobrino
Ernst August I, pero Wilhelm fue el gobernante real. Fue
copatrono de Bach, que sirvió como organista y músico de
la corte.

Wilhelm Friedemann Bach (1710-1784). Organista en la iglesia de Santa Sofía de Dresde, director musical en la iglesia
de Nuestra Señora de Halle. Segundo hijo de Bach y de
María Bárbara. No aceptó a Anna Magdalena como ma-
drastra y le negó su ayuda tras la muerte de Bach.

Wilhelm His (1831-1904). Médico, anatomista y fisiólogo alemán, fundador de la histología. Junto con el escultor Seffner, hizo una reconstrucción anatómica del cráneo de J. S.
Bach, descubierto en 1894.

*Wilhelm Pieck (1876-1960). Político comunista alemán, afilia-
do al Partido Socialdemócrata Alemán (SPD). Primer presidente de la República Democrática Alemana desde 1949
hasta su muerte.*

*Wilhelm Steinitz (1836-1900). Ajedrecista y teórico del ajedrez
austriaco, primer campeón del mundo oficial tras vencer a
Zukertort en 1886. Participó con una columna en la revista inglesa de ajedrez* The Field, *desde la que dio a conocer
sus nuevas ideas sobre el ajedrez. Fue fundador de la escuela moderna de ajedrez.*

*Willard, Flora y Reuel Grieg. Hijos de John David Holman
Grieg.*

William Hupfer, «Will». Afinador de pianos Steinway y técnico
de la tienda Steinway & Sons Ltd. de Nueva York desde 1917.

Wolfgang Amadeus Mozart (1756-1791). Compositor, director de orquesta y pianista austriaco. Maestro del clasicismo, es considerado el genio musical más importante e influyente de la historia. Niño prodigio y autor prolífico, tocó todos los géneros musicales.

Wolfgang Wainwright. Concejal de Cultura del ayuntamiento de Leipzig.

Bibliografía

Andrés, Ramón, *Johann Sebastian Bach. Los días, las ideas y los libros*, Barcelona, Acantilado, 2005.

Ariès, Philippe y Georges Duby, *Historia de la vida privada. Del Renacimiento a la Ilustración*, Madrid, Taurus, 2001.

Campo, Domingo del, *Bach, la cantata del café. La seducción de lo prohibido*, Madrid, Temas de hoy, 1995.

Clarckson, Michael, *The secret life of Glenn Gould: A genius in love*, Toronto, ECW Press, 2010.

Eidam, Klaus, *La verdadera vida de Johann Sebastian Bach*, Madrid, Siglo XXI de España Editores, 2000.

Gaines, James R., *Evening in the Palace of Reason: Bach Meets Frederick the Great in the Age of Enlightenment*, Londres, Fourth Estate, 2010.

García Moyano, Concepción, *Johann Sebastian Bach. Una vida para la música*, Barcelona, Casals, 2011.

Gardiner, John Eliot, *La música en el castillo del cielo. Un retrato de Johann Sebastian Bach*, Barcelona, Acantilado, 2015.

Gordon, David, *The Little Bach Book*, Jacksonville, Lucky Valley Press, 2021.

Harnoncourt, Nikolaus, *The Musical Dialogue. Thoughts on*

Monteverdi, Bach and Mozart, Washington DC, Amadeus Press, 2003.

Jones, Richard D. P., *The Creative Development of Johann Sebastian Bach*, Oxford, Oxford University Press, 2015.

Ledbetter, David, *Bach's Well-Tempered Clavier, the 48 Preludes and Fugues*, New Haven, Yale University Press, 2002.

Lesage, Philippe. *Anna Magdalena Bach et l'entourage féminin de Jean-Sebastien Bach*, Thônex, Papillon, 2011.

Marshall, Robert L. and Traute M. Marshall, *Exploring the world of J.S. Bach. A traveler's guide*, Champaign, University of Illinois Press, 2016.

Maul, Michael, *Bach: Eine Bildbiografie/A Pictorial Biography*, Berlín, Lehmstedt Verlag, 2022.

Meynell, Esther, *La pequeña crónica de Ana Magdalena Bach*, Madrid, Juventud, 1994.

Monsaingeon, Bruno (Ed.), *Glenn Gould. No, no soy en absoluto un excéntrico*, Barcelona, Acantilado, 2017.

Ruiz, Juan Mari, *Música para fisgones*, Barcelona, Ma non troppo, 2021.

Schulze, Hans-Joachim, *Ey! How sweet the coffee tastes. Johann Sebastian Bach's Coffee Cantata*, Berlín, Evangelische Verlagsanstalt, 2016.

Schweitzer, Albert, *Bach, el músico poeta*, Buenos Aires, Melos, 2020.

Soler, Josep, *J. S. Bach: Una estructura del dolor*, Madrid, Antonio Machado Libros, 2011.

Tatlow, Ruth, *Bach's Numbers. Compositional proportion and significance*, Cambridge, Cambridge University Press, 2015.

Williams, Peter, *Bach, a Musical Biography*, Cambridge, Cambridge University Press, 2019.

—, *Bach, The Goldberg Variations*, Cambridge, Cambridge University Press, 2001.

Wolff, Christoph, *Bach's Musical Universe: The Composer and his Work*, Manhattan, W.W. Norton, 2020.

—, *Johann Sebastian Bach. The learned musician*, Manhattan, W.W. Norton, 2001.

—, Hans T. David y Arthur Mendel, *The New Bach Reader: A Life of Johann Sebastian Bach in Letters and Documents*, Manhattan, W.W. Norton, 1999.

— y Markus Zepf, *The Organs of J.S. Bach*, Champaign, University of Illinois Press, 2012.

Worner Engels, Marjorie, *Bach's Well-Tempered Clavier. An Exploration of the 48 Preludes and Fugues*, Jefferson, McFarland, 2006.

Listado de obras musicales
que aparecen en la novela

Johann Sebastian Bach: *Concierto para violín en la menor*, BWV 1041 (*ca.* 1708-17?)

Johann Sebastian Bach: *Suite para violonchelo 1 en sol mayor*, BWV 1007 (1720)

Johann Sebastian Bach: *Preludio y fuga n.º 2 en do menor* (de *El clave bien temperado*, libro 1), BWV 847 (1722)

Johann Sebastian Bach: *Variaciones Goldberg*, BWV 988 (1741)

Frédéric Chopin: Nocturnos (varias fechas)

Ludwig van Beethoven: *Sonata para piano n.º 8 en do menor*, op. 13, «Patética» (1798-1799)

Johann Sebastian Bach: *Concierto para violín en mi mayor*, BWV 1042 (1717)

Johann Sebastian Bach: *Preludio para laúd en do menor*, BWV 999 (1720)

Johann Sebastian Bach: *Geschwinde, ihr wirbelnden Winde o Der Streit zwischen Phoebus und Pan* (Lucha entre Foebo y Pan), BWV 201 (1729)

Johann Sebastian Bach: *Partita para violín n.º 2 en re menor*, BWV 1004 (1720)

Johann Sebastian Bach: [Fuga a tres voces para violín solo]

Johann Sebastian Bach: *Preludio en re menor*, BWV 926 (1720)

Johann Sebastian Bach: *Canon triplex a 6*, BWV 1076 (1746)
Johann Sebastian Bach: *Partita para violín solo n.° 2 en re menor*, BWV 1004 (1717-1723). Quinto movimiento: Chacona
Johann Sebastian Bach: *Pasión según san Mateo*, BWV 244 (1727)
Johann Sebastian Bach: *Concierto para clavecín y cuerdas en fa menor*, BWV 1056 (1742)
Johann Sebastian Bach: *Applicatio en do mayor*, BWV 994
Johann Sebastian Bach: *Concierto en re menor* (arreglo del *Concierto para oboe en re menor* de Alessandro Marcello), BWV 974 (1713)
Johann Sebastian Bach: *El arte de la fuga*, BWV 1080 (1742)
Johann Sebastian Bach: [Tocata y fuga (?) en sol menor]
Johann Sebastian Bach: *Suite para orquesta n.° 2 en si menor*, BWV 1067 (1738-1739)
Johann Sebastian Bach: *Suite para orquesta n.° 3 en re mayor*, BWV 1068 (1730?)
Johann Sebastian Bach: *Cuaresma. Christus, der uns selig macht*, BWV 620 (1713)
Johann Sebastian Bach: *Auf, auf! die rechte Zeit ist hier*, BWV 440 (1737)
Strauss: [valses]
Johann Sebastian Bach: *Adviento. Nun komm, der Heiden Heiland*, BWV 599 (1714)
Johann Sebastian Bach: *Fantasía en do mayor*, BWV 573 (1722)
Johann Sebastian Bach (autoría incierta): *Trío en sol menor*, BWV 584 (1725)
Johann Sebastian Bach: *Schweigt stille, plaudert nicht* («Cantata del café»), BWV 211 (1734)
Johann Sebastian Bach: *Misa en si menor*, BWV 232 (1733-49)
Johann Sebastian Bach: *Auf, mein Herz! Des Herren Tag*, BWV 145 (1729)

Johann Sebastian Bach: *Herz und Mund und Tat und Leben*, BWV 147 (1723)

Johann Sebastian Bach: *Jesu, meine Freude*, BWV 753 (1723?)

Ludwig van Beethoven: *Sonata para piano n.º 30 en mi mayor*, op. 109 (1820-1822)

Ludwig van Beethoven: *Sonata para piano n.º 31 en la bemol mayor*, op. 110 (1821)

Ludwig van Beethoven: *Sonata para piano n.º 32 en do menor*, op. 111 (1820-1822)

Johann Sebastian Bach: *Aus tiefer Not schrei ich zu dir*, BWV 1099 (1708)

Johann Sebastian Bach: *Partita para violín n.º 1 en si menor*, BWV 1002 (1720)

Edvard Hagerup Grieg: *Concierto para piano en la menor*, op. 16 (1868, revisada por el autor en 1906-1907)

Johann Sebastian Bach: *Preludio y fughetta en fa mayor*, BWV 911 (1727?)

Johann Sebastian Bach: *Dich bet'ich an, mein hoechster Gott*, BWV 449 (1746)

Johann Sebastian Bach: *Alles mit Gott und nichts ohn' ihn*, BWV 1127 (1713)

Johann Sebastian Bach: *Was mir behagt, ist nur die muntre Jagd* («Cantata de la caza»), BWV 208 (1713)

Johann Sebastian Bach: *Sonata en do mayor*, BWV 966 (1705?)

Johann Sebastian Bach: *Fuga en do menor*, BWV 574 (1708?)

Johann Sebastian Bach: *Darzu ist erschienen der Sohn Gottes*, BWV 40 (1723)

Merle Travis: «Sixteen Tons» (1946), versión de Tennessee Ernie Ford (1955)

Johann Sebastian Bach: *Preludio y fuga n.º 1 en do mayor* (de *El clave bien temperado*, libro 1), BWV 846 (1722)

Johann Sebastian Bach: *Es erhub sich ein Streit*, BWV 19 (1726)

Johann Sebastian Bach: *Sonata para flauta y clavecín en mi bemol mayor*, BWV 1031 (1730)

Johann Sebastian Bach: *Wenn mein Stündlein vorhanden ist*, BWV 428 (*ca.* 1725)

Johann Sebastian Bach: *Jesus Christus, unser Heiland (alio modo)*, BWV 666 (1723?)

Johann Sebastian Bach: *Ricercar a 6* (de la *Ofrenda musical*), BWV 1079 (1747)

Johann Sebastian Bach (autoría incierta): *Fantasía y fughetta en re mayor*, BWV 908 (*ca.* 1727)

Johann Sebastian Bach: Pasaremos a pruebas, BWV 758 (?)

Johann Sebastian Bach: *Wer weiß, wie nahe mir mein Ende?*, BWV 27 (1726)

Johann Sebastian Bach: *Preludio en re menor* (del *Pequeño libro de Wilhelm Friedemann Bach, n.º 4*), BWV 926

Johann Sebastian Bach: *Mer hahn en neue Oberkeet* («Cantata del campesino»), BWV 212 (1742)

Johann Sebastian Bach: *Pasión según san Mateo*, BWV 244 (1729)

Johann Sebastian Bach: *Oratorio de Navidad*, BWV 248 (1734)

Johann Sebastian Bach: *Conciertos de Brandemburgo*, BWV 1046-1051 (1721)

Johann Sebastian Bach: *Suite para laúd en mi menor*, BWV 996 (1707-1717)

Johann Sebastian Bach: *Suite para laúd en mi menor*, BWV 996 (1707-1717). Quinto movimiento: *Bourrée*

Paul McCartney: «Blackbird» (en *The Beatles* o *The White Album*), versión de The Beatles (1968)

Johann Sebastian Bach: *Christum wir sollen loben schon*, BWV 121 (1724)

Johann Sebastian Bach: *Reißt euch los, bedrängte Sinnen* (fragmento), BWV 224 (?)

Johann Sebastian Bach: *Preludio y fuga n.º 22 en si bemol menor* (de *El clave bien temperado*, libro 1), BWV 867 (1722)

Johann Sebastian Bach: *Jesu, meiner Freuden Freude*, BWV 360 (*ca.* 1725)

Johann Sebastian Bach: *Concierto para dos violines en re menor* o *Doble concierto para violín*, BWV 1043 (1718-1720?)

Johann Sebastian Bach: *Der Himmel lacht! Die Erde jubilieret*, BWV 31 (1715)

Johann Sebastian Bach: *Wenn mein Stündlein vorhanden ist*, BWV 430 (*ca.* 1725)

Johann Sebastian Bach: *Ach, was soll ich Sünder machen*, BWV 259 (*ca.* 1725)

Johann Sebastian Bach: *Singet dem Herrn ein neues Lied*, BWV 225 (1726-27)

Ludwig van Beethoven: *Sinfonía n.º 3 en mi bemol mayor*, op. 55, «Heroica» (1805)

Johann Sebastian Bach: *Was mein Gott will, das g'scheh' allzeit*, BWV 111 (1725)

Este libro fue publicado 2 días después
del 338 cumpleaños de J. S. Bach.

2 + 3 + 3 + 8 = 16